准教授・高槻彰良の推察8

呪いの向こう側

角川文庫
23376

目次

主なキャラクター紹介

高槻彰良《たかつきあきら》

青和大学で民俗学を教える准教授。頭脳明晰で顔立ちも整っている。怪異が大好き。

深町尚哉《ふかまちなおや》

大学生。嘘を聞き分ける耳を持つ。高槻のもとでバイトをしている。

高槻渉《たかつきわたる》

高槻の叔父。ダンディでスマートな英国紳士。高槻を引き取り数年間育てていた。

遠山宏孝《とおやまひろたか》

建築設計事務所を営む。尚哉と同じ、嘘を聞き分ける耳を持つ。

佐々倉健司《ささくらけんじ》
捜査一課の刑事で、
高槻の幼馴染。
目つきが鋭く強面。
生方瑠衣子《うぶかたるいこ》
民俗学研究室の院生。
メガネの似合う
美人なのだが……。
難波要一《なんばよういち》
尚哉の数少ない友人。
さっぱりとした気のいい性格。
海野沙絵《うみのさえ》
真っ黒な瞳を持つ、
八百比丘尼の女性。神出鬼没。
イラスト：鈴木次郎

第一章　押し入れに棲《す》むモノ

——ぐるん、と世界が縦に回転した。

わあと声を上げる暇もなく、背中から落とされる。

畳の上に仰向《あおむ》けにひっくり返ったまま、深町尚哉《ふかまちなおや》は思わず茫然《ぼうぜん》と天井を見上げた。一瞬の出来事だった。今、一体何が起こったのか。

「今のが大外刈《おおそと》り」

尚哉を見下ろし、黒いジャージに身を包んだ佐々倉健司《さ さくらけんじ》が、そう言った。

尚哉を一瞬でひっくり返した本人である。一八七センチの長身は、床とほぼ同じ高さから見上げると、ほとんど漫画に出てくる巨人に等しい。

尚哉はまだ仰向けのまま、はるかな高みにある佐々倉の顔を見やり、

「……えっと、早すぎて何が何だかよくわかんなかったんですけど」

「次はゆっくりやる。さっさと立て」

佐々倉が差し出してきた手につかまると、また一瞬で引き起こされた。なんというか、

力も体格も差がありすぎて、己の貧弱さを思い知らされた気分になる。いつもの癖で眼鏡のブリッジを押し上げようとして、眼鏡は危ないからはずしておけと言われたことを思い出した。乱れた髪とずれたジャージの肩を直し、佐々倉に向き直る。

ここは都内にあるスポーツセンターの柔道場だ。教室等で使用されていない時間帯は個人利用が可能なのだという。年末が近いせいか、今は他の利用者もおらず、佐々倉と尚哉の貸切状態だ。

こんなところで一体何をしているのかというと、佐々倉による『護身術講座』である。

少し前から、佐々倉に筋トレのやり方や体の動かし方を教わっているのだ。

何しろ尚哉の筋力では、これまで一度として気絶した高槻《たかつき》を運べたことがないのだ。助手として雇われている以上、せめて一人で移動させるくらいはできるようになりたい。ついでに簡単な護身術も教わりたいと言ってみたら、佐々倉はノリノリで柔道場を予約した。……なんだか早まったような気もしなくはないが、高槻に護身術と称して背負い投げだの何だのを教えたのは佐々倉だ。講師としては申し分ないはずだ、たぶん。

「まず、相手の右足の真横に左足を踏み込む。それと同時に、右手で相手の首元、左手で相手の肘《ひじ》の下をつかむ」

向かい合って立った佐々倉が、説明しながら尚哉の首元と腕をつかんだ。

「で、首元をつかんだ手を自分の方にぐっと引き寄せつつ、肘をつかんだ手を下げる。そうすると相手の重心が崩れて、体重が右足一本に乗る」

「うわ」

いきなりぐいと引っ張られ、尚哉の体が大きく傾いた。左足が宙に浮き、右足だけで立った状態になる。

「そこを、刈る」

「か、かるっ？」

「こういうことだ」

すぱん、と佐々倉が尚哉の右足を自分の足で払った。

再び世界が回転し、また背中から落とされる。

「お前な、ちゃんと受け身とれよ。さっき、さんざんやっただろうが」

「そんなこと言われても……」

呆《あき》れた顔の佐々倉に再び引っ張り起こされ、今度はお前がやってみろと言われる。

見よう見まねで佐々倉の体をつかみ、引っ張ってみたが、一ミリも動かない。それでも一応片足を引っかけてみたが、自分がよろけるばかりで刈るどころではなかった。

「ちなみに大外刈りは、自分より背の高い相手にはかけづらい」

「……ちょっと！　だったら、違うの教えてくださいよ！」

「初心者でもやりやすい技なんだよ。タイミングさえ合えば、そんなに力もいらねえし、身長差があっても成功する。でもまあ、別のも幾つか試してみるか」

そう言って、佐々倉がまた尚哉の体をつかむ。

そこからは一方的に投げられ続けた。完全に投げ切るのではなく、手で体をつかんだまま倒されるような形だが、何度もひっくり返され続けると、次第に目が回ってくる。

一旦《いったん》休憩と言われて柔道場の隅にへたりと体育座りし、尚哉はくらくらする頭を膝《ひざ》で支えて、ため息を吐いた。いつか佐々倉を投げられるようになる気が全然しない。というか、これだけ投げられまくると、もはや護身術講座というより受け身講座だ。

「ほら。水」

「……あ、すみません、ありがとうございます……」

佐々倉が差し出してきたペットボトルを受け取り、礼を言う。わざわざ買ってきてくれたらしい。

「佐々倉さんって、確か剣道部だったんですよね？　柔道も得意なんですか」

「警察官は、警察学校で柔道も習うんだよ。まあ、高校の体育の授業でも多少はやったけどな。お前の学校は柔道なかったのか？」

「あー……選択であったと思いますけど、確か大変そうだったから選ばなかったんですよね……。高槻先生もやたら強いですけど、あの人も何かやってたんですか？」

「いや、小さい頃から習い事はたくさんさせられてたが、格闘技系はなかったと思うぞ。剣道は、俺と一緒にうちのじいさんから多少習ったが」

　ということは、今の高槻の武闘派ぶりはやはり佐々倉によるものらしい。どのくらい頑張ったら高槻レベルになれるのだろうと考えたら、なんだか遠い目をしたくなった。

隣に腰を下ろした佐々倉が、尚哉の頭をぽんと叩《たた》いて言う。

「あのな、一応教えはするが、お前は荒事方面は極力避けろよ。普通に生きてる人間は、そうそう人を投げたり投げられたりしないで済むもんなんだから」

「……ついこの前、フランス料理のレストランであやうく殺されかけたんですけど」

「だからもう少し普通の人生歩めっつってんだよ！」

「それは先生に言ってくださいよ」

そう言って、尚哉はペットボトルの蓋《ふた》を開けて口をつけた。柔道場に入ったときには寒いと思っていたのに、体を動かしたおかげで今は少し暑いくらいだ。飲み下した冷たい水が体の中にすっと染み渡っていくようで、心地好《よ》い。

人魚の肉を使った料理を出すという噂のレストランに高槻と共に行ったのは、半月ほど前。十二月半ばのことだ。

結局店が出していたのは人魚ではなかったのだが、最終的には店の者達と乱闘になり、刃物まで持ち出される羽目になった。ああいうときにまるで役に立たない己のことも、不甲斐《ふがい》ないと思うのだ。まあ、多少教わったくらいでいきなり強くなるわけもないが。

……あのとき出会った林原夏樹《はやしばらなつき》という男は、実は警視庁の刑事だった。

尚哉は、ちらと佐々倉に目を向けた。

佐々倉が視線に気づいて、こちらを睨《にら》む。

「何だよ」

「……あの、林原さんって人。佐々倉さんの同僚なんですよね？」

尚哉が林原の名前を出した途端、佐々倉の眉間《みけん》の皺《しわ》が深くなった。

短い沈黙の後、佐々倉は苦々しげな様子で息を吐き出し、

「同僚っていうか、後輩な。班は別だったが、付き合いはあった。だが、今は違う」

「違うって」

「林原が今いるのは、捜査一課の中でもかなり特殊な係なんだよ」

そう言って、佐々倉は一度口を閉じた。

それから少し考えるように宙を見つめ、舌打ちしてがしがしと己の髪をかき回す。

「……この前彰良《あきら》にはある程度話しちまったからなあ、一応お前にも話しとくか……おい、言っとくが、他所《よそ》で話すなよ」

「は、はい、わかりました」

ぎろりとまた睨まれて、尚哉はなんとなく居住まいを正す。

佐々倉が言った。

「林原が所属してるのは、異捜《いそう》って係だ。正式名称は『異質事件捜査係』。異捜の存在は、公にはされていない。それは、異捜が扱う事件が普通じゃないからだ」

「普通じゃないって……」

「通常の事件とは根本的に異質な事件。つまり——何らかの、人じゃないモノが関わっている可能性のある事件ってことだ」

普通の人が聞いたら、冗談だと思うような話かもしれない。小説や漫画じゃあるまいし、警察組織の中にそんな係が本当にあってたまるものかと。

だが、佐々倉の声に歪《ゆが》みはない。これは嘘でも冗談でもないのだ。

それに——尚哉はとっくに知ってしまっている。

たとえば、鬼火のごとき青い提灯《ちょうちん》の下で行われる真夜中の祭。ゆらりゆらりと踊る死者の群れ。祭太鼓の音に魅《ひ》かれてやってきた子供は、山神にとられてしまう。

江《え》の島《しま》の海には人魚がいた。波間からこちらに手を振った女には魚の尾があった。

浅草《あさくさ》の古い旅館には人喰《ひとく》いの鏡があった。鏡に喰われた者はこの世から姿を消した。

そう、あるのだ。

人の枠を超えた事件というのは、現実に存在する。

ペットボトルの水をもうひと口飲み、尚哉はふと思い出した。そういえば、自分は前にも一度、佐々倉からこの話をちらと聞いた気がする。

神隠しに遭ったという女子高生の事件を調べに行って、あやうく焼き殺されそうになったときのことだ。気絶した高槻をベッドに寝かせた後、佐々倉から高槻の過去について聞かされた。あのとき尚哉の手の中にあったのは、ジンジャーエールの瓶だったか。

異捜という名前は出さなかったが、あのとき佐々倉は、怪奇事件専門の係が警察にはあると確かに言った。

「……先生は、異捜のこと、今まで知らなかったんですか？」

「俺が言わなかったからな」

「でも、それじゃ佐々倉さんは」

あの、本物の怪異を求めてやまない高槻に対して、佐々倉はずっと隠していたというのか。警察がそうした事件を現実に扱っているということを。

それなら、まさか――高槻の神隠し事件についても。

「言っとくが、彰良の事件については、林原は何も知らなかった」

尚哉の思考の先回りをするように、佐々倉は淡々とした口調でそう言った。

「俺も色々調べてはみたんだが、当時異捜が彰良の事件に関わったのかどうかすらつかめなかった。異捜が関与した事件の記録は、ごく一部の者しか見られねえんだよ。……彰良をさらったのが人間なのか、そうじゃない何かなのかは、俺にもわからない」

「だったら、林原さんに調べてもらうとかできないんですか」

「あっちがどこまで把握してるのかもわからねえ状況で、こっちから下手に情報を渡すのは危険すぎる。……つーか、極力関わりたくねえんだ、異捜には」

佐々倉が吐き捨てるような口調で言う。

「でも、林原さんって、そんなに悪い人には見えませんでしたよ。俺にも先生にも、かなり気を遣ってくれてた気がするし」

「林原はいいんだよ。だが、あいつの上司が……ちょっと色々、とんでもねえ奴でな。俺は近寄りたくないし、彰良やお前を近づけたくない。絶対に」

「そんな厄介な人なんですか」

「ああ」

佐々倉がうなずいた。

それから佐々倉はまたがしがしと己の髪をかき回し、

「なのに彰良ときたら……ったく、あの馬鹿が……」

ぼやくようにそう言って、そのまま片手で頭を抱える。

その様子で何となく尚哉は状況を察して、

「あの、もしかして先生と揉《も》めました？」

そう尋ねたら、佐々倉は深く深くうなずいた。まあそうだろうなと尚哉は思う。

林原が刑事であること。にもかかわらず、『人魚の肉を出すという噂があるから』という理由であのレストランを調べに来ていたこと。林原が沙絵《さえ》と知り合いで、しかも彼女の正体を知っていたこと。それらを合わせて考えれば、たとえ異捜のことを知らなくても、高槻なら十分察しがついたはずだ。林原が担当する事件の性質がどんなものか。

佐々倉が、今日一番苦い顔で言う。

「彰良から急に連絡があってな。『いいから来い』の一点張りで、仕方ねえからあいつの家に行ってみたら、にっこり笑って林原の偽の名刺見せてきやがって、『健司、この人のこと知ってるよね？』って……ああいうときのあいつの笑顔、滅茶苦茶《めちゃくちゃ》怖《こえ》えんだよ。適当にはぐらかそうとしたが、無理だった」

根掘り葉掘り訊《き》こうとする高槻に、佐々倉が話せる範囲で異捜について説明したところ、高槻は当然のようにこう言った。

『——異捜の刑事と、話がしたい。できれば、林原さんより上の人と』

だが、佐々倉はそれを突っぱねた。お前はもう異捜に関わるなと、言って聞かせた。

高槻がそれを大人しく聞くような人間なら、佐々倉も尚哉も苦労はしないのだ。

結果、二人は今どうやら冷戦状態にあるらしい。大学で顔を合わせたときの様子では、高槻にそんな気配はなかったが、よくよく思い返してみれば普段の会話に佐々倉の名前が出てこなかった気がする。普段あれだけ健《けん》ちゃん健ちゃん言っている人なのに。

「……佐々倉さんが先生を異捜に近づけたくないのは、『もう一人』のせいですか？」

尚哉がそう尋ねると、佐々倉は目を伏せた。小さく息を吐き出し、

「彰良の中にいる『あれ』が、単なる別人格ならいいんだ。だが、もしあれが異捜案件になりうるようなものなら——最悪、彰良は人間じゃないものとして扱われる」

「そうなったら、どうなるんですか？」

「……わからねえ」

呟《つぶや》くようにそう言った佐々倉が、ぎり、と奥歯を嚙《か》む音がする。

それは不安と焦燥の音だ。佐々倉とて、わからないものは怖いのだ。

「少なくとも、異捜はすでに彰良のことをマークしてる。例のレストランの件より前からな。それが、単に異捜案件に首を突っ込んでくる厄介者としての認識なのか、それと

も違う意味でなのかはわからねえが……どっちにしても、これ以上はまずい」

佐々倉の言葉に、尚哉はざわりとした胸騒ぎを覚える。

急に体が冷えたような気がして、尚哉は体育座りした膝《ひざ》を己の胸に引き寄せ、

「……近頃、『もう一人の先生』が出てくる頻度が上がってる気がするんです」

佐々倉が尚哉を見る。

尚哉は己の膝頭に視線を落とす。

「入れ替わりも、すごくスムーズなときがあります。結構喋《しゃべ》るし」

「話したのか、あれと」

「はい。……やっぱり、先生とは全然違う感じでした」

『もう一人の高槻』とは、一体何者なのだろう。

話す度に感じるのは、高槻に対する強い執着だ。

――『彰良はやらない』

あれがそう口にするのを何度も聞いた。まるで高槻は自分のものだとでもいうように、あれは人喰いの鏡を退け、沙絵の誘いを払いのけた。

でも、あの『もう一人』は、長野で尚哉と高槻が死者の世界に連れ込まれたときには出てこなかった。明らかに命の危険があったのにもかかわらずだ。後で礼を言われたことを思うと、あのときは何らかの事情で出てこられなかったと考えるべきだろう。

あの『もう一人』は強い。だが、何かしらの制約を受けている可能性がある。出現に

は何かしらの条件が必要だったのではないかと思う。……少なくとも、以前は。

でも、その制約は、近頃急激に弱まりつつあるのかもしれない。

理由として思い当たるのは、やはり長野だ。

あそこから帰ってきて以来、『もう一人』の出現頻度は格段に増えた。

けれどそれは、どういうことなのだろう。何を示しているのだろう。

嫌な予感がする。自分の知らないところで何かとてつもなく厄介なドミノが倒れ始めているような気がしてしょうがない。

「お前、なるべく彰良のこと気をつけて見てやってくれないか。……俺は当分無理だ。あいつが機嫌直さねえことにはな」

低い声で、佐々倉が言った。

尚哉はうなずいた。

「どうせ俺、冬休み中でも図書館が開いてる限りは大学行くので、先生の研究室にもなるべく寄るようにします。先生も忙しそうだから、必ず会えるとは限りませんけど」

「おう、悪いな。……つーか、そうか、お前もう冬休みか」

「はい」

「──正月はどうするんだ。実家、帰るのか？」

「……一応」

「帰るのか」

「年末年始くらいは帰ってこいって言われてるので」

そう言って、尚哉は己の膝頭に顎《あご》を載せる。

……正直に言ってしまえば、あまり帰りたくはないのだ。

どうせ帰っても、気詰まりなだけなのだから。

「まあ、無理はすんなよ。しんどかったら適当に逃げろ」

脳天に佐々倉の視線を感じる。尚哉の家庭の事情は、高槻から聞いているのだろう。

さっさと話題を変えてしまいたくて、尚哉はぐしゃぐしゃと己の髪をかき回すと、

「……そんなことより、あの、だから俺、明日《あした》も大学行くんですけど」

「だから何だよ」

「先生に会ったら、佐々倉さんと仲直りするように言っときましょうか？」

「やめろ。ガキじゃねえんだから」

佐々倉が舌打ちして言う。ガキじゃないならさっさと仲直りすればいいのにと尚哉は思う。まあ、どうせ拗《す》ねているのは高槻の方なのだろうけれど。

佐々倉が立ち上がった。

「あー、なんか腹立ってきたな。おい、休憩は終わりだ。憂さ晴らしさせろ」

「……あの、えーと、ちょっと待ってください、佐々倉さん」

「何だよ」

「さっきから俺のこと投げまくってたのって、憂さ晴らしのためだったんですか？」

「……」

「黙ったってことはそうですよね⁉　否定したら嘘になるから今黙ったでしょ！」

「うるせえな。じゃあ、他に教わりたい技とかあるなら言ってみろ」

「いや、技って言われても、よく知りませんけど……あ、それじゃあ、羽交い締めから抜け出すやり方を教えてほしいです。前にやられて、全然抜けられなかったから」

「だからお前は、人から羽交い締めされるような人生を歩むな！」

「先生にやられたんですよ」

「……お前ら、普段一体何やってんだ？」

呆《あき》れた顔で佐々倉が見下ろしてくる。だからそういうことは高槻に言ってほしい。


大学図書館は二十九日に閉館し、それから二日間、尚哉は家の大掃除に励んだ。

日本人が年末に大掃除をするのは、もとは『煤払《すすはら》い』という年中行事からきているのだそうだ。正月を前に、年神様を迎える準備として、神棚や家の中を綺麗《きれい》にしたらしい。ちゃんと民俗学的に意味のあることなのだと、前に高槻が言っていた。

ぎりぎりまで実家に帰らないための口実として掃除に励んでいると知ったら、年神様とやらはどう思うのだろう。やっぱり怒られるのかなあと思いつつ、ベランダ側のガラス戸を磨き立て、カーテンを洗い、換気扇の汚れを落としていたら、二日間などあっという間だった。とりあえず家の中はぴかぴかになったから良しとしたい。

——年末年始くらいは帰ってこい、というのは、去年の盆明けに言われたことだ。夏休みになっても特に連絡もせずにいたら、母親からスマホにメッセージがきたのだ。

正直、意外だった。大学入学を機に一人暮らしを始めたとき、もう実家には戻らないかもしれないな、というくらいの気持ちでいたから。

とはいえ、まだ親の脛《すね》をかじっている身としては無視するわけにもいかない。仕方なく、年末に帰ってはみたのだが——なんというか、いたたまれなかったのだ。

もう長いこと、尚哉と両親との間には、ある種の緊張関係が出来上がっていた。お互い当たり障りのないことだけを話し、必要最低限の会話でやり過ごす。それが家族の時間だった。仕方のないことだと思う。何であれ嘘偽りを口にした途端、息子は不快そうに顔をしかめるのだ。それは、深町家から絶対的に会話を奪った。

が、ひさしぶりに会ってみたら、そこにさらに、ぎこちなさが加わっていた。

普段離れて暮らしている分、たまに顔を合わせると変に気を遣うのか、両親は何か話そうとしては挫折《ざせつ》して黙り込むというのをひたすら繰り返した。特に父親の方がそんな様子で、あまりにも落ち着かず、結局尚哉は正月早々に都内に戻ったのだった。

そんなわけで年末ぎりぎりの大晦日《おおみそか》、一年ぶりに実家に帰る尚哉の足は重かった。

最寄りの駅から尚哉の実家までは、徒歩で二十分ほどかかる。

バスもあるが、歩けない距離ではない。母親からは「駅まで車で迎えに行く」と連絡があったが、断って歩くことにした。

真冬の寒風の吹きすさぶ中、ぐるぐると首に巻きつけたマフラーを手で押さえながら、懐かしいようなそうでもないような道を背中を丸めて歩いていく。

前に実家は横浜《よこはま》だと難波《なんば》に言ったら、「いいなー、海とかあって綺麗な街じゃん！」と羨《うらや》ましがられたが、それはドラマなどでよく使われるみなとみらい地区のイメージだろう。尚哉の実家がある辺りは同じ横浜といっても海からははるか遠く、住宅地に寄り添うように山や畑や田んぼが広がっているようなところだ。庭の柿をハクビシンがもりもり食っていたり、よくリスが電線の上を走っていたりもする。割と田舎の風情である。

近くにコンビニも見当たらないような昔からの住宅街の中に、尚哉の実家はある。

白い壁に青い屋根の、庭付き一戸建てだ。庭いじりは母親の趣味で、こんな真冬でも華やかに咲いている花がある。かつて庭にあった犬小屋は、とうの昔に撤去済だ。

玄関扉の前で一度深呼吸して、鍵穴に挿し込んだ鍵をゆっくり回したときだった。

わん、と家の中で犬が鳴いた。

え、と鍵を抜くのももどかしい気分で、尚哉は思わず勢いよく扉を開ける。

途端、廊下の奥から、茶色の犬がこちらに向かってわふわふと勢いよく駆けてきた。

一瞬どきりとしたが、かつてこの家にいた犬とは大きさも形も違う。ぴんと立った三角の耳。くるりと巻いた尻尾《しっぽ》。柴犬《しばいぬ》だ。赤い首輪が毛並みの中に埋もれている。

犬は、三和土《たたき》の上にいる尚哉に向かって、さかんにわんわんと鳴いた。

「駄目よ、ムギ。戻って」

廊下の奥から今度は母親がやってきて、犬に向かってそう呼びかけた。

一年ぶりに見る母親は、さして変わらぬ様子だった。たいして老けた感じもしない。犬は母親の周りをぐるぐる回り、「あの不審者でしたら、たった今自分が調べましたよ」と報告でもするかのような顔でわんと鳴いた。

母親は、犬の背をなでながら尚哉の方にちらと目を向け、言った。

「おかえり。……なに、あんたまだそのコート着てるの」

「……ただいま。いや、だってまだ着られるし、これ」

高校時代から着ているダッフルコートを脱ぎつつ、尚哉は靴を脱いで家に上がり、

「ていうか犬、いつからいるの？」

「今年の春。名前はムギ」

「ムギ」

「そう。女の子よ」

「家の中で飼ってるんだ？」

「その方が、雨とか台風とかのときに心配しなくて済むから」

ムギがまた尚哉の方に走ってきて、今度は尚哉の周りをぐるぐる回った。

尚哉が背中をなでると、ムギは一瞬身を引くような動作をしたものの、すぐにもっとなでろとばかりに体をこすりつけてきた。随分と人懐こい性格らしい。

ムギと一緒に廊下を進み、リビングに足を踏み入れる。

「ああ、おかえり」

ソファに座って新聞を読んでいた父親が、慌てたように少し顔を上げてそう言った。だが、顔を上げたはいいものの、その後の言葉に詰まって、開きかけた唇をまたすぐに閉じる。その辺の床に言うべきことが落ちているとでも思っているかのようにそのまま うろうろと視線をさ迷わせる父親を見て、尚哉は自分から口を開いた。

「ただいま。犬、飼ったんだね」

「あ、ああ、可愛いだろ」

父親がほっとしたような顔で言う。その足元に、ムギがとことこと歩み寄る。

「ある日突然、母さんが犬を飼うと言い出してさ。ほら、駅前のスーパー、ペットショップが入ってるだろ。あそこで、この子に一目惚《ひとめぼ》れしたらしくて」

そう説明してくれる父親は、一年前に比べると、少し白髪が増えただろうか。

尚哉はリビングの中を見回した。カーテンやカーペットはそのままだが、家具の配置が少し変わっている。ムギのケージが置かれているからだ。ただそれだけの変化なのに、なんだかちょっと知らない家に来たような気持ちになる。

リビングと続きになっているキッチンの方を振り返ると、鍋《なべ》を前に菜箸《さいばし》を握っている母親の姿が見えた。家の中には煮物の匂いが濃く漂っている。おせち料理の準備だ。

母方の祖父母が亡くなって以来、正月はこの家で家族だけで迎えるようになっていた。父方の祖父母は尚哉が生まれる前にすでに他界していたし、親戚《しんせき》は皆遠方に住んでいるので、何かない限り集まることもないのだ。

尚哉は幾つも並べられたボウルや鍋を軽く見回し、一応尋ねた。

「……何か手伝う？」

「大丈夫よ」

そっけなく母親が答える。

「じゃあ俺、部屋にいるから」

そう言って、尚哉はリビングを出た。階段を上る。二階の一番奥が尚哉の部屋だ。

部屋の中は、尚哉がここで生活していたときのままになっていた。本棚もベッドも机も、何も変わらない。埃《ほこり》っぽくはないから、掃除はしてくれているらしい。

懐かしいといえば懐かしい部屋だ。

懐かしい、と思う程度には、尚哉とこの部屋との間にはもう距離ができている。

肩に掛けていた大きめの鞄《かばん》を床に下ろし、尚哉はベッドの端に腰掛けた。

そうか、今この家には犬がいるんだなと思った。

家の中の空気が以前よりも穏やかに感じられるのは、そのせいだろう。

良いことだと思う。とても良いことだと。

それなのに——なんだか寂しいような気持ちになるのは、なぜなのだろう。

尚哉は勉強机に目を向けた。

机の棚には、当時使っていた参考書が並んでいる。その前には、写真立てが一つ。

中の写真には、小学校低学年の頃の自分と、昔飼っていたゴールデンレトリーバーのレオが写っている。家を出るときに持っていくか悩んで、結局置いていった写真。

尚哉は立ち上がり、写真立てを手に取った。

しばらく眺め、そっと鞄の中にしまい込む。

そう、ぼんやりしている暇はないのだ。

せっかく実家に帰ってきたからには、やることがある。


ノックの音に「はい」と応《こた》えたら、母親が扉の隙間から顔を覗《のぞ》かせた。

「そろそろ晩ごはんなんだけど。……何してるの」

「あ、えっと、片付けてる」

尚哉はそう答えながら、結んだ紐《ひも》の端をハサミで切る。

もう使わない参考書や、押し入れの奥で眠っていた小学校時代の文集。卒業アルバム。それらをまとめて紐で括《くく》った山が、部屋の床にはもう幾つも積まれていた。

大学入学前は、物件探しに手間取ったせいもあって、結局ばたばたと必要なものだけを持ち出す形となった。この機会に、色々と片付けてしまおうと思ったのだ。

母親が、文集を括った山に目を向けた。

「捨てるの？　これ」

「……だって、別にもう読むこともないと思うし」

一応、押し入れから引っ張り出した時点で、ぱらぱらとめくってはみたのだ。でも、あまり懐かしいとも思わなかった。クラス全員の「将来の夢」についての作文も、「クラスの人気者ランキング」も、「未来の自分へ向けてのメッセージ」も、むずがゆいような気分になりこそすれ、しいて読み返したいものではない。

「そう。じゃあ、そのまま置いておいて。どうせ年末年始はゴミの収集もないから」

「あ、うん、括ってあるのはいらないやつだから、捨てといてくれる？　悪いけど」

尚哉が言うと、母親はうなずいて、くるりと背中を向けた。

その後について、尚哉も一階に下りる。

正月をこの家で迎えるようになって以来、大晦日の晩ごはんといえば、おせちに詰める予定の煮物と年越しそばと決まっていた。

点《つ》けっぱなしのテレビには、紅白歌合戦が映っている。

これは別に、家族の誰かがこの番組を観たいからというわけではない。芸能人がたくさん出てひたすらわあわあと喋《しゃべ》っているようなバラエティ番組に比べれば、まだましだからだ。……そういう番組は、大抵芸能人のトークに嘘が多いから。

それでも、紅白とてトーク部分はある。

『今年は大河ドラマにもご出演されて、素晴らしい演技を披露されましたよね！』

『いやいや、そんな。あれは僕がどうこうっていうより、役が良かったっていうか』

型通りの褒め言葉や謙遜《けんそん》だって、場合によっては嘘だ。ちらちらと声が歪《ゆが》む度、尚哉は耳を押さえたくなる。顔をしかめる度、両親の視線がこちらに向くのが肌でわかる。だったらテレビを消せばいいのかもしれないが、これはこれで必要なのだ。皆でテレビを見ているふりをしていれば、食卓に会話がなくてもごまかせるから。

トークが終わり、歌が始まる。別に好きな歌手でも何でもないのに、三人とも大真面目に画面に見入っているふりをする。「この歌、聴いたことあるな」と父親が呟《つぶや》き、「CMで使われてるんじゃない」と母親が返す。「CMじゃなくて何年か前の朝の情報番組のテーマ曲じゃないかなと思いつつ、尚哉はそばを啜《すす》る。

会話が全くないわけではない。誰かが何か喋れば、誰かがそれに返すことはする。でも、別にこの会話に意味はないのだ。点けっぱなしのテレビと同じだ。ずっと黙っているのも辛《つら》いから、なんとなく場をごまかすためだけに誰かが口を開く。所詮《しょせん》はその場しのぎだから、一年ぶりに顔を合わせたというのに、お互いの近況報告すらない。

尚哉はそっと床に目を向ける。

たぶんあの辺りだったと思う。麦茶を入れたガラスのコップが粉々に砕けたのは。

尚哉が中学生のとき。父親の浮気を、尚哉が発したひと言が暴いてしまった。

がしゃん、とガラスが割れた音は、そのまま家族が壊れた音に等しかった。……粉々になって飛び散りはしなかったけれど、あのとき確かに自分達の間には亀裂《きれつ》が走った。

尚哉はシイタケの煮物を口に運んだ。肉厚の笠《かさ》を噛《か》むと、煮汁が染み出す。でもあんまり味がしないなと尚哉は思う。母親の料理の腕が鈍ったわけではないのだろうけど。

家族の食卓はやはり気詰まりで、あと何回自分達はこれを繰り返すのだろうと考える。大学を卒業して自立したら、もう帰ってこなくてもいいと言ってもらえるだろうか。

そのとき、ちゃっちゃっちゃっという音が近づいてきた。

硬い爪が床に当たる、独特の足音。ムギだった。

ムギは、ちょうど尚哉が見ていた辺りの床にすとんと腰を下ろすと、そのままはたはたと尻尾《しっぽ》を振った。尚哉と目が合ったのが嬉《うれ》しいとでもいうように。

と、母親がそれに気づいて、笑った。

「ムギ。後で尚哉に遊んでもらいなさいね」

「……えっ？」

急に名前を出されて、尚哉は慌てる。

母親は、花の形に切った人参《にんじん》の煮物をつまみ上げながら、

「明日になったらお兄ちゃんが帰ってくるからねって、昨夜言っておいたのよ。だからたぶん期待してるの」

「ムギはな、廊下でボールを投げて『取ってこい』をするのが好きなんだぞ」

父親まで目尻《めじり》を下げてそんなことを言う。

そのままムギについてあれこれと話し始める両親に、いや待てお兄ちゃんってと戸惑いつつ、尚哉はまたムギに目を向けた。

ムギは母親の横に移動し、犬ならではの屈託のない笑みを顔中に浮かべている。

そうやって笑うムギはとても可愛くて、ああ犬はいいなと尚哉は思う。

犬が可愛い、という揺るぎない事実を前に、どんな嘘も出るわけがなかった。犬についての話なら、両親もこうしてためらいなく会話を交わすことができるのだ。

一時期完全に冷え切っていた両親の仲が、今はどうなっているのかはよく知らない。

でも、少なくとも、ムギを間に置いて笑い合う両親の姿にぎすぎすしたものはない。

レオが死んだ後、母親に、新しい犬を飼ってはどうかと訊《き》かれたのを覚えている。

あのとき、飼う、と答えていたら、何かが変わっていたのだろうか。

いや――違う。

ムギをかまう両親の様子を見ていたら、ふいに気づくものがあった。

ムギは、レオの代わりではないのだ。

そうではなくて……たぶん、ムギは。

急に胸の中に石の塊のようなものが落ちた気がして、尚哉はムギから、そしてムギに向かって笑いかける両親から、目をそらした。テレビの紅白歌合戦に視線を戻す。

まだどんぶりの中にはそばが少し残っている。けれど、食べきれる自信がなかった。

食事を終え、また部屋に戻ろうとした尚哉を、父親が呼び止めた。

「いい酒をもらったから、少し飲まないか」

そう言って、日本酒の瓶を掲げてみせる。

母親はまたおせちの支度に戻っている。テレビの中では、紅白常連の歌手が、去年もその前も歌ったのと同じ大昔のヒットソングを歌っている。

そして、父親の隣にはムギがいる。

「あー……俺、あんまり飲めなくて」

「じゃあ、ちょっとだけでいい」

遠回しに断ったつもりだったのだが、父親はそう言って、リビングへと尚哉を誘う。

ソファに腰を下ろした父親に対し、尚哉は少し迷って、その斜め向かいにあたるカーペットの上に座った。

すると、ムギが尚哉の横にぴたりとくっつくようにして寝そべった。

父親が、コップに酒を注《つ》ぎながら笑った。

「気に入られたな」

「……みたいだね」

形だけ乾杯して、尚哉は舐《な》める程度に酒に口をつける。

父親は特に何を話すでもなく、酒を飲みながらテレビを見ている。

話したいことでもあるのかと思ったのだが、違ったのだろうか。

そう思いつつ手の中の酒を見下ろして、尚哉ははっとする。

もしかして父親は、単に酒が飲める年齢になった息子と酒杯を交わしてみたかっただけなのではないだろうか。

たぶんそれは、息子を持つ父親なら当たり前のようにやっていることだから。

急にいたたまれない気分が込み上げてきて、尚哉は酒のコップを持ち上げた。先程よりは多めの量を口に入れる。無理に飲み下した酒はさして美味《うま》くもなく、普段だったらすぐにかーっと顔が熱くなるというのに、今日ばかりは酔う気配もない。

「——免許。取らないのか？」

「えっ？」

唐突に父親が口を開き、尚哉は思わずコップを取り落としそうになった。

「何だ、もう酔ったのか」

「あっ、いや、違うけど……え、免許？」

「車の。周りの奴らはもう取ってるだろ？」

「ああ、うん、取りたいけど……」

もごもごと言いながら尚哉が目を伏せると、父親はコップをテーブルに置き、

「学生のうちに取っておいた方がいいぞ。学割きくから安いし。金ならこっちで出す」

「え」

「……別に、それが普通だろう」

こちらが驚いた顔をしたからだろうか。父親はどこか後ろめたそうにそう言って、酒瓶から酒を注ぎ足した。

それを見て尚哉は、せめて自分が注いでやればよかったのかなと後悔する。せっかく

一緒に酒を飲んでいるのだから。

また沈黙が流れる。テレビの中では、アイドルグループの女の子達が明るく歌い踊っている。ムギの尻尾がぱたりと振られ、尚哉の腕に触れる。尚哉はその背中をそっとなでる。記憶の中のレオの手触りとは違う毛並み。でも同じだけ温かい体。

と、父親がまた口を開いた。

「――その、なんだ」

そこで一度口ごもり、それをごまかすように酒を干す。

今度こそ酒を注ごうと手をのばした尚哉を「いい」と制して、父親は自分で酒瓶を手に取った。妙に不器用な手つきでコップに酒を注ぎながら、あらためて口を開く。

「来年は、三年だろう。就職活動とかは、何か考えてるのか？」

さりげなさを装おうとして、かえってぎこちなくなったような声だった。

その声に、ああこれが本題かと尚哉は気づく。当然といえば当然のことだった。ひさしぶりに帰ってきた息子に対し、この機会に進路の確認くらいしておきたいだろう。

この人は、尚哉が普段大学でどんな風に過ごしているのかも知らないのだから。

まだムギをなでながら、尚哉は口を開いた。

「一応、公務員狙いだけど……でも」

その「でも」は、全く自然にぽろりと尚哉の口から転がり落ちた。

あ、と思ったけれど、今更どうにもできず、父親が怪訝《けげん》そうな声を出す。

「でも、何だ？」

「あの……大学の、勉強が、結構楽しくて。いい先生もいて。それで」

もしかしたら、自分はやっぱり酔っ払っているのかもしれない。

そう思いながら、尚哉は言葉を続ける。今更ながらに頬に熱を感じるのは、酒のせいなのか、それとも違う理由でなのか、もうよくわからない。

「それで、ちょっとだけ……院にも、興味がある」

それは、これまで誰にも、それこそ高槻に対してさえ、言ったことのない話だった。

でも、最近高槻の研究室でよく本を借りているせいもあって、もっとちゃんと勉強してみたいなと思っているのは本当のことだ。……まあ、しょっちゅうぼろぼろになって床に寝ている瑠衣子《るいこ》のことを思うと、院生って大変なんだろうなとは思うけれど。

「大学院か」

父親が眉根《まゆね》を寄せる。

尚哉は少し慌てて言う。

「あ、でも、まだ決めたわけじゃないし。もし大学院に行くってことになっても、学費とか生活費は自分で何とかする。奨学金もあるし、それに……最近知り合いになった人が、建築設計事務所を持ってて。バイトでもいいから、事務系の仕事をしないかって言ってくれてて。だから、そこで働きながら、院に行くこともできるかなって」

父親がまた口をつぐむ。

今度の沈黙は、前よりも長かった。

テレビの音と、母親がキッチンで調理する音ばかりが耳に響く。アイドルグループの歌が終わって、紅組《あかぐみ》白組の両司会者が出てくる。

「えっと……」

尚哉が再度口を開きかけたときだった。

「やりたいことがあるのは、いいことだとは思う」

父親が、そう言った。

尚哉はまばたきして父親を見つめる。

父親はテレビの方に目を向けたまま、

「ただ、自分の将来に関わることだから、よく考えて決めろよ」

「……うん」

「あと、決めたら、報告はしてほしい」

そして父親は、ぐいとコップの中身を飲み干し、「一応、親だからな」と付け足すようにそう言った。

尚哉はぼんやりと、父親の顔を見つめ続ける。

父親とこんなに長く会話したのはいつ以来だろう。

小さい頃は、父親のことが大好きだった。休みの日に遊んでもらえると嬉《うれ》しかった。

でも、尚哉の耳がこうなってからは、避けられているように感じていた。

母親が尚哉を連れて病院巡りをすればするほど、父親はどこか面倒臭そうな顔をした。関わりたくない、そんな雰囲気がどうしようもなく漂っていた。中学一年のとき、尚哉が父の浮気を暴いたことがそれに拍車をかけた。最低限の会話しかしなくなった。なのに今この人は、尚哉の将来を気にかけ、それは自分が親だからだと言った。目の前にいるこの人と自分との距離感が、よくわからなくなってくる。後ろめたさにも似た気持ちが胸をふさいで、尚哉はまだ少し中身の残ったコップをテーブルに戻す。

父と子の会話は、もう尽きたようだった。父親は無言で酒を口に運ぶばかりで、これ以上何かを言う気配はない。キッチンでたぶんこちらの会話をずっと聞いていたであろう母親も、特に何も言わなかった。

適当なタイミングで立ち上がり、尚哉は自分の部屋に戻った。

……今更元に戻るものなんてないと、ずっと思っていたのに。

そう——戻るわけがないのに。

閉めた扉に背を預け、尚哉は大きく息を吐き出した。

部屋の中を見回す。

まだ片付け途中の部屋の中は、半端に散らかっていた。押し入れの中身はまだ半分以上残っている。これを今から残らず整理してしまうのはとても無理だな、と思った。明日《あした》の昼には帰る予定だ。

続きは来年、また大晦日《おおみそか》に帰ってきたときにやろう。

酒のせいで少しだけくらくらする頭を手で押さえ、尚哉はそう思った。


翌日――正月一日。

おせちと雑煮を食べた後、両親は近くの神社に初詣《はつもうで》に行くと言い出した。

「あ――じゃあ俺、そろそろ帰るよ」

尚哉がそう言ったら、父親は何か言いたげな顔をした後、「そうか」とだけ呟《つぶや》いた。

母親は、「じゃあこれ」と言って、紙袋を持ってきた。

受け取ってみると、ずっしりと重たい。

「……何これ」

中を覗《のぞ》いてみると、タッパーやら缶詰やら瓶詰やらが幾つも入っていた。

母親が言った。

「缶詰と瓶詰はもらいもの。タッパーの中はおせちの煮物の余り。タッパーは別に返さなくていいから」

「……ありがとう」

持って帰れということらしい。缶詰も瓶詰も日持ちするし、何かと重宝しそうだ。純粋にありがたい。

それじゃあと扉の方に向かいかけた尚哉の足元で、くうんという声がした。

見下ろすと、ムギが尚哉を見上げてぱたぱた尻尾《しっぽ》を振っていた。

「いや俺、もう帰るんだってば」

しかしムギは、まだ帰すものかという顔をして、尚哉の周りをぐるぐる回り続ける。

と、母親が言った。

「ねえ。ちょっとムギと散歩してきたら？」

「え？」

「別に帰るのは急がないんでしょ。ムギはもうちょっとあんたと遊びたいのよ」

「いいけど……散歩って、どの辺行ってるの？」

「ムギについていけばいいわ。レオのときと大体同じだし」

行く気満々のムギがリードまで持ってきたので、仕方なく尚哉はムギと共に外に出た。

正月の住宅街は、静かだった。記憶の中の家並みと全然変わらないなと思って眺めていたら、たまに丸ごと建て替わっている家やリフォームした家があったりして、びっくりする。時間はちゃんと流れているんだなと再認識させられた気分になる。

昔はレオと一緒に毎日散歩していた道だ。

今は母親が、ムギを連れて毎日歩いているのだろうか。

上機嫌に揺れるムギの尻尾を見つめながら、そう思ったときだった。

突然、ムギがダッシュし始めた。

慌ててリードを引いたが、それでもムギは尚哉を引きずるようにしてぐいぐいと前に向かおうとする。どうやら、少し前を歩く人物に駆け寄ろうとしているらしい。ちぎれ

んばかりに尻尾を振りつつ、ムギはわふわふとその人物に近づいていき、

「こら、ムギ！　駄目だって……あ、す、すみませんっ、こらムギ！」

立ち上がったムギが相手の背中に飛びつこうとするのを見て、尚哉は慌てて叱った。が、こちらを振り返った相手は嫌がる素振りもなく、ムギをなでると、

「ああいや、大丈夫です。散歩中に会うと、いつもこうだから……──あれ」

そう呟いて、尚哉のことをまじまじと見つめた。

何だろうと思って、尚哉も相手を見返す。

小柄な男だった。たぶん同じくらいの年だろう。脱色して少しパサついた髪。長めの前髪の下の、たれ気味の目。尖《とが》った顎《あご》。顎の先に、少し大きめのほくろがある。

そのほくろに、見覚えがある気がした。

「もしかして、尚《なお》？」

そう問いかけられた瞬間、尚哉の頭の中で記憶が巻き戻る。確か、この顔は。

「……涼《りょう》？」

探るように相手の名前を口にすると、相手はうなずいた。

「そう！　びっくりした。ひさしぶりじゃん？」

そうだ。小さい頃よく一緒に遊んでいた、田崎《たさき》涼だ。

小学校では一、二年が同じクラスだったはずだ。クラスで一番背が低くてお調子者で、でも走るのは一番速かった。自分の名前が一文字だからと、相手の名前も一文字で略す

のが好きな奴だった。尚哉のことを「尚」と呼んでいたのは涼だけだ。

尚哉は、涼にまとわりつくムギのリードを引きながら、

「ごめん、すぐ思い出せなかった。そっちはよくわかったな」

「いや、ムギと一緒じゃなかったら、正直俺もわかんなかったと思う。おばさんがムギを散歩させてるときに、よくなでさせてもらっててさ」

涼がしゃがみ込んでムギをなでる。そういえば涼は、レオのことも大好きだった。涼の母親は犬が苦手で、だから自分の家では飼わせてもらえないのだとよく言っていた。

と、涼がしゃがみ込んだまま尚哉を見上げ、

「……つか、マジですげえひさしぶりだよな」

そう言って、少しばつの悪そうな笑みを浮かべた。……たぶん、疎遠になった経緯を思い出したのだろう。

十歳で耳がこうなった後、尚哉は小学校のクラスの中で完全に孤立した。

子供というのは異物にとても敏感だ。

自分達とは違う振る舞いをする奴。クラスの和を乱す奴。そういう存在は往々にして排斥される。でなければ、そこにいてもいない者として扱われる。

尚哉の場合は後者だった。明確ないじめはほとんどなかったものの、誰も話しかけてこなくなった。尚哉の方でも、周りと距離をとるようになった。子供というのは日常的に嘘をつく生き物だから、単純に一緒にいるのが辛《つら》かった。

そうした状況は、他のクラスにも伝わるものだ。

涼から何か嫌なことをされた覚えはない。ただ、お互いなんとなく相手を避けるようになった。中学は同じだったが、高校以降は涼がどこの学校に行ったのかも知らない。

ひさしぶりに会う幼馴染《おさななじみ》とどう話したものかわからず、尚哉はとりあえず当たり障りのない笑みを浮かべて、

「俺、大学から一人暮らししててさ。正月だから帰っただけで、今日もう戻るんだ」

「あー、そっか、どうりで普段会わないわけだ。え、大学遠いの？」

「都内だけど。一人暮らししてみたかったもんだから」

「そっかそっかー。……いやでもマジびっくりしたわー、ひさしぶりすぎて」

ぎこちなく笑いながら、涼は「びっくりした」と「ひさしぶり」を繰り返す。

たぶん、それ以外に言うべきことが見つからないのだ。小学生以来ろくに話してもいない相手と今更顔を合わせたところで、話題などあるはずもない。

尚哉はそっとムギのリードを引いた。それじゃ、と言って、歩き出そうとする。

が、涼も同じ方向へ向かって歩き出し、

「あー、ごめん。俺もこっち行くの。これからバイトでさ」

さらにばつの悪そうな顔で涼が頭を掻《か》く。

歩きながら、涼はムギをかまうふりをしつつ、ちらちらと尚哉に目を向けた。あからさまにこちらを気にしたその様子に、尚哉は少し苦笑した。

そういえば小さい頃から、涼はこういう奴だった。たとえば喧嘩《けんか》した後とかに、話しかけるタイミングを計りかねて挙動不審になるのだ。だからいつも、結局こちらから話しかけていた。……変わらないなこいつ、と尚哉は思う。

なるべく自然な口調になるように気をつけながら、尚哉は口を開いた。

「バイトって、正月から？　大変だな」

「あー、うん。でもほら、正月って、他の日よりバイト代高くなるから」

途端に涼が、ほっとしたような顔で話し始める。そんな表情まで昔と変わらない。

「俺、大学で友達とバンド組んでてさ。色々金かかるし、カラオケ屋でバイトしてんの。……えっと、尚は？　何かバイトとかしてる？」

「うん、してる。一応」

「えー、何やってんの？」

「通信教育塾の採点のバイトと……あと、大学の先生の助手」

「助手!?　なんかすごくない？　あーでもそういや尚、昔っから頭良かったよな」

「あ、いや、助手っていっても単にフィールドワークのお供っていうか、道案内だし」

「フィールドワークって？」

「いやあの、民俗学の先生なんだけど。その人、都市伝説とかの研究してて——」

その場しのぎの雑談のつもりだったのに、思いのほか涼の食いつきが良く、尚哉は高槻のことを軽く涼に話して聞かせる羽目になった。『隣のハナシ』というサイトを開いていること。フィールドワークの一環で、怪異事件の調査に赴くことがあるということ。

妙に真面目に聞いてるなとは思ったが——まさかそれが高槻への依頼にまで発展するなどとは、このときは予想もしていなかった。


冬休み明けの大学は、夏休み明けと比べると実に通常運転だ。

休みの期間が短いせいもあって、休みボケする学生もほとんどいない。そもそも一月というのは、学生にとっては非常に忙しい時期なのだ。月の後半に控える試験期間を前に、鬼のようなレポート提出ラッシュが始まる。これから学生達は心身を削って、単位獲得のために頑張らなければならないのである。

「うあー……今時点で来週提出のレポート二つかよ、だりぃぜ畜生……」

尚哉の隣で、難波がぐったりと机に突っ伏しながらそうぼやいた。

これから、木曜四限の『現代民俗学講座Ⅰ』の講義だ。教室の中は相変わらずほぼ満員で、学生達の喧騒《けんそう》であふれている。来るべき試験についての話、冬休みの話、バイトの話、サークルの話、常日頃時間を共にしている者同士の話題は尽きないらしい。

尚哉達の真後ろの女子二人組が、急に大きな声を出した。

「マキちゃんたら、シンジと別れたのー!?　冬休み中に!?」

「だってさー、シンジの奴、浮気してて！　しかもずっと前から！」

「えー、あたし全然知らなかったー！」

ぎいんと金属的な音を立てて歪《ゆが》んだ声に、尚哉は思わず身をすくめて耳を押さえる。

「——深町？」

難波の声にはっとして、尚哉は耳を押さえた手を下ろした。

難波はまだ机に突っ伏したまま、顔だけをこちらに向けていた。なぜか真顔でじっと尚哉の顔を見上げて、

「なに、耳痛いの？　だいじょぶ？」

「あ……いや、平気。なんでもない」

尚哉はそう答えた。難波に変だと思われただろうかと、少し不安になる。

が、難波はそれ以上追及してくることもなく、そっかと呟《つぶや》いて身を起こし、

「なあ。高槻先生の講義って、たぶん今回も試験じゃなくてレポートだよな？　今日お題が出たとして、提出はやっぱ来週かなー……あっ、でも高槻先生優しいから、締め切り長めに設定してくれるかも!?」

「それはどうだろうな。ていうか難波、お前先月結構サボってた講義あったろ。あれ、レポートじゃなくて試験だと思うぞ」

「それは優しい優しーい深町くんがノート貸してくれると信じてる」

「……お前なあ」

「俺も専攻は民俗学にするからさあ、来年もよろしくなっ！」

難波がそう言って、ばんばんと尚哉の背中を叩《たた》く。難波もとうとう来年の専攻を決め

たそうだ。高槻のゼミに入って、ターボババアについての卒論を書きたいのだという。

「高槻先生のゼミ、抽選倍率ものすごいらしいぞ」

「それはさー、深町から高槻先生によろしく言っといてくれよー」

「お前、俺を何だと思ってるんだ。……前に先生が、本当にやる気のある学生は抽選とは別で選別するって言ってたから、気合入れてレポート書いたらいいんじゃないか？」

「お、マジか。よっしゃ、入れるぜ気合！」

難波がそう言って拳《こぶし》を突き上げたところで、チャイムが鳴った。

ほぼ同時に、高槻が教室に入ってくる。

三つ揃いの上等なスーツに包まれた長身が颯爽《さっそう》と歩く姿は、これだけ学生がたくさんいる中でもやはり目を引く。学生達はすぐに高槻の登場に気づき、休み時間の喧騒はあっという間に収まっていく。

「はい、こんにちは！　皆さん、あけましておめでとう。講義を始めます」

教壇に立った高槻が、マイクを手にしてにっこりと笑った。

なんだか機嫌がいいなと、尚哉はその顔を見て思う。まあ、いつでもにこにこしている人ではあるのだが、もしかして佐々倉と仲直りできたのだろうか。

「新年最初の講義ですね。日本は学校も企業も年度で動いているところが多いから、一月より四月の方が年の始まりっぽく感じてしまうけれど、暦としては一月が始まりの月です。——というわけで、そんなおめでたい年初めに何の講義をしようかなと思ってたんだけど、新年関係なしにちょっと面白い話が舞い込んできたものだから、今日はそれ関連でいくことにしました！　資料を配るので、順番に回していってくださいね！」

何だそりゃという顔をする学生達に、高槻はうきうきした様子で資料を配布する。

面白い話が舞い込んできたということは、もしやまた『隣のハナシ』に何か依頼がきたのだろうか。講義が終わったらバイトの話があるかもしれないなと、尚哉は思う。

学生達が配布資料を回している間に、高槻は黒板に本日のテーマを書き記した。

——『童謡』。

「今日は、童謡にまつわる怪談や都市伝説について話します。わらべうた、童謡、子供が歌う歌として親しまれている歌には、歌詞の意味がよくわからないもの、あるいは妙に意味深に感じられるものが多いですよね。たとえば、『サッちゃん』」

そう言って、高槻は教壇で「サッちゃんはね」と一番の歌詞を歌ってみせる。

イケメンが甘く澄んだ美声で子供向けの歌を歌うというギャップに、教室の中にくすくすと小さな笑いが広がった。

「歌の中で語られているのは、サッちゃんはサチコという幼い少女で、バナナが半分しか食べられなくて、遠くへ行ってしまうということです。この歌にまつわる怪談は、たくさんあります。その中では、バナナが重要アイテムとして扱われることが多い」

話しながら、高槻がまたチョークを手に取った。黒板に何やら描き始める。巨大な柿の種のようにも見えるが、話の流れ的にはおそらくバナナだろう。高槻は天から二物も三物も四物も与えられたような男だが、非常に残念なことに画才だけはない。

「資料の例話①を見てみましょう。ある日サッちゃんは、家族と一緒にドライブに出かけました。お母さんがむいてくれたバナナを半分まで食べたところで、車が交通事故を起こし、サッちゃんは死んでしまいました。——さて、この話を聞いた人は、寝るときに、本物のバナナかバナナの絵を枕元に置いておかないといけません。でないと、夜中にサッちゃんが現れて、顔を半分食べられてしまう」

よくあるタイプの話だ。怪談を聞いたことにより、呪いにかかるというやつである。

この手の話では、呪いを避けるための方法と、さもないとどうなるかが提示されることが多い。恐怖をあおりつつ、回避法を一緒に与えるのは、そうすることで聞き手の行動をコントロールする快感があるからだろうか。

「例話②では、サッちゃんは、遠くに引っ越した後に幼くして死んだ少女ということになっています。そして『サッちゃん』を最後まで歌うだけで、その日の夜、枕元にサッちゃんが現れる。サッちゃんを『幼くして死んだ』と解釈する根拠が、バナナです」

高槻はそう言って、黒板に描いた絵を指の関節でこんこんと叩いた。やはりあれは柿の種ではなくバナナらしい。

「バナナは昔、高級品でした。裕福な家庭でなければ、病気のときくらいしか口にすることができなかった。サッちゃんは不治の病に侵されていたから、バナナを食べさせてもらえたのではないかというんですね。でも、具合が悪いから半分しか食べられなかった。こうした背景が、『サッちゃん』の歌には隠されているのだというわけです」

高槻の話を聞きながら、尚哉は、なんだかこじつけっぽいなあと思う。

具合が悪いから半分しかバナナを食べられなかったというが、そもそも歌詞に「ちっちゃいからバナナを半分しか食べられない」とあるのだ。無理があるだろう。

「勿論《もちろん》、こんな話はこじつけです」

高槻が笑顔でこれまでの話を切って捨てる。

そうだよな、という雰囲気が教室に広がる。尚哉の横で難波も「だよな」と呟く。

「『サッちゃん』の歌は、昭和三十年に五人の若手作曲家が集まって結成した『ろばの会』の活動を通して作られたものです。作詞をしたのは阪田寛夫《さかたひろお》という人で、昭和三十四年にNHKの『うたのおばさん』というラジオ番組で発表されました。阪田が言うには、サッちゃんのモデルは自分の幼稚園時代に一年年長にいた女の子で、バナナを半分しか食べられないというのは、自身の幼い頃の話なのだそうです。病気だからバナナを半分しか食べられなかったというわけではないんですよ。――では、今度は例話③を見てみましょう。これは、『サッちゃん』には実は四番があるという話です」

資料には、その四番の歌詞が載せられていた。

――サッちゃんはね　ふみきりで　あしを　なくしたよ
だから　おまえのあしを　もらいにいくよ
こんやだよ　サッちゃん

「この四番の歌詞は、北海道の某市で実際に起こった事故をもとにしたものということになっています。当時中学生だったサチコさんが、ある雪の日に踏切で事故に遭い、胴体を真っ二つにされてしまった。当然即死するはずですが、あまりの寒さに血管が瞬間的に収縮したため、出血が少なく、彼女はすぐには死ななかった。そして、自分の両足を探して、しばらく腕だけで這《は》いずり回っていたというのです。事故から数年後、サチコさんのクラスメートだった男子達が、面白半分でこの四番の歌詞を作って歌いました。すると、それから三日後、彼らは足のない死体となって発見された。——実際の事故をもとにしているという前提や、下半身を切断されてもなお生きていた理由を一応説明している辺りが、都市伝説の典型ですよね。この、『歌を歌うと、足をなくして死んだサッちゃんがやってきて、殺される』という話には幾つものバリエーションがあります。回避方法としてやはりバナナが提示されたり、チェーンメールとして別の人にこの話を送れば大丈夫というものもある」

高槻は言った。

「しかし、この『事故で両足をなくした』はテケテケの怪談と共通していますし、『やってきて体の一部を奪う』というのもカシマさんをはじめ多くの怪談で見られるモチーフです。こうして考えると、この例話③タイプのサッちゃんの怪談は、これ自体が他の怪談のバリエーションの一つとするのが妥当ですね。『足をなくした霊がやってきて、体の一部を奪う』という話が前提として存在し、その話の理由付けのために四番の歌詞が作られた。――では、なぜこの怪談は発生したのでしょう？　例話③の話が生まれた土壌には、もともと存在した『替え歌』という文化があります」

話しながら、高槻が黒板に『替え歌』と書く。柿の種に酷似したバナナと並べてされた板書は、なかなかシュールだ。

「日本ではもともと、歌は神の言葉であり、神への祈りの言葉でした。神事祭儀のためのものだったから、誰もがいつでもどこでも気ままに歌えるわけではなかったんです。しかし、近世頃からそうした制限はなくなり、民謡や歌曲は爆発的な流行を見せます。そうなると、何が起こったか。歌を手に入れた民衆は、祭事以外の農耕、機織、酒造、林業、運送の作業の際にも自由に民謡を歌うようになっていったのです。流行唄《はやりうた》は作業唄に転じ、反対に作業唄が流行唄になったりもする。そうした過程では、節回しさえ同じであれば、歌詞の作り替えは自由です。実際、民謡というのは、替え歌がほとんどです。同じ節回しで、一部の歌詞を入れ替えてあちこちで歌われているものはたくさんある。耳馴染《みみなじ》みの良い、皆が知ってるような歌は、たやすく替え歌として歌われるんです。そうやって大人達が歌った歌は、やがて子供達が歌う歌となる」

替え歌なんて、子供の頃から普通に皆やっていたことだ。YouTubeなどにも替え歌文化はあふれている。それがもとは民謡などで行われていたことだと言われると、ふざけた遊びとしてやっていたはずのことが突然すごい文化的背景を持ったかのように思えて、なんだか不思議な気分になる。

「また、この『皆が知っている』という前提も、怪談や都市伝説につなげやすい要素です。『サッちゃん』は、大抵の人が子供の頃に歌って覚えている歌です。僕達の中に、古い記憶、原体験に近いものとして根付いている。だからこそ、『この歌には四番があって』と言って語り出すのは、いい『引き』になります」

それから高槻は、また黒板の方を向いた。

先程書いた『替え歌』の隣に、今度は『考察』と書く。

「例話①や②が生まれた土壌には、『考察』という要素があります。これまでの講義でも語ってきたことですが、僕達は何かしら意味がありそうな言葉を聞いた際、そこには必ず意味があるのだと思ってしまいがちです。そうして、その意味を考える。あるいは背景を考察する。サッちゃんはなぜバナナが半分しか食べられないのか。サッちゃんが行ってしまった『遠く』とはどこなのか。YouTubeや考察サイトなどでも、こうした怪談系の考察は人気ですね。中でも特に人気なのは——『かごめかごめ』、でしょうか」

高槻はそう言って、にっと笑った。

「『かごめかごめ』には、意味深に思える言葉が満載です。それゆえ、そこに怪談的要素を見出《みいだ》した人が、様々な考察を行っています。たとえば、例話④。この歌に隠されているのは嫁 姑《しゅうとめ》の確執だとする説。『かごめ』というのは『籠《かご》を抱えたようにお腹が大きな女』、つまり妊婦のことで、『かごの中の鳥はいついつ出やる』は胎児がいつ生まれてくるかということ。しかし、それに続く『鶴と亀が滑った』は、長寿の象徴が滑る、つまり胎児の死を示している。妊婦が誰かに突き飛ばされて階段を滑り落ち、流産してしまったことを指すというんですね。じゃあ、誰に突き飛ばされたのか。それは、『後ろの正面』、つまり妊婦の真後ろにいた姑である」

もっともらしい気もするが、だいぶこじつけ感が漂っているなと尚哉は思う。『滑った』はもともと歌詞にあるからいいとして、『突き飛ばされた』や『姑《うま》』は一体どこから出てきたのだろう。これを怪談として語るなら、その辺りの説明も上手くやらないといけない気がする。……後で瑠衣子にでも語ってもらったら面白いかもしれない。尚哉の身近で一番怪談語りが上手いのは瑠衣子だ。

「例話⑤は、『かごめ』とは『籠目』だとする説です。江戸時代、罪人は籠に入れてさらしものにされたり、刑場に運ばれたりしました。『かごの中の鳥』とは罪人を指すというわけです。『いついつ出やる』は刑場に連れていかれた罪人が籠から出されること、つまり処刑されることを指し、『後ろの正面』とは、はねられた首がくるりと回って首切り役人の方を向いたことを示している。……なかなかにわくわくする話ですね！」

実に血生臭い話を、高槻はなんとも楽しげに話す。いつものことなので、教室の学生達はそんな高槻を生温かく、あるいは微笑ましげな視線で眺めている。

「こうした考察は、ネットを漁《あさ》ってみるとそれはもうたくさん出てきます。『かごめ』は『籠女』で、『かごの中の鳥』は遊郭から出られない遊女を指すという説も有名ですね。中には、『かごめかごめ』は埋蔵金のありかを示す暗号だという説まである。しかし、ネット上の怪奇な考察は、歌詞に含まれる言葉にのみ注目して想像力をたくましくするばかりで、大事なことを忘れています。それが何かわかりますか？」

高槻は学生達の顔を見回し、「じゃあ、君」と目が合った女子学生を指した。

その女子学生は、突然指名されて狼狽《うろた》えた様子で、

「え？　えっと……すみません、わかりません……」

「じゃあね、そもそも『かごめかごめ』は、どういうときに歌う歌かな？」

「どういう……あの、こ、子供が、遊びながら歌う歌です。こう、手をつないで」

「そう、この歌は、子供達が遊ぶための歌なんです。体を使ってね。しかも一人ではなく、集団でやる遊び。つまり、歌詞には遊戯としての身体的動作が含まれているはずだし、一緒に遊ぶ者達への呼びかけになっていると考えるべきです」

高槻は彼女に向かって「ありがとう」と笑いかけ、またチョークを手に取った。

「柳田国男《やなぎたくにお》は、『かごめ』は『かがめ』、つまり『しゃがめ』だと考えました。これは、『かごめかごめ』の遊び方からきている解釈です。鬼を中心に手をつないでぐるぐる回り、歌い終わると一斉にしゃがむからですね。ただ、この説には一つ弱点がある。『かごめかごめ』の遊びには、本来『しゃがむ』という動作がなかった可能性があるんです」

話しながら、高槻は黒板に『かごめ』『かがめ』と書き並べる。

それから、『かがめ』の下にクエスチョンマークを書き足し、

「『かごめかごめ』の成立は江戸時代です。十八世紀末、寛政《かんせい》九年の辞書『諺苑《げんえん》』に、

『かごめかごめ』の歌詞が載っている。また、それより二十年ほど前の安永《あんえい》八年に出た『かごめかごめ籠中鳥《かごのなかのとり》』という黄表紙には、子供達が『かごめかごめ』をして遊んでいる様が歌詞と共に描かれています。辞書や黄表紙の題材になるくらいですから、実際はもう少し前から街中で流行《はや》っていたはず。江戸時代のこうした資料からわかるのは、『かごめかごめ』の歌詞の後半が今とは違っていたこと、そして遊び方もまた違っていたことです。資料の例⑥に『諺苑』にある歌詞を載せていますので、見てみてください」

高槻に言われて、学生達は資料に目を落とす。

──かごめかごめ、籠の中の鳥は、いついつ出やる、夜明けの晩に、つるつるつっぺえた、鍋《なべ》の鍋の底抜け、一升鍋の底抜け、底を入れてたもれ

後半から全然違う歌詞になっている。どういうことだろうと、学生達は首をひねる。

「さて、皆さん。この後半の歌詞に心当たりは？」

高槻が尋ねる。

だが、学生達の反応は芳しくない。

「あれ、子供の頃に遊ばなかったかな。ええと──それじゃ難波くん、こっちおいで」

高槻がそう言って、目が合った難波をおいでおいでと手招きした。

難波が「何で俺？」とぼやきつつ、立ち上がって高槻に歩み寄る。

高槻は向かい合った状態で難波の両手を取ると、そのまま腕を左右に揺らして歌う。

「なーべ、なーべ、そーこぬけ」

難波が、あ、という顔をした。尚哉も今の歌詞で思い出す。

高槻は「そーこが抜けたらかえりましょ」と歌いながら、両腕を持ち上げる。難波も一緒に動きを合わせ、互いに手をつないだまま腕の下をくぐるようにして、くるりと背中合わせになった。

そう、『なべなべ底抜け』だ。小さい頃やったことがある。

両手をつないだまま一度背中合わせになり、同じ歌詞を歌いながら正面に戻る遊びだ。確か手が離れてはいけないルールだったと思う。

高槻は難波の手を放し、「ありがとう」と言って難波を席に戻すと、話を続けた。

「こういう遊びを、『くぐり遊び』と呼びます。つまり、『かごめかごめ』は本来、『後ろの正面だあれ』で背後の人物を当てる『あてもの遊び』ではなく、『くぐり遊び』だった。その裏付けになるのが、先程挙げた黄表紙『かごめかごめ籠中鳥』の挿絵です。手をつないで鬼を囲んだ子供達は、今の遊び方と違って、中の鬼に対して背中を向けている。そして鬼も、今と違ってしゃがまずに立っているんです。子供達は歌いながら腕の下をくぐって体の向きを入れ替える。そして歌い終わった後、輪になった子供達の腕をくぐり抜けて鬼が外に出る。絵を見る限り、元はそういう遊びだったんじゃないかと考えることができる。だから『かごめ』は『囲め』、つまり『鬼を囲め』の意味だとする説があります。僕としては、『かがめ』よりこちらの方が正しいような気がします」

黒板の『かがめ』のとなりに、高槻は『かこめ』と書き記す。

「続く『かごの中の鳥』は、『かごめ』という言葉の音からきた連想ととらえるべきでしょう。『かご』は輪になった子供達を指し、『中の鳥』は輪の中心にいる鬼を指す。『つるつるつっぺえた』は『つるつると滑るように突っ入った』。『突っ入る』というのは、『勢いよく入る』という意味の言葉です。こうやって読み解いていくと、『かごめかごめ』は別に恐ろしい歌なんかではなく、鬼を囲んで輪になり、輪の中心に入ってしまった鬼に向かって『いつ外に出るのか』と呼びかけている歌ということになります」

そう言われると確かに、そう解釈するのが正しいような気になってくる。

ネット上の無理矢理感漂う解釈に比べると、すとんと納得できるのだ。

「『夜明けの晩に』から始まる僕達が通常知っている方の後半の歌詞は、明治以降に作られたものです。『夜明けの晩』や『後ろの正面』といった矛盾する表現は、言葉遊び的なものでしょう。『鶴と亀が滑った』については、元の歌の『つるつる』から鳥の『鶴』が連想され、そこから鶴とセットで扱われることの多かった『亀』が出てきて、『つっぺえた』が『滑った』に変形したと考えるのが妥当です。『くぐり遊び』から『あてもの遊び』への変形は、やはり江戸時代からあった『まわりまわりの小仏』などのほぼ同様のやり方で行う遊びからの転用でしょうね。――というわけで、『かごめかごめ』をきちんと学術的に解釈すると、別に怖くも何ともない話になってしまうわけですが」

高槻はそこで一旦《いったん》言葉を切ると、

「しかし、こう解釈してしまうと、面白みはだいぶ減りますよね」

しみじみとした口調で、いきなり身もふたもないことを言い出した。せっかくの学術的な解釈をそんな残念そうに言われても、聞いている学生としては困る。

「不思議なことに僕達は、『かごめかごめ』を実際に歌っていた子供の頃には、その歌詞の意味など特に考えもしなかった。そういうものだと思って、教えられたままに歌い続けた。だからこそ、どこかのタイミングでその言葉の意味に疑問を持ったとき、ありとあらゆる方面での考察を始める。そして、そうした考察が、本来は無垢《むく》な子供のために作られたわらべうたに、不気味な怪談をまとわせる」

高槻はそう言って、ぐるりと学生達の顔を見回し、あらためてにっこりと笑った。

「考察系の怪談は、こじつけだと言われて学術的研究の場においては切って捨てられることが多いです。何でもありな話になってしまいますからね。けれど、現代の怪談や都市伝説を考えるうえでは、これらを無視してしまうのは少々もったいない。考察の中身については ともかくとして、そうしたものが怪談を生み出す土壌の一つになっているのは確かです。もし来年度に僕のゼミに来たいと思っているのなら、ネットにあふれるこうした現代怪談をどのような視点で解いていくかを考えてみるのもいいかもしれません。――というわけで、レポートのお題を発表しまーす！　このレポートをもって秋学期試験に代えるので、そのつもりで！」

突然高槻がそんなことを言い放ち、教室の中に「えええ！」という悲鳴にも似た声があふれた。難波が「やっぱ来たかレポート！」と叫んで頭を抱える。

たぶん高槻は、今回のレポートで、来年度のゼミ生についてある程度ふるいにかけるつもりだろう。尚哉のことは最初から受け入れるつもりらしいが、そんな裏口入学的な扱いで入れられるのも不本意だ。せいぜい気合を入れて書こうと決意しながら、尚哉は発表されたレポートのお題をメモした。


案の定、講義が終わった後に高槻からメールがきた。

『バイトを頼みたいから、時間があいてたら研究室においで』

見慣れた文面に『今から行きます』といつものように返して、研究室棟に向かう。

三階の304の扉をノックすると、「どうぞ」という柔らかな声が返った。

尚哉が扉を開けると、大机でノートパソコンを広げていた高槻が、にこにこしながら立ち上がった。相変わらず機嫌がいいようだ。

「いらっしゃい、深町くん！　ごめんね、この時期はレポートとか試験勉強で色々忙しいとは思うんだけど」

「別にいいですけど。また『隣のハナシ』に依頼がきたんですか？」

「うん、ちょっと面白い話でね。先方の都合で、できれば明日《あした》の午後か来週に来てほしいって言われてるんだけど、深町くん、金曜の午後って確か空いてたよね？」

「はい、大丈夫です。来週よりは今週の方が助かりますね」

「そう、よかった！　とりあえず座って。コーヒー飲むよね？」

高槻はそう言って、部屋の奥へと歩いていった。

食器棚からマグカップを取り出し、窓際の小テーブルの前に立って、いつものように飲み物の支度をする。尚哉のために苦いコーヒーを、自分用には甘い甘いココアを。

あれ、と思って、尚哉は机の上のノートパソコンにちらと目を向けた。

液晶モニターは、半分閉じた形になっている。いつもなら「依頼メールを開いてあるから勝手に見ていいよ」と言われるのだが、今日はそうではないらしい。

メールじゃなくて電話依頼だったのかなと内心首をかしげる尚哉に、トレイを持って戻ってきた高槻がマグカップを差し出した。

「今回の依頼は、とある小学校の先生からなんだ」

そう言って、依頼内容の説明を始める。

「その先生は、六年生の担任をしていてね。彼のクラスで、十一月頃から問題が発生しているそうだ。なんでも、『モンモン』というお化けが教室に出たらしい」

「モンモン？　何ですかそれ」

「わからない。僕も聞いたことがないんだ。そのお化けが出るようになった発端が、とても興味深くてね。――そのクラスでは今、昔ながらの遊びが流行《はや》っているんだって」

きっかけは、総合の時間に、グループ研究として『昔の遊び』について調べさせたことだったという。

今の子供は流行りのオモチャやコンピューターゲームでばかり遊んでいるから、この機会に今一度昔ながらの遊びを楽しもう。そういう意図があってのことだった。

児童達は、自分が小さい頃にやった遊びを思い出したり、最近の子供がやらなくなった古い遊びを調べたりして、班ごとの研究結果をまとめて発表した。中には誰も知らないような超ローカルな遊びを挙げる子もいて、授業はおおいに盛り上がった。

その結果、彼のクラスでは、研究発表会で紹介された古い遊びがリバイバルした。お手玉や福笑い、『だるまさんが転んだ』に『あぶくたった』に『はないちもんめ』。小学六年生がやるには少々幼すぎるものもあったが、彼らなりに懐かしさもあったようで、休み時間の度に児童達はそれらの遊びに興じた。

それはとても微笑ましい光景だったという。

だが、やがて彼は、一人の児童の様子がおかしいことに気づいた。

広川《ひろかわ》くんという子だ。

リバイバルした遊びの中には、『かごめかごめ』もあった。

だが、広川くんだけは、なぜか『かごめかごめ』をやりたがらないのだ。

誘われれば、一応輪の中に入りはする。でも、頑《かたく》なに口を閉じ、決して歌わない。先生である彼が気づいたくらいだ。子供達はもっと早くそれに気づいた。

何で歌わないんだ、歌わないならあっち行け。子供達は徐々に広川くんを爪《つま》はじきするようになり、まずいと思った彼は広川くんに声をかけた。一体どうしたのかと。

すると広川くんは、こう言ったのだという。

「あの歌を歌うと、モンモンが来ちゃうかもしれないから、歌いたくない」――と。

モンモンとは何だと訊《き》いても、広川くんは答えなかった。

どこから来るのかと尋ねたら、「押し入れ」と小さな声で答えた。

と、近くにいた児童がそれを聞いて、「馬鹿じゃないの！」と囃《はや》し立てた。

「モンモンって、何それ。猿？」「ていうか、そんなのいるわけないじゃん」「広川くんってそんなの怖いんだー」と児童達が嘲笑《あざわら》い、広川くんは顔を真っ赤にしてうつむいた。やめなさい、と先生が止めたところで、勢いづいた児童達はそうそう収まらない。

広川くんはとうとう泣き出してしまった。

しかし広川くんは泣きじゃくりながら、なおも続けた。「本当にいるもん！」と。「モンモンは大きくて、毛むくじゃらで、爪と牙《きば》が鋭くて、子供のことが大好きなんだよ！本当に、本当にうちにいるんだもん！」と。

それを聞いた児童達は、大笑いした。

「モンモンはいるんだモン、だって！」「モンモンはいるモン！」「モン！」――からかいの声はいや増し、彼は大声を出して場を収めざるをえなかったという。

だが、その後も児童達は広川くんをからかい続けた。

広川くんの前でわざと『かごめかごめ』をしたり、嫌がらせのように歌ったりした。

勿論《もちろん》彼はその都度やめさせたし、そういうことをしてはいけないと諭したが、彼がいない場で、おそらく『かごめかごめ』を使った広川くんいじめは続いていたのだろう。

広川くんは、ついに学校に来なくなってしまった。

「……ひどい話ですね」

話を聞いた尚哉は、思わずそう呟《つぶや》いた。

高槻がうなずいて言う。

「残念なことに、こういうときの子供の無自覚な悪意というのは、すぐには消えない。学校というのは集団行動を学ぶための場としてはとても大切な場所だけど、同時に、集団の悪意を育《はぐく》む場所にもなりかねない。——とはいえ、ここまでは、どこの学校でもしばしば当たり前のように起こることだ。でも、この話にはまだ続きがある」

「何が起きたんですか?」

「だから、モンモンが出たんだよ。学校にね」

高槻はそう言って、にやりと笑った。

「広川くんが学校に来なくなっても、『かごめかごめ』はクラスの中で続いていた。先生としても、ただ遊んでいるだけなら、禁止するわけにもいかなかったんだろうね。でもある日、『かごめかごめ』の真っ最中に、鬼役をしていた女子が一点を指差して叫び出したんだ。『モンモンだ! モンモンが来た!』ってね」

彼女が指差した先には、何もなかった。お化けに見間違えるようなものは、何一つ。

宙を指して金切り声を上げる彼女の姿は、誰が見ても尋常ではなかったという。

しかし、児童達に呼ばれて駆けつけた彼が慌てて保健室に連れて行こうとしたところ、彼女は突然正気に戻った。

きょとんとした様子で「皆、どうしたの？」と不思議そうに言った彼女を見て、児童達が何を思ったかは想像に難くない。

――モンモンが取り憑《つ》いた。

皆が馬鹿にしていたはずのモンモンは、こうして一気に恐怖の的となった。

「それからというもの、モンモンを見たという子が続出してね。短い間に、なかなかに多くの怪談が生み出されたみたいだよ」

「怪談って」

「たとえば、『かごめかごめの歌を少しでも聞いてしまったら、夢にモンモンが現れる』とかね。ちゃんと助かる方法があるそうだよ、『後ろの正面を見せればいい』って」

「どうするんですか？」

「どうやら背中を向けるということのようだね。他にも、『夕方四時二十七分に一人で教室にいると、モンモンが現れる。殺されたくなかったら、〈めごかめごか〉と唱えろ』というものもあるらしい。四時二十七分は、『四二七』を『死にな』と読み替えたものだろうね。『めごかめごか』は『かごめかごめ』の逆読みだ。面白いよねえ」

こういうときの子供達の想像力には目を瞠《みは》るものがある。微妙に他の怪談と入り混じっている感はあるが。

「クラスでは、『かごめかごめ』をやる子供は一人もいなくなった。ついには、『モンモンが出たのは広川くんが原因だ』とする派と、『広川くんを不登校にしたせいでモンモンが怒って出てきたのだ』とする派とが、クラス内で対立するようになったらしい。担任の先生としてはほとほと困り果てているそうだよ」

青いマグカップを口元に運びながら、高槻が言った。

マグカップをなみなみと満たすココアには、雪だるまの形のマシュマロが浮かんでいる。溶けかかったそれをぱくりとひと口にして満足げに目を細めた高槻に、尚哉は言う。

「前に調布《ちょうふ》の小学校で起きたコックリさんの事件と、少し似てますね」

「そうだね。あれも、コックリさんが取り憑いたロッカーを子供達が恐れた結果、『五年二組のロッカー』という怪談を生み出した。ただ、今回の件は、もう少し物騒だ」

「物騒？」

「広川くんを一番囃し立てていた男の子が、ある日給食袋を教室に忘れてね。翌朝机から取り出してみたら、袋が切り裂かれていたそうだ。まるで爪か牙で乱暴に引き裂いたみたいに、びりびりだったらしい。しかも布地には、灰色の毛が大量に付着していた」

それは、広川くんが言っていたモンモンの特徴を思わせた。

単に『モンモンを見た子がいる』というだけなら、思い込みが見せた集団幻覚ということで片付けることもできただろう。だが、物理的被害が出ているとなると、このまま児童達が自然と落ち着くのを待つわけにもいかない。

「あと、騒動の発端に『かごめかごめ』があったのも、騒ぎを大きくする一因となったみたいだ。ほら、近頃の子供は割と自分でネット検索するからさ。調べて読んじゃった子がいたみたいなんだよねえ、さっき講義で話したような考察記事を。それで皆ますます『かごめかごめ』の歌が良くなかったんだと思い込んじゃって」

「うわあ」

「だから僕に相談がきたんだよ。子供達に、そういう考察は嘘だって説明してほしいんだってさ。専門家が話した方が、担任の先生が話すより聞いてくれそうだからって」

マグカップを両手で包むようにして持ち上げ、立ち昇るココアの香りを楽しむように顔を近づけて、高槻は微笑む。

つられたように、尚哉も自分のマグカップを持ち上げる。コーヒーの香りを深く吸い込むと、頭がすっきりするような感じがする。けれど、それ以上嗅《か》ごうとすると、すぐ横から漂ってくるココアの香りの甘さも一緒に感じる。二つの香りは混じり合い、この研究室の空気にゆっくりと溶けていく。

尚哉は口を開いた。

「先生は、どう思ってるんですか？　この騒動について」

「うん？　そうだねえ、僕はどちらかというと、モンモン出現の発端が気になるかな」

「発端？　広川くんが『かごめかごめ』を嫌がったことですか」

「いや、違うよ。モンモンが実際に出現したのは、『かごめかごめ』の最中に一人の女の子が叫び出したときだ。このとき、彼女が鬼役だったというのが面白いよね」

「どうしてですか？」

「さっきの講義でも言ったけど、『かごめかごめ』はもともとは『あてもの遊び』ではなかった。でも、現代の『かごめかごめ』とほぼ同じやり方で行われていた遊びが幾つかあってね。その一つに、『地蔵遊び』というのがある」

「地蔵遊び、ですか。結構名前違いますね」

「さっき講義で名前を出した『まわりまわりの小仏』に近いんだよ。一人を真ん中にしゃがませて目隠しをさせ、他の子達がその周りを輪になって回りながら『中の中の地蔵さん』と歌うんだ。で、歌が終わると、中の鬼が目隠ししたまま一人を捕まえて、誰なのか当てる。当たったら鬼を交代する。今で言う『目隠し鬼』にも似ているね。ただ、福島県の海岸地方では、『中の中の』ではなく、『お乗りやアれ地蔵さま』と唱えるんだ。そうすると、だんだん鬼役の子供に地蔵さまが乗り移って、色々なことを言い始めたり、失《う》せもの当てをしたりする」

それはなんだか怖い遊びのように思える。一種の降霊術ではないのか。

高槻は、マグカップの縁を指でなぞるようにしてくるりと円を描いてみせ、

「似たようなことは他の地域でも行われていた。このことから、一人を複数で輪になって囲み、歌いかける形式というのは、もとは神の口寄せだったと考えることができる。それが子供の遊びとなって残ったんだとしたら、今回の騒動で鬼役の子に何かが取り憑いたのだとしても、不思議はないよね」

「『かごめかごめ』の遊びが、霊的な何かを召喚しちゃったってことですか？」

「その可能性がないとは言い切れない。まあ勿論《もちろん》、給食袋を切り裂くのなんて、化け物じゃなくてもできることだよ。誰かの偽装の可能性も高い。でも、とにかく今、そのクラスには『モンモン』がいるんだ。その正体を、突き止めてみたいとは思わない？――ああ、小学校に行って実際に聞き取りさせてもらうのが楽しみだなあ！」

子供が万歳するような姿勢で一つ伸びをして、高槻が笑う。

もしそれで本当のお化けだったら、この人はどうするつもりなのだろう。大喜びで捕まえようとしそうだ。そんな爪だの牙《きば》だのある化け物相手にやめてほしいが。

と、高槻が、妙に嬉《うれ》しそうな顔をこちらに向けた。

尚哉の方にその顔をぐいと近づけ、

「――……ええと、それでね。あの」

今までずっと言いたくて言いたくてたまらなかったとびきりの秘密でも告げるかのように、わくわくとした瞳《ひとみ》で言う。

「今回依頼をしてきた小学校の先生なんだけどね、実は」

「実は？」

「その人、田崎晋《しん》さんっていうんだ」

「田崎さん？……有名な人ですか？」

「違うよ。田崎涼くんの、お兄さんだよ！」

予期せぬタイミングで飛び出した名前に、尚哉は目を瞠った。

正月に実家の近くでたまたま再会した、あの涼の兄貴か。でも、どうして。

慌てて記憶の底を掘り返してみたら、かろうじて涼に兄貴がいたことを思い出した。確か七歳かそこら年上だったはずだ。涼の家で、何度か遊んでもらった覚えがある。

高槻はノートパソコンを開くと、尚哉の方に画面を向けた。そこには、『隣のハナシ』に届いた晋からのメールが表示されている。

その文面にざっと視線を走らせ、『先生の助手の深町尚哉くんと私の弟が友達で、このサイトのことは弟から聞きました』という一文を見つけて、尚哉は思わず頭を抱えたくなった。そうだった。この前涼と会ったとき、確かに高槻の話をした。

高槻が、上機嫌でぱたぱたと尻尾《しっぽ》を振りまくっている犬のような顔で言う。

「僕ねえ、このメール見たとき、すごく嬉しかったんだ！　だってほら、『友達』って！　『深町くんと友達』って！　そう書いてあるんだもの！　田崎涼くんって、うちの大学の子じゃないよね？　いやでも良かったよ、深町くんに難波くんの他にも友達がいるってわかってさ！　しかも、その友達に僕のこと話したりしてるんでしょ？　通り一遍の世間話だけしてる仲ってわけじゃないよね、そこそこ仲良しってことでしょう？」

そんな無邪気な笑顔を向けられても困る。もしかして今日ずっと機嫌が良さそうに見えたのは、尚哉に友達がいると思い込んで喜んでいたからなのか。

これはどうしたものかと本格的に頭を抱えつつ、仕方なく尚哉は真実を告げた。

「……あの、喜んでるところ本当すみませんけど、涼は友達じゃないです」

「またまた、そんなこと言って！　君ときたら、難波くんのことも長いこと友達って認めなかったけどさ！」

「いえ、だからそういうわけじゃなくて。話したのも、十年ぶりに近いです」

「え？……どういうこと？」

「正月に実家に帰ったときに、たまたま道で会ったんですよ。小さい頃よく一緒に遊んでた相手で、無視するのもちょっとって感じで……それで、通り一遍の世間話のつもりで何のバイトしてるか話したら、妙に食いつきが良くて、なんか根掘り葉掘り訊《き》かれて……それで先生のことや『隣のハナシ』のことも話す羽目に」

「えええ、そうなんだ……？」

高槻ががっかりした様子で言う。ものすごくぬか喜びさせてしまったようだ。

さらに尚哉はメールを読み進め、件《くだん》の小学校の校名が記された部分で目を留めた。

「……この小学校って」

「何？　どうしたの」

「あの……俺が行ってた学校です、これ」

晋は今、尚哉の家の近所にある小学校に勤めているようだ。

高槻ははっとしたような顔をして、尚哉を見た。

「——ねえ、深町くん。もし嫌だったら、断ってくれてもいいよ」

「え？　何ですか急に」

「だって……もしかしたら深町くんは、その学校にあんまり良い思い出がないんじゃないかと思ってね」

気遣わしげな口調で、高槻が言う。

以前高槻には少し話したことがある。尚哉の耳がこうなった後、何が起きたのか。

尚哉はもう一度、晋からのメールに目を向けた。

とても困っている、と書いてある。ぜひ相談させてほしい、と。

モンモンに怯《おび》える児童達を晋がどれだけなだめたところで、聞く耳を持ってもらえないらしい。だが、モンモンに対する集団ヒステリーをまず収めないことには、広川くんが教室に戻ってくるのも難しいだろう。

尚哉が断ったら、高槻はどうするのだろう。一人で行くのだろうか。いや、それは駄目だ。下手をしたら小学校までたどり着けない可能性がある。

尚哉は高槻に目を戻し、言った。

「大丈夫ですよ。俺、行きます」

高槻が少しほっとした顔をする。

「よかった。……でも、本当に大丈夫？」

「だから大丈夫って言ってるじゃないですか。何年前のことだと思ってるんですか」

そう笑って返しながら尚哉は、高槻が嘘を聞き分けられなくてよかったなと思った。

今の自分の声が歪《ゆが》んでいないかどうか、ちょっと自信がなかった。

先方が金曜の午後を指定してきたのは、六時間目が総合の時間だからだそうだ。そこで高槻に、児童に対して話をしてほしいという。

駅から小学校までは、タクシーで向かった。徒歩だとだいぶ時間がかかるし、バスを使うにも不便な位置にあるからだ。

高槻が、興味津々にタクシーの窓から外の景色を眺めて言った。

「ここが深町くんが生まれ育った町なんだねえ」

「……結構田舎なんです」

「そんなことないよ、いいところじゃないか」

濁りのない澄んだ声でそう言って、高槻が微笑む。

なんだか落ち着かない気分で、尚哉はシートの上でもぞもぞと身動きした。まさか高槻を自分の地元に連れてくるようなことがあるなんて。うっかり母親と出くわしたりしないよう祈るしかない。なんとなく、高槻と自分の親を会わせたくなかった。

小学校の前でタクシーを降り、校門越しに校舎を見た尚哉は、軽く目を瞠《みは》った。

外観が、変わっていた。

三階建てなのは変わらない。でも、尚哉が通っていた頃には、屋上に四角い時計台があった。体育の授業のときなどは、教師もよくその時計で時刻を確認していたものだった。だが今は、それがない。かつては無数のひび割れが目立つ煤《すす》けたクリーム色だった外壁も、眩《まぶ》しいほど白く塗り直されている。割と最近改修工事があったようだ。

校門前に立っていた小柄な男性が、こっちを見て大声で呼びかけてきた。

「高槻先生でいらっしゃいますよね？　私、先日ご連絡差し上げた田崎です！」

晋だった。黒地に白のラインの入ったウインドブレーカーを着ている。

こんな顔だったっけ、と尚哉はその顔を見つめて思う。何しろ最後に会ってから十年以上経っている。何より、その背丈に違和感があった。かつては見上げていたはずなのに、今となっては尚哉の方が背が高い。

高槻が愛想よく笑って、名刺を差し出した。

「こんにちは。青和《せいわ》大学の高槻です。今日はよろしくお願いいたします」

「こちらこそ、どうぞよろしくお願いいたします！　わざわざお越しいただきありがとうございました。いやー、大学の先生に来ていただけるなんて、光栄です！」

晋は名刺を受け取りながら、なんだか眩しげに高槻の顔を見上げた。

それから晋は尚哉に目を移し、

「えーと、尚くんだよね。確か、犬飼ってた子だよね？　いやー、大きくなったねえ！ていうか覚えてるかなあ、俺のこと」

「あ、はい……何度か遊んでもらいました」

尚哉が答えると、晋はうんうんと大きくうなずいて笑った。笑うと先日会った涼と似ているようにも思えたが、目尻《めじり》に寄る皺《しわ》を見て、ああ大人なんだなと感じる。動作や声がいちいち大きいところが、なんだか小学校の先生っぽかった。

今はまだ五時間目の授業が行われている時間だ。晋のクラスの児童達は、音楽室で音楽の授業を受けているという。

来客用の昇降口から校舎に入り、校長に軽く挨拶《あいさつ》を済ませると、とりあえず教室で児童達が戻ってくるのを待つことになった。コートを職員室で預かってもらい、晋の案内で校舎の中を歩き出す。晋が担当する六年三組の教室は、二階にあるそうだ。

廊下には、各教室で教えている先生達の声が漏れ響いていた。国語の朗読。算数の図形問題。磁石の性質を語る理科の授業。遠くから聞こえる歌声は音楽室のものだろう。校庭の方からは、教師が吹く指導用の笛の音がする。

来客用の薄いスリッパでぺたぺたと廊下を歩きながら、尚哉はついきょろきょろしてしまう。外観も変わったが、校舎の中も尚哉がいた頃とはだいぶ違う。壁は綺麗《きれい》に塗り直されているし、かつては教室だったはずの場所にカーペット敷きの広々とした開放空間ができていたりする。

晋が尚哉の様子に気づいて言った。

「尚くんが通っていた頃とは、随分変わってるだろう。一昨年《おととし》から去年にかけて、だいぶ大掛かりに直したんだよ。子供の数が減ったのに合わせて、教室の数を減らして多目的ホールにしたりね。工事中はプレハブ校舎で授業しなくちゃいけなくて大変だったたんだけど、できあがってみたらやっぱりモダンでいいよねえ」

「屋上の時計台がなくなってて、びっくりしました」

「ああ、あれね！　だいぶ老朽化が進んでたから、撤去しちゃったんだよ。外にいるときはあれで時間の確認ができたから、便利だったんだけどね」

尚哉が通っていた頃の校舎は、随分と古くてボロかった。あちこちの隅に学校独特の薄暗さがわだかまっていて、おかげでどんな七不思議も本当なんだとたやすく信じられたものだった。確か、なくなった時計台にまつわる怪談もあった気がする。

今の綺麗でお洒落《しゃれ》な建物に、学校七不思議はそぐわない。

それでも——怪談は、どんな場所にでも生まれるのだ。

だから自分達は、ここに呼ばれた。

「ここがうちのクラスです」

晋がそう言って、六年三組の教室の引き戸を開けた。

児童達のいない教室は、やはりがらんとして見えた。

黒板に向かって何列も並べられた椅子と机。教室の後ろに設置された棚には、ランドセルや鞄《かばん》が乱雑に突っ込まれている。壁にずらりと貼り出されたクラス全員分の習字は、冬休みの宿題で書かされた書き初めだろうか。なかなかに個性あふれる文字で「希望の朝」だの「将来の夢」だのと綴《つづ》られていた。

適当に座ってくださいと晋に言われ、高槻と尚哉は前の方の席に腰を下ろした。当然だが、椅子も机も随分と小さい。脚の長い高槻はなかなかに辛《つら》そうだ。

晋も近くの椅子に座り、高槻に向かって言った。

「児童達には、今日の総合では大学の先生にお話ししてもらう、と伝えてあります。その後で学級会議を開き、あらためて広川のことについて話し合う予定です。なんでしたら、お話が終わったら、お帰りいただいてもかまいませんよ。児童達の話し合いを見ても、先生の研究の役には立たないでしょうし」

「いえ、もし差し支えなければ、学級会議も見せていただいていいですか？　僕は児童心理の専門家ではありませんが、子供達にとっての『お化け』という存在についても大変興味があります」

高槻がにっこりと笑ってみせる。

それから高槻は、壁の習字に目を向けて、尋ねた。

「広川くんは、まだ登校していないんですよね？　書き初めはあるようですが」

高槻の視線の先をたどると、目立たない位置に、「広川修太朗《しゅうたろう》」と名前が添えられた書き初めがあった。書かれた文字は「希望の朝」。線は細いが、綺麗で丁寧な字だった。

晋がうなずいた。

「あれは、私が年明けに広川の家まで行って、受け取ってきました。学校には来てませんが、宿題はちゃんとやってるんですよ、あいつ」

「そうですか。真面目そうな性格が文字から伝わってきますね。――最初にモンモンに取り憑《つ》かれた子は、どの子ですか？」

高槻が尋ねると、晋は「あれです」と左端の一番上に貼られた習字を指差した。添えられた名前は、「芦谷璃子《あしやりこ》」となっている。

書かれた文字は、「将来の夢」。こちらは堂々たる太さで書き綴られている。

「芦谷さんという子なんですね。田崎先生は、その場にはいなかったそうですね」

「休み時間でしたからね。私は職員室にいました。児童達はさっき見たカーペット敷きの多目的ホールで『かごめかごめ』をしていて、芦谷の様子がおかしくなったと数人の子が私を呼びに来たんです。そしたら芦谷が、窓の外を指差しながら泣き叫んでて」

「芦谷さんは、どんな子ですか？　広川くんとは親しかったのでしょうか」

「芦谷は明るい性格で、クラスの中心人物的な子ですね。成績も良いし、スポーツも得意で、ミニバスケをやってます。広川とは……どうかな、そんなに仲良しだったという印象はないですね。少なくとも、普段一緒にいるグループは違っていました。広川は割と大人しめな子で、休み時間も一人で本を読んだりしてることが多くて……あ、でも、広川もすごくいい奴なんですよ！　優しくて、あと算数の成績はクラスで一番です」

一生懸命な様子で、晋が言う。担任教師として、受け持ちの児童のことは少しでも良く伝えたいのだろう。

高槻はうなずきながらそれを聞き、また壁の書き初めに視線を向けた。

「給食袋を引き裂かれた子は、どの子ですか？　男の子だと聞きました」

「増田《ますだ》ですね。右から二列目に貼ってあります」

晋が指差した先には、「増田大翔《ひろと》」と書き添えられた習字があった。半紙からはみ出しそうな大胆な字体で「豊かな心」と書かれている。

「増田はお調子者で、馬鹿ばっかりやってるような奴ですが、クラスの盛り上げ役になってくれていいます。増田が面白がって広川をからかったものだから、他の子達もそれに乗っかっちゃった感じで……私が上手《うま》く止められたらよかったんですが……」

そう言って、晋は一度うつむいた。

それから再び視線を上げ、ゆっくりと、壁に並んだ子供達の文字を眺めやる。

少し途方に暮れたようなその視線は、そのままゆるゆると下がって、教室の中に立ち並ぶ椅子と机を順になぞった。

そして晋は、とある一つの席で視線を止める。

他の席と違って、なぜだかひどく物寂しく見える席。

しばらく見つめて、尚哉はその理由に気づく。他の机は、中に教科書が詰め込まれていたり、横に書道セットが掛けられていたりするのに、その席だけはからっぽなのだ。

それはおそらく、広川くんの席だ。

「……高槻先生。この子達、六年生なんです」

再びうつむき、晋は膝《ひざ》の上でぐっと両手を握りしめた。

「三月には卒業してしまうんですよ。小学生最後の年なんです」

抑えきれない自責と後悔が、その声を震わせる。

今は一月。この教室で児童達が過ごす時間は、もう残りわずかだ。

「こうなってしまったのは、担任としての私の至らなさが原因なのはわかっていますが……それでも私は、クラス全員そろって送り出してやりたい」

「そうですね。でも、そのためには、広川くんが戻ってきても大丈夫な環境を作る必要があります」

高槻が言った。

晋が顔を上げる。

高槻は晋の瞳《ひとみ》を見つめながら、言葉を続けた。

「こだわるべきは、全員そろって、という部分ではないと思います。無理矢理全員参加させたところで、それは形を整えたというだけのことです。そしてそれは、決して正しいことではない。誰も無理をすることなく、後で振り返ったときに一つでも多く良かったことを思い出せる状態で小学生という時間を終えることこそが、大切なのではないでしょうか」

その声は静かで、いつも通りに澄んでいて、でもいつものほどの柔らかさはないように聞こえた。尚哉は高槻の横顔を見つめる。この人の子供時代にも何かあったのかもしれないなと、尚哉は思う。いや、ないはずがない、例の神隠しの後、高槻の子供時代は滅《め》茶《ちゃ》苦《く》茶《ちゃ》になったはずだ。……学校での過ごし方だって、変わらざるをえなかったのではないだろうか。

「——ああ、部外者の僕が偉そうにすみません。でも、僕にできることがあれば、最大限お手伝いさせていただきたいと思っていますよ」

高槻はそう言って、にこりと笑った。

晋はぐすりと洟《はな》をすすり、鼻の先を指でこすって少し情けない笑みを浮かべる。

「そう……そうですね。高槻先生の仰《おっしゃ》る通りです。広川がまたクラスの皆と楽しく過ごせるようにする、それが私のすべきことですよね」

そのとき、チャイムが鳴った。五時間目が終わったのだ。

途端に休み時間の喧騒《けんそう》が校内にあふれ出す。晋が慌てたように立ち上がった。

「ああ、そろそろあいつら戻ってくると思います。とりあえず高槻先生は、私と一緒に教壇にお願いします。えっと、尚くんはどうしようか。一緒に並ぶ？」

「あ、いえ、俺はその辺の隅でいいです」

教壇に並んで立った高槻と晋から離れ、尚哉は窓際に立った。こういうとき助手の立ち位置というものにいつも困る。とりあえずあまり目立たないところに立っていたい。

やがて、六年三組の児童達が教室に戻ってきた。

一番乗りは、男子二人組だった。リコーダーを脇に挟み、丸めた教科書とペンケースを持って教室に走り込んできた彼らは、黒板の前にいる高槻を見て思わず足を止めた。

「……えー、誰？　なんかイケメンいる」

「せんせー、この人誰ですかー？」

目をぱちくりさせながら言う彼らの後ろから、続々と他の児童達もやってくる。彼らは一様に高槻を見て驚いた顔をした。女子達は「え、かっこいい」「何かの撮影？」「もしかしてあの番組？　学校に芸能人来るやつ」「嘘マジ⁉」などと盛り上がっている。

晋がぱんぱんと手を叩《たた》いて、大きな声で言った。

「こらー、ちゃんと言っといただろー！　今日の総合は、大学の先生来ますって！」

「えー！　この人、大学のセンセイ？　いいから早く席座れ席ー！」

「こらー、お前達ー！　失礼だろ、いいから早く席座れ席ー！」

子供達はばたばたと席に座り、あるいは荷物だけ置いてまた一度教室から出ていくなど、実に騒がしい。女子は仲良しグループで寄り集まって、高槻の方を見ては何やらきゃあきゃあ言い、男子は珍獣が来たとでもいうような顔で果敢に高槻に近寄っていったりする。幸いなことに、ひっそりと窓際に佇《たたず》む尚哉に注意を向けてくる児童はいなかった。地味さゆえに背景と同化するのは、尚哉の特技だ。というか、頼むからこっちには来ないでほしい。この元気の塊みたいな小学生達を上手くさばく自信はない。

やがて六時間目の開始を告げるチャイムが鳴り、全員が席に座ると、高槻はにこにこしながら児童達の顔を見回した。

「こんにちは！　僕は、青和大学というところで先生をしている、高槻彰良といいます。アキラ先生って呼んでね！」

女子達がくすくすと笑う。男子達も面白そうな顔で高槻を見上げている。大学の先生というと、もっと年を取った堅苦しい感じの人が来ると思っていたらしい。

「さて、このクラスでは、『かごめかごめ』がとても怖い歌だと考えている人が多いと聞きました。そこで僕は今日、皆さんに『かごめかごめ』という歌が本来はどのような意味だったのかを説明しに来ました。といっても、この歌ができたのは江戸時代のことです。歌を作った人々に直接、本当はどうだったのかを聞いたわけではありません。僕ら学者は様々な資料を調べ、その資料から読み取れる情報を整理し、一番筋道の通った考え方を導き出します。皆さんがその説明に納得してくれれば、僕ら学者の勝ちということですね。それでは、まずは僕の話を聞いてください」

ぺこりと一礼して、高槻が話し始める。

昨日の『現代民俗学講座Ⅰ』で話した説明とほぼ同じだが、小学生でも理解できるように、さらに嚙《か》み砕いてわかりやすくしている。尚哉は窓際から、教室の中を見渡した。どの子も興味を持って聞いているようだ。晋は、高槻が話し始めた時点で教室の隅の方に移動したのだが、子供達と同じくらい興味津々な顔をしていた。

一通り話し終えると、高槻はあらためて児童達を見回した。

「というわけで、僕の説明はこれで終わりなんですが、皆さんはどう思いましたか？　やっぱりネットで調べた解釈の方が、正しいと思う？」

児童達は顔を見合わせた。

教室の中ほどに座っている男子が、大きな声で「アキラ先生の方が正しいと思う！」と言った。他の子も、そう思うそう思うとうなずいてみせる。どうやら高槻の説明は、ネットの考察記事に無事に勝利できたらしい。

と、窓際の列の先頭、ちょうど尚哉の目の前の席の子が、はいと手を挙げた。

「アキラ先生、それじゃあ『かごめかごめ』とモンモンはどうつながるんですか？　何で『かごめかごめ』を歌ったら、モンモンが来るんですか？」

高槻はにっこり笑って彼女を見た。

「いい質問だね。お名前を訊《き》いてもいいかな？」

「芦谷璃子です」

はきはきした声で、彼女が答える。

ということは、この子が最初にモンモンに取り憑《つ》かれた子だ。

尚哉は思わずまじまじと彼女を見つめた。綺麗《きれい》に丸い頭の形に沿ったショートボブの髪。青いセーターにデニムを合わせた格好はボーイッシュだが、彼女にはよく似合っていた。瞳には潑溂《はつらつ》とした光が浮かんでいて、なかなかに可愛らしい。晋がさっき、彼女はクラスの中心人物だと言っていたが、確かにそんな感じだ。

高槻は璃子を見てかすかに目を細めると、

「芦谷さん。実はそれはまだ僕にもわからないんだ。何しろモンモンというお化けを、僕は知らないからね」

「アキラ先生、知らないんですか？　大学の先生なのに？」

「うん。だから、皆にモンモンのことを教えてもらいたいんだ」

そう言って、高槻は児童達をまた見回した。

「この中で、モンモンを見た人！　手を挙げてくれる？」

児童達はまた顔を見合わせた。最初は誰も手を挙げなかった。

やがて、「お前、見たって言ったじゃん」とか「モンモンの話してたよね」などという声があちこちで上がる。その声に押されるように、ばらばらと幾人かが手を挙げる。女子が多いが、中には男子もいる。

高槻が、一人の女子を指した。

「どこでモンモンを見たの？　どんな姿だった？」

「……夢で見ました。姿は、大きくて毛むくじゃらで、爪もすごくて」

そう話し始めた声が、金属が軋《きし》むような音に変わる。尚哉は耳を押さえた。

嘘だ。あの子が語るモンモンの怪談は、体験談ではなく作り話だ。

高槻は尚哉の方をちらと見て、また別の子を指す。

「君は？　どこでモンモンを見たのかな」

「放課後の教室。階段までついてきて、『めごかめごか』って唱えたら消えました」

これも嘘だ。

顔をしかめながら、しかし尚哉は、まあそうだよなと思う。

こうした怪談は、所詮《しょせん》は作り話なのだ。『モンモン』という題材を与えられた子供達が、面白がって競うように創作したもの。結局どれも、本当の話ではない。

けれど、その次に高槻がまた別の女子を指したときだった。

「夢に、モンモンが出てきたの。すごく怖かった。でも、背中を向けたら消えたの。『後ろの正面を見せたらいい』って教えてもらってたから、助かった」

本当に怖かったという顔で語ったその子の声は、最初から最後まで歪《ゆが》まなかった。

どういうことだ、と尚哉は思う。

けれどすぐに、その理由がわかった。

彼女は、『教えてもらってたから、助かった』という言い方をした。つまり、夢を見たのは『モンモン』の怪談を別の誰かから聞かされた後だったのだ。

たぶん彼女は『モンモン』の怪談が本気で怖かったのだろう。そして、本当に夢に見てしまったのだ。それなら、今の話は彼女にとってはリアルだ。嘘ではない。

どうやら自分達は、新たに生み出された怪談が広まっていく最初期の過程に立ち会っているようだ。もしかしたら『モンモン』の怪談は、このままクラスの垣根を越えて学校中に広まり、やがては学校七不思議の一つとして根付くかもしれない。その際、複数ある怪談は淘汰《とうた》され、一番語りやすくて怖くて面白いやつだけが生き残るだろう。怪談とはそういうものだ。語りやすさと面白さが優先される。

そうして語り続けられる中で、さっきの彼女のように本当に夢に見たり、何かをモンモンと見間違えたりする子は必ず出る。そうしたリアルな体験が、誰かが作った嘘の話を生きた怪談にするのだ。いずれネットに書き込まれ、学校の外にまで広まっていく可能性だってあるだろう。

そんなことを考えながら、尚哉が教室を見渡していたときだった。

ふと、璃子の姿が目に留まった。

璃子は、どこか苛立《いらだ》たしげな顔で、机に頬杖《ほおづえ》をついていた。まるで、早くこの話が終わらないかと思っているかのように見える。その表情は、先程高槻に向かってはきはきと質問した姿と微妙にそぐわない。

高槻が璃子の方を向いた。

「芦谷さん。――君も、モンモンを見た一人のはずだよね」

高槻が璃子に向かって話しかけると、璃子は姿勢を正し、大きな目で高槻を見返した。

「どうして今、手を挙げなかったの？」

「だってあたし、覚えてないし」

ぎゅるり、と璃子の声が歪む。

尚哉ははっとして璃子を見る。

晋の話だと、最初に「モンモンが来た」と叫んでパニックを起こした璃子は、正気に返ると同時に、直前の記憶をなくしていた。自分を囲んで心配そうにしている児童や先生を見て、どうしたのかと尋ねたという。

なのに、なぜここで声が歪むのか。

高槻はちらと尚哉を見てから、さらに璃子に向かって言う。

「でも、君は『モンモンが来た』と叫んだはずだよ。本当に覚えてない？」

「覚えてないです。そんなの知らない」

「じゃあ、質問を変えよう。芦谷さん、君はモンモンを見た？」

「……だから、見てないです」

はっきりと、璃子はそう返した。

尚哉は璃子を見つめて眉《まゆ》をひそめる。高槻もまた、指先で軽く己の顎《あご》をなでながら璃子を見る。璃子はつんとした様子で、高槻から目をそらした。

晋が黒板の前に戻ってきて、言った。

「高槻先生、どうもありがとうございました。それじゃあ、これから学級会議を始めます。議長と副議長は前へ！　高槻先生は、どうぞあちらへ」

眼鏡をかけた男の子とおさげ髪の女の子が、立ち上がって黒板の前に出てくる。

高槻は尚哉の横にやってきた。尚哉と並んで窓にもたれるようにして立つ。

「それでは、学級会議を始めます。議題は、今クラスの中で起きている問題について」

議長の男の子が、眼鏡を軽く手で押さえて口を開いた。

副議長の女の子が、黒板に「広川くんのこと」「モンモンのこと」と書いた。

議長が教室の中を見回して、

「何か意見のある人。手を挙げてください」

誰も手を挙げない。

議長はまたぐるりと教室を見回し、適当な子を指した。

「鈴木《すずき》くん。意見があれば言ってください」

「……モンモンなんて、いないと思う」

鈴木くんがそう答える。

板書がされる。「モンモンなんていない」。

と、別の子が口を開いた。少し生意気そうな、目つきのきつい男の子。

「じゃあ、何で俺の給食袋、ビリビリにされたんだよ！　誰がやったんだよあれ！」

どうやらこの子が、増田大翔のようだ。

議長が言った。

「発言するときは、手を挙げてください」

が、大翔は手を挙げようともせず、

「だって俺の給食袋、ビリビリだったんだぜ！　なんか毛もついててさ、お前も見ただろ⁉　キモッて顔したじゃん！　あれ、モンモンじゃなかったら誰がやったんだよ！」

また板書がされる。「増田くんの給食袋は誰が破いたのか」。

はい、と璃子が手を挙げた。

「それは、大翔が広川くんに意地悪をしたせいだと思います」

「モンモンが広川の復讐《ふくしゅう》をしたってのかよ！　ちょっとからかっただけじゃん！」

　すると他の女の子も、はいと手を挙げて大翔を責める。

「悪いのは増田くんだと思います。増田くんは、広川くんに謝るべきだと思います！」

「はあ⁉　だから何で俺だけ⁉　他の奴だって、一緒にやってたじゃんかよ！　つーか、やっぱ広川だろ犯人、あいつがこっそり学校来てやったんだろ！」

　大翔が怒った顔で璃子達を睨《にら》んだ。怯《ひる》んだように璃子達は口をつぐむ。

　大翔の近くの席の男子が言った。

「てゆーか、モンモンなんていねえし。いるとか言ってる奴、馬っ鹿じゃねえの。大翔、信じてんだな、馬鹿馬鹿馬鹿」

「春樹《はるき》、てめえ！」

　大翔が立ち上がり、春樹につかみかかった。はずみで押された近くの席の女子が、きゃあっと悲鳴を上げる。

　晋がぱんぱんと手を叩《たた》いて児童達を制した。

「大翔、席戻れ。春樹も、馬鹿とか言うな。学級会議だぞ、話し合いをする場だぞ」

　大翔が席に戻る。春樹はわざとらしい動作で、引っ張られた服を直す。

　尚哉の耳元で、高槻が低く囁《ささや》いた。

「……こういう学級会議も、なんというか残酷だよね」

　尚哉は小さくうなずきを返す。

学校側がこうした学級会議をやらせたがる理由は、なんとなくわかる。

クラス内の問題を全員の問題としてとらえて、話し合いの場を持たせる。クラスとしての協調性、児童の自主性、解決策を導き出すために思考を巡らせること。どれをとっても、学校側が児童に期待することだろう。

でも——そうした意図は、往々にして子供達には通じない。

下手をすれば、始まるのは個人的なつるし上げだ。

あいつが悪い、あいつのせいだ。さっき大翔が責められたように、悪者を一人作ってしまえば、問題の構図は一気に簡単になる。この場に広川くんがいなくてよかったのかもしれない。場合によっては、広川くんが悪いという話になってもおかしくはないのだ。

いじめられる側にはいじめられるだけの理由がある、という理論によって。

——どうして皆、深町くんと話をしないの？

ふいに頭の片隅でそんな声がよみがえり、びくりと尚哉は身を強張《こわば》らせた。

はるか昔に聞いた声。

女の先生の声。

——皆で話し合ってみましょう。こういうのは良くないことです。

「深町くん？　どうかした？」

高槻が小さく声をかけてくる。

何でもないです、と尚哉は首を振る。

ちょっと思い出しただけだ。自分が小学生だったときのことを。

その間にも、目の前の学級会議は紛糾し始めていた。

「発言をするときには挙手してください！　勝手に話すなって言ってんだよ！」

議長がそう叫ぶ。

璃子がさっと手を挙げ、しかし議長の指名を待たずに発言する。

「広川くんに謝りに行くべきだと思います、皆で！」

挙手もせずに春樹が言い返す。

「だから『皆』って言い方すんなよ、俺は広川に何もしてない！」

「でも、広川くんを助けもしなかったじゃない！　そういうのも罪だと思う！」

言い合いが始まる。

璃子と春樹の言い合いに、他の子達も「そうだそうだ」などと横から口を出す。それに乗じて、近くの席の子と雑談を始める子までいる。

わあわあと、教室の中が徐々にうるさくなっていく。

「何が罪だよ偉そうに！」「ていうかモンモンなんていねーし」「いるよ、ほらお前の後ろに」「広川くんが来なくなったの、大翔のせいじゃん！」「あ、今思い出したんだけど、前にさあ」「謝れ謝れってうるせえんだよ！」「広川を突き飛ばして怪我させた奴がいて。そしたらそいつ、夜に何かに襲われてすげえ血が」「あっ、窓の外にモンモン！」「そこ、うるさい！」「でも心配だよね、広川くん」「やっぱ皆で謝りに行くべきだと思います」

――子供達の声が渾然《こんぜん》一体となって、うわんうわんと教室の空気を震わせる。

尚哉は両手で耳を覆った。うるさい。そこに混じる声の歪《ゆが》みがひどく気持ち悪い。

ただ周りと合わせるためだけの投げやりな同意も、ちょっといい子ぶりたくて言った言葉も、少しふざけただけの軽い冗談も。

本心からの言葉じゃなければ、それは嘘と変わらない。

わかっている。悪いのは尚哉の方だ。勝手に嘘を聞き分けて、勝手に不快な思いをしている厄介者。そんなことはとっくに知っている。

かつてさんざん思い知らされたのだ。この、学校の教室という場所で。

深町くん、と高槻が耳元で呼びかけるのがわかる。その真っ直ぐな声にすがりつくようにして、尚哉は顔を上げる。冷たい汗が背中を伝う。視界がぐらぐらする。

と、すぐ近くの席の璃子と目が合った。尚哉の様子に気づいて、びっくりした顔をしている。まずい。平気なふりをしなければ。変だと思われる。

そのときだった。

――じゃあ、皆で深町くんにごめんなさいと言いましょう。

ぐちゃぐちゃに歪んだ子供達の声の中に、女の先生の声がふっと交ざり込んだ。

違う。これは今聞こえてる声じゃない。よく見ろ。ここは自分がいた教室じゃない。

――それでいいでしょう？　そうすれば皆、またきっと仲良しに。

――はい、せーの。

駄目だ。今思い出すな。

——ごめんなさい。

ぐらりと、体が傾く。

「深町くん！」

高槻が叫ぶのが随分と遠く聞こえた。それを最後に、何も聞こえなくなる。

地獄の底に転がり落ちるように、尚哉の意識は闇に呑《の》み込まれた。


——目を開けたら、白い天井が見えた。

そういえば保健室の天井ってこんなだったなと思いつつ、視線を動かすと、薬棚や視力検査表が目に入る。かすかに感じる消毒薬の臭い。やっぱりそうだ。学校の保健室。

尚哉は寝かされていたベッドから身を起こした。

ひさしぶりにやらかしたな、と思う。

最近は、嘘を聞いても倒れるようなことはなかったのに。六年三組の児童達にどう思われただろう。怯《おび》えさせていないといいのだが。

保健室の中には尚哉しかいなかった。養護教諭の姿もない。ベッドの横に置かれたパイプ椅子の上に、尚哉の鞄《かばん》と眼鏡が載せられている。

高槻はどこに行ったのかなと思いつつ、手をのばして眼鏡を取り上げたときだった。

からからと戸が開いて、高槻が入ってきた。

「深町くん！　目が覚めた？　大丈夫？」

心配そうな顔をしながら、こちらに駆け寄ってくる。

尚哉は申し訳ない気分でその顔を見上げた。

「えっと……すみません。迷惑、かけましたよね」

「そんなものはいつも僕がかけてるからいいんだよ」

「確かにそうですね」

「よかった、通常運転の発言が出るってことは、体調はだいぶ戻ったみたいだね」

言いながら、高槻はベッドの足元の方にそっと腰を下ろした。

あらためて尚哉の方を見て、随分としょげた顔をする。

「でもやっぱり、まだ少し顔が青いね。……ごめんね、深町くん。今回は、本当に僕の配慮が足りなかった。君を連れてくるべきじゃなかったよ」

「そんなことないです。今回倒れたのは、俺が悪くて」

「君は何も悪くない」

「そうじゃなくて……ちょっと、昔を思い出して」

「昔？」

「その……俺が小学生のときにも似たようなことあったなーって……」

眼鏡をかけながら、尚哉は笑ってみせる。普通に笑おうと思ったのに、それはだいぶぼんやりした笑みになってしまった。

あれはいつだっただろう。五年生のときか、六年生のときか。前髪をかき上げた指が、生え際に近い位置に今も残る古い傷痕《きずあと》を探り当てる。そう、五年のときだ。尚哉に石をぶつけたあの嘘つきな子がクラスにいた頃。尚哉が友達を全て失った頃。

尚哉がクラスの中で孤立していることに気づいた先生が「皆で話し合いましょう」と言い出したのだ。そして、あろうことかクラス全員に、順番に発言を求めた。

まだ若い、女の先生だった。今ならわかる、彼女は彼女なりに一生懸命だったのだ。でも当時は、やめてくれという感想しか出なかった。

あのとき、クラスのほぼ全員が、「深町くんが他の人を嘘つき呼ばわりするのが悪いです」と言った。

悪者を一人作れば、問題の構図は一気に簡単になる。

でも、それは別にかまわなかった。自分でもそうだと思っていたから。

最悪だったのは、その後だ。

先生は尚哉に対して反省を求めた後、「でも、皆も悪いです。大勢で一人を責め立てるのはいじめです。だから、謝りましょう」とクラス全員に呼びかけたのだ。

あのときの——クラス全員分の、歪みまくった「ごめんなさい」は強烈だった。

一発ノックアウトで倒れた尚哉は保健室に運ばれ、美しい解決を夢見ていた先生は、それでようやく尚哉を厄介者として認識した。手の施しようがないと気づいたのだろう。

でも、そのおかげで、「話し合いましょう」などとその先生が言い出すことは二度となかったから、かえって幸いだった。

ぼんやりと笑いながら尚哉がそう説明すると、高槻はなぜだかひどく辛《つら》そうな顔をした。いつも何かしらの笑みを浮かべていることが多い人なのに、そうせずに目を伏せ、

「……やっぱり、僕の配慮が足りなかった」

呟《つぶや》くようにそう言って、下を向いた。

高槻が落ち込むことじゃないのにな、と尚哉はうつむいたその頭を眺めながら思う。

「あ、一応言っときますけど、俺、別に不登校にはなってませんからね。学校はその後も行ってました。まあ、たまに倒れることはありましたけど」

「そう。偉いね」

「はっきりしたいじめとかはなかったんですよ。ものを盗《と》られるとか、暴力を振るわれるとか、そういうのはほとんどなくて。ただ皆、俺と話さないってだけだったから」

「それはそれで辛いものだよ。……君は、よく頑張った」

高槻が顔を上げ、はるか昔の尚哉のことを褒めてくれる。

思いがけず泣きそうになって、尚哉は口を閉じた。

この人はどうしていつも、こんな風に優しい言葉をくれるのだろう。

あのとき、尚哉に対して明確ないじめが起きなかった理由は、なんとなくわかる。

クラスメート達は、尚哉のことを気味悪がっていた。畏《おそ》れていたのだ。

どんな嘘でも見抜く化け物のことが、彼らは本当に怖かったのだと思う。

遠くに、子供達の喧騒《けんそう》が聞こえる。そういえば自分はどのくらいの間気絶していたのだろうと思って、尚哉は腕時計に目を落とした。たぶん今は、六時間目が終わった直後くらいの時間だ。学級会議は、あの後どうなったのだろう。

「……深町くんが倒れた後、僕が深町くんを保健室に運んで教室に戻ったら、学級会議は終わってたよ」

尚哉が時計を気にしたことに気づいたのだろう。高槻がそう教えてくれる。

尚哉は、起きてからずっと気がかりだったことを尋ねた。

「もしかして、まずいことになりました？　俺が倒れたのはモンモンのせいじゃないかとか、そういう感じに」

「ちょっとそんな流れになってたねえ。一応ごまかしておいたけど」

高槻が苦笑して言う。うわあと思わず尚哉は手で口元を覆う。これでは、モンモンの件を解決するどころか余計にややこしくさせてしまったのではないか。

「すみません、先生……俺のせいで」

「だから別に深町くんのせいじゃないってば。——とはいえ、勿論《もちろん》このまま帰るわけにもいかないから、ちゃんと解決しようと思って」

高槻はそう言って、すっと保健室の戸に目を向けた。

「田崎先生にお願いしておいたんだよ。ここに、彼女を寄越《よこ》すようにって」

まるで戸を透かして向こう側が見えているかのように、高槻が言う。

こんこん、とノックの音が響いたのは、その直後のことだった。

「どうぞ」

高槻が声をかけると、からからと戸が開く。

そこに立っていたのは、芦谷璃子だった。

高槻はにっこり笑って立ち上がった。

「いらっしゃい、芦谷さん。ごめんね、呼びつけちゃって」

「……何の用ですか？」

璃子が、背に負ったランドセルのベルトをきつく握りしめながら、警戒の眼差《まなざ》しをこちらに向ける。

高槻は、養護教諭の机の横から小さな丸椅子を取ってくると、璃子に勧めた。

「ちょっと君と話をしたいだけだよ。さ、座って」

ランドセルを背負ったまま、璃子はおずおずと丸椅子に腰を下ろす。高槻は尚哉の鞄をどけて、パイプ椅子に座った。

璃子が、まだベッドの上にいる尚哉を見て尋ねた。

「お兄さんは、もう大丈夫なんですか？」

「あ、うん、さっきはびっくりさせてごめん。ちょっと貧血を起こしただけだから」

尚哉がそう答えると、璃子は高槻と尚哉を見比べるようにしながら、言った。

「お兄さんが倒れたのは、モンモンのせいじゃないんですよね？」

するとも高槻が、にこりと笑って言った。

「勿論違うよ。そしてそれは、君にもよくわかってるはずだ」

高槻の言葉に、璃子がきゅっと唇を嚙《か》んだ。

高槻は静かに璃子を見据えて、言った。

「最初にモンモンを見たと言ったのは君だ。でも、そのときのことを、君は覚えていないと言った。……あれは、嘘だね」

学級会議が始まる前。高槻から、モンモンが来たときのことを覚えていないのかと尋ねられたとき、覚えていないと答えた璃子の声は歪《ゆが》んだ。

でもその後、モンモンを見ていないと答えた璃子の声は歪まなかった。

それなら、答えは一つしかない。

「君はあのとき、モンモンに取り憑《つ》かれたふりをしただけだったんだ。本当は何も見ていないのに、まるでお化けを見たようなふりをして、皆を驚かせた」

「……違います。あたし、そんなことしてない」

答えた璃子の声が歪む。尚哉は耳を押さえる。

高槻は首を振って璃子に言った。

「嘘はいけないよ、芦谷さん」

「だから、嘘なんて」

「――六年三組の教室に『モンモン』という存在を最初に作り出したのは、君だ。君があのとき『モンモンが来た』と叫ばなければ、その後の怪談はどれも生まれなかった」

また嘘を言いかけた璃子の声を遮り、高槻がきっぱりとそう言い放つ。

びく、と肩を震わせて、璃子が口をつぐんだ。

高槻は少し声を和らげ、こう続けた。

「……でもね、芦谷さん。君がモンモンのせいにして他の子を怯《おび》えさせても、広川くんは教室には戻ってこられないよ」

その途端、璃子の顔がみるみる青ざめた。

大きな瞳《ひとみ》が震え、涙が目の縁に盛り上がる。璃子は握った手を口元に当てた。

「……こ、こんなつもりじゃなかったの」

握りこぶしの下から、かすれた声が漏れる。

「だって皆が、広川くんは嘘つきだって言うんだもん。モンモンなんていないって、馬鹿みたいって、大翔も他の皆もそう言うんだもん。だから広川くん、学校来なくなっちゃって。……ちょっとびっくりさせてやろうと思っただけだったの。広川くんのこと馬鹿にしてた奴らが、本当にモンモンが出たと思って怖がるんじゃないかなって。反省してくれるんじゃないかなって、思ったの」

ぼろぼろと涙をこぼしながら、璃子はそう言った。

広川くんが学校に来なくなっても続いていた『かごめかごめ』の遊び。鬼役になって、輪の中で一人しゃがんでいたときに、ふと思ったのだという。

――「モンモンが来た!」と今叫んだら、皆怖がるんじゃないかな、と。

それはたぶん、半分悪戯《いたずら》めいた子供らしい思いつきだったのだろう。

だが、その効果は璃子の予想をはるかに超えていた。

皆、驚きというより恐怖の表情を浮かべていた。先生まで呼ばれた時点で、これはやばいと思った。だから何事もなかったかのようなふりをして「皆、どうしたの?」と言った。忘れたふりをした。

しかし、話はそこで終わらなかった。

あるいはそれは、璃子のクラス内での立ち位置のせいもあったかもしれない。クラス内の中心人物的な子、と晋は璃子のことを評した。他の子に及ぼす影響力が極めて強いということだ。

そんな璃子が「モンモンを見た」と言った瞬間、『モンモン』という存在は、六年三組の教室に根を下ろしてしまった。そうして、クラスに必ず一人か二人はいる怪談好きな子が、『モンモン』を題材にした怪談をまことしやかに語り始めたのだろう。

こうして、『モンモン』の暴走が始まったのだ。

「面白いのは、そうやって騒ぐ子供達の誰も、『モンモン』がどういうものなのかを知らないことだよね」

くすと高槻が笑った。

「皆、広川くんが語った断片的な情報しか持ってなかった。毛むくじゃらだとか、爪が鋭いとか、その程度のね。よくわからない、実に漠然とした『モンモン』という存在は、だからこそ子供達の自由な解釈を許してしまった。『かごめかごめ』の歌詞が、よくわからないがゆえに勝手に解釈されたのと同じだね。君が作った『モンモン』は、実体を持たないまま、様々な怪談を生み出した。これはこれで事例としては興味深いけど――でも、給食袋を引き裂いたのは、絶対にやってはいけないことだった。君は彼の持ち物を傷つけ、彼に怖い思いをさせた。どんな理由があろうと、そんな風に他の人を傷つけてはいけないんだよ。君は彼に謝らないといけない」

「……何でそれもあたしがやったってわかったの？」

ぐすぐすと洟《はな》をすすって、璃子が高槻を見る。

高槻は璃子にハンカチを差し出しながら、言った。

「君、何か動物を飼ってるでしょう。猫かな？　それとも犬？」

「……猫」

ハンカチを受け取った璃子が、ぐすぐす泣きながらそう答える。

「なら、給食袋に付着していたっていう毛は、猫のものだね。現物を見たかったけど」

「何でわかったの？」

「さっき君が挙手したときに見えたんだよ。その青いセーターの袖《そで》に、白っぽい毛がたくさんついてた」

璃子が慌てて腕を持ち上げ、セーターの袖を引っ張った。袖口どころか上腕部の内側まで、白にも灰色にも見える毛が一面擦《こす》りつけられたようになっている。セーターの毛糸にからまって、取れづらくなっているのだろう。

「あ……今朝、マロンを抱っこしたから、それで……」

「マロンっていうんだね。でも、なぜそうまでして増田くんの給食袋を引き裂いたの？」

「……だって大翔、なかなかモンモンのこと信じなくて」

教室の中でモンモンの怪談が流行しても、大翔は相変わらず広川くんを馬鹿にし続けていた。一番怖がらせたかった相手なのに。反省して、広川くんに謝ってほしいのに。

璃子としても、もう引っ込みのつかないところまできていた。

マロンをブラッシングしたときに出た毛をこっそり学校に持ってきて、教室に誰もいないときを狙って大翔の給食袋を彫刻刀で引き裂き、布の表面に毛を擦りつけた。

「広川くんをいじめたせいでモンモンが暴れてるってことにすれば、大翔は広川くんに謝ってくれるんじゃないかって思ったの。大翔に、謝ってほしかったの。……でも、どうしよう、あたし、とんでもないことしちゃった。これって犯罪？　先生とか、お母さんに言う？　許してもらえる？　それとも、それともあたし、け、警察に捕まる？」

璃子の顔に、今更ながらに自分のしでかしたことへの後悔の色が立ち昇った。頰が再び青ざめ、がたがたと手が震え出す。大粒の涙がまたぼろぼろとこぼれて落ちる。

可哀想なくらいに動揺する璃子に、高槻は言った。

「その件については後で田崎先生とよく話し合って、どうするかをきちんと決めよう」

そして高槻は椅子から立ち上がり、璃子に歩み寄った。

すぐ傍から見下ろされて、璃子がびくりと身をすくめる。

けれど高槻は、すとんと璃子の前にしゃがみ込むと、璃子と間近から目を合わせた。

「しかし、それにしても気になるのは、どうして君がそこまでしたのか、だ」

そう言いながら、まだ青ざめている璃子の顔を、大真面目な表情で覗《のぞ》き込む。

そして突然、この世の真理に気づいたかのような顔でぽんと手を鳴らして、

「ああ、わかった。──さては君、広川くんのことが好きなんだね！」

「……ち、違っ！」

璃子の声が盛大に歪んだ。青ざめていた頬に、ぼんっと一気に血の気が昇る。

高槻はふふんと笑うと、

「あと、これは推測なんだけど、広川くんを『かごめかごめ』に誘ったのも君なんじゃないかなと思って。だって、彼が自分から『かごめかごめ』の輪に入るとはとても思えない。それに──ほら、『かごめかごめ』って、手がつなげるものね？」

そう言って、璃子の前でひらひらと手を振ってみせる。

「だ、だから違うってば！　やめてよう！」

璃子が悲鳴のような声でわめいた。さっきまで顔が溶ける勢いで涙をこぼしていたのに、魔法のように泣きべそが引っ込んでいる。よりにもよって大人に自分の恋心を指摘されたのが余程恥ずかしいのだろう。

高槻はごめんごめんと璃子に謝り、

「でもね、君のやり方だと、広川くんにはモンモンが憑いてるんだっていう話になってしまう。たとえ広川くんが教室に戻ってきても、皆は広川くんと仲良くするのではなく、広川くんに対して怯えながら、腫《は》れ物に触るような扱いをすることになる。そういうのは良くない。広川くんも皆も、居心地が悪くなってしまうよ」

高槻はそう言って、再び璃子の顔を覗き込んだ。

「広川くんに戻ってきてほしいなら、モンモンに頼るのではなく、友達としての広川くんの話をしないといけない。……だから、『六年三組のモンモン』の話は、もう終わりにしよう？」

璃子は高槻の顔を見つめ返し、そして、歪《ゆが》みのない声で「わかった」と言った。


璃子を連れて晋に事情を話しに行くと、晋は目を剝《む》いて絶句した。

「芦谷、お前……」

「ごめんなさいっ」

璃子ががばりと頭を下げる。

晋は何度か口を開けては閉めることを繰り返し、それから気持ちを落ち着かせるようにふーと大きく息を吐くと、

「……いや、先生も悪かった。あのとき、先生が気づくべきだった。……しかし、どー

するかな……とりあえず、後でお前と先生と大翔の三人で、ちょっと話そう。給食袋のこと、きちんと大翔に謝れ。あれがやってはいけないことだったってのは、自分でもわかってるよな？」

「はい」

璃子が殊勝な顔でうなずく。

「あとな、先生、これから広川の家にプリント届けに行くから。……芦谷も来るか？」

「え……いいの？」

晋の提案に、璃子が目を瞠《みは》る。

その顔を見ながら晋は大きくうなずいて、

「広川に、教室に戻ってきてほしいって、芦谷からも伝えてくれ。皆を説得して待ってるからって。……ちゃんと皆のこと説得するんだぞ、モンモンは抜きにしてな」

「はい！」

璃子が答える。いい返事だった。

それを横で見ていた高槻が、にこにこしながら口を挟んだ。

「田崎先生。これから広川くんのお家《うち》に行くんですか？　もしよかったら、僕達も同行させてもらってもいいでしょうか」

「え？　ああ、まあ、いいですけど……何でまた」

「クラス内のモンモンについては正体がわかりましたが、そもそも広川くんが話していたモンモンについては、詳しいことがわかっていません。できれば彼から直接話を聞きたいなと思いまして」

「そういうことなら、一緒にどうぞ。……尚くんは、本当にもう貧血は治ったの？」

「大丈夫です。ご心配をおかけしました」

尚哉がそう言って頭を下げると、晋はそうかそうかと笑ってうなずいた。

「いや、さっきは本当にどうしようかと思ったんだよ。俺のせいで尚くんが倒れたなんて、涼に言えないし」

「涼は別に……俺のこと、そんな心配したりしないと思いますけど」

「そんなことないよ？　涼の奴、ひさしぶりに尚くんに会えたって嬉《うれ》しそうにしてたし」

「え……？」

「何があったか知らないけど、涼と尚くん、ずっと疎遠だったんだよね？　あんなに仲良かったのにさ。あいつ、結構気にしてたみたいで。あ、これ、涼の連絡先ね」

「え」

唐突に晋が渡してきたメモに、尚哉はぎょっとする。

晋は目尻《めじり》に笑い皺《じわ》を寄せながら、尚哉を見た。

「涼の奴、渡すの忘れたって言ってたからさ。よかったら、後で連絡してやってよ。尚くん、今もう実家出ちゃってるんでしょ？　たまには涼と遊んでやって」

尚哉は、どうしたものかと手の中のメモに目を落とす。

と、ぽん、と頭の上に大きな手が載った。

高槻だった。

「よかったね、深町くん。ちゃんと涼くんに連絡するんだよ」

「……先生には関係ないでしょう、放っておいてください」

「可愛くないなあ」

ぐしゃぐしゃと高槻の手が尚哉の髪をかき回し始める。

「だからそーゆーのやめてくださいって、いつも言ってるじゃないですか！」

慌てて高槻の手の下から逃げ出しながら、尚哉はもらったメモをポケットに入れる。

連絡するかどうかはわからないけれど——でも、ポケットの中で触れたメモはなぜだか温かく感じられ、尚哉はなくさないように、そっとそれを鞄《かばん》に入れ直した。


広川くんの家は、学校から歩いて十分くらいのところにあるという。

尚哉の実家とは逆方向だ。そのことに少しほっとしながら、尚哉はマフラーに顎《あご》を埋《うず》めるようにして歩く。寒いのはあまり得意ではないのだ。視線を下げると、ダッフルコートのボタンが少し傷《いた》んでいるのが目に入る。母親にもまだ着ているのかと言われたが、いい加減買い替えるべきだろうか。

それから尚哉は傍らを歩く高槻を見上げ、ぼそりと言った。

「何にやけてるんですか、さっきから」

「いや、とりあえず問題は解決しそうな感じだから、深町くんの涼くんに対する面目も立ったかなあと思って。だって、後で連絡するんでしょ？」

妙に嬉しそうな顔で尚哉を見下ろし、高槻はそんなことを言う。

「だから先生とは関係ないって言ってるじゃないですか」

「えー、自分の大学の先生がかっこよく活躍して解決したって伝えておいてよ」

「だから自分でかっこいいとか普通言いませんからね⁉」

「じゃあ普通に大学の先生ってだけでもいいけどさ。——ねえ、深町くん」

首元に巻いた青いマフラーを押さえるようにしながら、高槻があらためて尚哉を見る。

この季節は、吐いた息が白く凍る。柔らかな吐息にまぎれさせるように、高槻は小さく笑ったようだった。

「僕は、君をあの小学校に連れていくべきじゃなかったとは今でも思ってるけど……でも、やっぱり今回の依頼は、嬉しいものだったかな。涼くんのことだけじゃなくね」

「まだ他に何かあるんですか？」

「うん。——君、お正月だけでも実家に帰ってるんだなと思って。それも嬉しくてね」

高槻が言う。

尚哉はまたマフラーに顎を埋める。

「……大晦日《おおみそか》に帰って、元日に都内に戻りましたけどね。滞在期間は都合一日です」

「それでもだよ。僕はもう長いこと実家の敷居を跨《また》いでない人間だから」

それからしばらく沈黙が続いた。晋と璃子は少し先を歩いている。璃子が何か言い、晋が笑って何かを言い返している。

高槻は、実家はどうだったかとは決して訊《き》かない。尚哉は口を開く。

でも、なんとなく——話してしまいたくて、聞いてほしくて、

「……帰ったら、犬がいたんです。実家に」

「犬？」

「ムギって名前の、柴犬《しばいぬ》です。母親が、ある日突然犬を飼うって宣言したらしくて」

「そう」

「俺がいた頃って、なんかもう家族全員あんまり口を開かなくなってたんですけど。今回帰ったら、割と普通に会話があったんですよ。ムギがいるから」

というか、思い返してみれば、主に犬のことしか話していなかった気もするが。

「なんていうか、家の中の雰囲気が良くなってる感じがして……あの人達、ムギのこと、滅茶苦茶《めちゃくちゃ》可愛がってて。俺、『お兄ちゃん』なんて言われて。それで……」

「うん、それで？」

高槻の声が、柔らかく先を促す。

足元に転がっていた小さな石ころをぽんと蹴飛《けと》ばし、尚哉は自分の中でまだ上手《うま》くまとまらない気持ちになんとか形を与える言葉を探す。

「……『子は鎹《かすがい》』って、よく言うじゃないですか」

「うん。そんな言葉もあるよね」

「ムギは……子供の代わりなんです。あの人達にとって。そう気づいたら、なんか……なんかすごく、申し訳ないような気分になって」

尚哉にはもう、鎹としての役目は果たせないから。

ムギが代わりにその立ち位置にいてくれるのであれば、幸いだと思った。

でも同時に、犬でも飼わないことにはやっていけなかったのかもしれない両親のことを思うと、なんだかたまらない気持ちになったのだ。あの真夜中の祭に行かなければ。普通の子供のままだったら。もう何度となく繰り返した後悔が喉元《のど》まで込み上げてきて、呼吸がふさがれそうで。

「でも……その後で」

一瞬詰まりかけた声をごまかすように軽く咳《せき》をして、尚哉は言った。

「しばらく父親と話したんです。免許取りたいなら取っていいとか、進路の話とか。そしたら、だんだんよくわからなくなってきて」

「何がわからなくなったの？」

「だって俺、なんなら次の正月にはもう帰らなくてもいいように、部屋の片づけとかしようとしてたのに――向こうは、ちゃんとまだ、親のつもりで、いるみたいで」

酒を注ぎながら、不器用に話を続けようとしていた父親。

一度壊れたものは、もう二度と戻らない。そう思っていたのに。

高槻が口を開いた。

「深町くん。……君が感じる後ろめたさは、僕にもよくわかる」

尚哉は顔を上げ、高槻を見る。

高槻が言う。

「自分のせいで家族が壊れた。僕らはいつも、どうしようもなくそう思いながら生きてる。それは、僕らが負った何より大きな呪いなのかもしれない。でも——僕は今、深町くんの話を聞いて、少しほっとしたよ」

「え？」

「何度も言っていることだけどね。君と遠山《とおやま》さんは違うし、勿論《もちろん》君と僕とも違う。もし君の家族が修復可能であるなら、それはとても喜ばしいことだ。完全に元には戻らなくても、また新しく関係を作っていくことはできるのかもしれない。僕はそう思うよ」

真っ直ぐな声でそう告げられて、尚哉はうつむく。ほとんど口までマフラーに埋めたような状態で、ぼそぼそと言う。

「いやでも、わかんないですよ。俺が昔の文集捨てるつもりで紐《ひも》で括《くく》ってたら、母親も割とそっけない感じでしたし」

「文集？」

「捨てといてほしいって頼んだら、わかったって」

「お母さん、本当に『わかった』って言った？」

「言ったと思いますけど」

「これは僕の全くの推測なんだけど、本当はうなずいただけじゃない？」

「え？……あ、言われてみれば」

「じゃあ、賭《か》けてもいいけど、たぶんその文集は今頃どこかにしまい込まれてるよ」

「ええ？　そんなはずは」

「だって、深町くんのお母さんでしょ？　嘘ついたらばれるってわかってたら、何も言わずにうなずくだけとかでごまかすよね。少なくとも、僕ならそうする」

高槻はそう言って笑った。

「ついでにもう一つ、僕の勝手な解釈を聞いてもらってもいい？　ご両親が犬を飼ったのって、子供の代わりってだけじゃないと思うよ」

「……どうしてですか」

「だって深町くん、犬好きでしょう？」

高槻はそう言って、尚哉の顔を覗《のぞ》き込んだ。

ゴールデンレトリーバーによく似た笑みを浮かべて、高槻が言う。

「犬きっかけで息子と会話もできるだろうし、可愛い犬がいるってわかれば、もうちょっと頻繁《ひんぱん》に帰ってくるかもって。――そういう計算もあったんじゃないかな」

「そ」

そんなこと、あるわけがない。

そう叫びそうになったのに、尚哉と遊べとムギに勧めたり、尚哉をムギの散歩に行かせたりしていたことを思い出すと、頭の中がぐるぐるして言葉が出なくなる。

「大体ね。ムギは子供の代わりかもしれないけど、『お兄ちゃん』はムギより先にいた子供って意味だよ。よかったね」

よしよしとまた頭をなでられて、尚哉は別の意味でいたたまれない気分を味わい、

「──ていうか先生っ、佐々倉さんと仲直りしたんですか？」

さっさと話題を変えてしまいたくてそう訊いてみたら、ぴたりと高槻が動きを止めた。ぎぎぎいっと軋《きし》み音がしそうな変な動き方で手を下ろし、高槻が言う。

「……待って。何で深町くんが、僕と健司が喧嘩《けんか》したこと知ってるの？」

「佐々倉さんから聞いたからです」

「やっぱ君達、僕の知らないところで結構会ってるよね!?　二人が仲良しなのはいいけどさ、何でそこに僕を誘わないわけ!?　ずるいよ！」

「今それはどうでもいいですから！……その様子だと、まだみたいですね」

尚哉が指摘すると、ううう、と高槻が唸《うな》った。図星のようだ。

世にも情けない顔をしている高槻に、尚哉は言う。

「気持ちはわかりますけど。でも、佐々倉さんだって、先生のことが心配だから、今まで黙ってたんだと思いますよ」

「……それはわかってるんだけどねえ」

高槻がぼやくように言う。

はあっと大きく息を吐き出し、そのままぱたんと首を前に倒すようにしてうつむき、

「なんかこう……健ちゃんに隠しごとされてたんだってことが、ちょっとこたえてさ」

「先生だって包み隠さず何でも言ってるわけじゃないでしょうに」

普段の高槻を見ているとわかる。素直そうに見えて、その実、真逆なところが多い人だ。言いたくないことは巧妙にごまかすし、弱音も隠す。そういう人だ。

「さっさと佐々倉さんに連絡してあげてください。佐々倉さんも相当こたえてますよ。憂さ晴らしに俺を投げまくってたくらいなので」

「待って。投げるって何。何してたの君達」

「佐々倉さんに聞いてください」

尚哉が言うと、高槻は肩をすぼめて、「帰ったら連絡してみる……」と口の中でごにょごにょと呟《つぶや》くように言った。それでよし、と尚哉はうなずく。普段あれだけ仲の良い人達が喧嘩しているのだと思うと、こっちまで落ち着かない気分になるのだ。

と、前を行く晋がこっちを振り返った。

「ここが広川の家です」と、傍らの家を指差してみせる。

そこにあったのは、なかなかに立派な門構えの日本家屋だった。この辺りではそうそう見かけない、大きな数寄屋《すきや》門。その後ろには、堂々たる枝ぶりの松が見える。敷地も広い。隣の家の二倍以上はありそうだ。母屋の他に離れもあるようだった。

「え、嘘。でかい」

「へえ、地主さんなのかな？」

そういえばこの辺りには、広川という苗字《みょうじ》が多かった気がする。もともとの地主の家柄ならば、納得がいく。

晋がインターホンを押すと、広川くんの母親と思《おぼ》しき女性が出てきた。

彼女は、晋の他に三人もいることに気づくと、少し目を丸くし、

「まあまあ。先生、いつもすみません。ええと、こちらの方々は……？」

「こんにちは。僕は青和大准教授の高槻と申します。お化けや怪談について研究をしています。今日は小学校で少し話をしたついでに、広川くんからモンモンの話の聞き取りをさせてもらえないかと思いまして、田崎先生に同行させていただきました！」

「モンモン……？　ああ、あの子ったら、まだそんなことを」

広川くんの母親はそう言って少し笑うと、どうぞと皆を招き入れた。

「とりあえず皆様、お入りになって。ここは寒いですからね。今、修太朗を呼びます」

通された座敷は、雪見障子越しに庭が見えた。広い庭には、石灯籠《いしどうろう》や池がある。

母親に呼ばれてやってきた広川くんは、小柄で色白な子だった。その後ろには、よく似た顔の弟がくっついてきている。弟は小学校低学年くらいだろうか、広川くんの背中に隠れるようにしている。人見知りはするが、客に興味はあるらしい。

広川くんは、晋の他に璃子や知らない人達までいるのを見ると、素直に驚いた。

「先生……？　ねえ、誰？　この人達」

「こんにちは、広川くん！　僕のことはアキラ先生って呼んでね！　僕は大学で怪談やお化けの研究をしてるんだけど、モンモンの話を君からぜひ聞きたくて！」

目を輝かせてずいずいと広川くんに迫ろうとする高槻を、どうどうと尚哉は押しとどめる。初対面の子供に対して、もう少し大人な対応をしてほしい。

広川くんは落ち着いた様子に見えた。部屋から出てこられないとか、人と話せないとか、そういう状態ではなさそうなことに、ほっとした。環境さえ上手《うま》く整えば、無事教室に復帰できるのではないだろうか。

晋は先に少し広川くんの母親と話をすると言って、座敷から出ていった。

広川くんは、わくわくと身を乗り出している高槻に、モンモンの話をしてくれた。

「えっと……本当のこと言うと、モンモンは僕にはもう見えなくて」

「どういうこと？」

高槻が尋ねると、広川くんは言い方を考えるように、少し天井を見上げた。

「えーと……去年の誕生日がきた辺りからかな。気づいたら、いなくなってたんです。その前は、よくその辺にいたりしたんだけど」

その辺、と言って、広川くんは庭の方を見る。璃子が少しびくびくと、そっちに目を向けた。雪見障子の向こうには何も見えない。

「つまりモンモンは、君の傍に常にいたということだね。でもそれなら、『かごめかごめ』

との関係は？　なぜ君は、『かごめかごめ』を歌うとモンモンが来ると言ったのかな」

「……だって、最初にモンモンが来たのが、『かごめかごめ』をしたときだったから」

それは、広川くんがまだ幼稚園の年少組にいたときのことだったという。

正月だった。家に親戚《しんせき》がたくさん集まってきていて、大人達は座敷でお酒を飲んでいた。子供達は庭に出て遊んでいた。

そのうちに子供達は『かごめかごめ』を始めた。

広川くんはそのとき、『かごめかごめ』の歌詞をまだよく覚えられていなかった。だから、歌わなくてもいいようにと、最初は鬼役をやらされた。

よくわからないままその場にしゃがみ込んで目隠しをすると、他の子供達が歌いながら周りを回り始めた。目隠しした指の隙間から、ぐるぐると回り歩く子供達の足を眺めていたら、なんだかだんだん奇妙な気分になっていったという。

そしてそのうちに、ふと気づいたのだ。

子供達の足の中に、ふさふさした毛に覆われた足が交ざっていることに。

広川くんにはなぜか、それがモンモンの足だということがわかっていた。

だから、「後ろの正面だあれ」と言って子供達が動きを止め、真後ろにいるのが誰か当ててろと言われたときに、迷わず「モンモン」と答えた。指の隙間から見える視界の中にふさふさの足がなかったからだ。きっと自分の後ろにいるのだと思った。

だが、他の子供達は「そんな子いないよ」と言って笑った。

慌てて立ち上がり、後ろを振り返ると、そこには二つ上の従姉《いとこ》がいた。おかしいなと思ったけれど、もうどこにもふさふさの足は見当たらなかった。

「今思うと、モンモンはあのとき、輪の中じゃなくて外にいたんじゃないかなって。輪になって回る皆に合わせて、皆の後ろを自分も回りながら歩いてたんだと思う、たぶん。——でも、それからなんです。モンモンが、僕の近くによく現れるようになったのは」

モンモンは、普段は離れにあるかつて曾祖母《そうそぼ》が住んでいた部屋にいるようだった。その部屋の押し入れの中で、広川くんはよくモンモンと一緒に過ごした。

まだ弟が生まれる前だった。モンモンは、広川くんの遊び相手になってくれた。一緒に絵本を読んだり、大きな爪でビー玉を転がして遊んだりもした。笑うときに大きな牙《きば》が見えるのだけはちょっと怖かったけれど、モンモンは広川くんにとっては良い友達だった。モンモンも、「子供は好きさ」とよく言っていたという。

「だけど僕、だんだん怖くなってきて。だって、僕以外にはモンモンが見えないみたいで、お母さんもお父さんもモンモンなんて知らないって言うんだもん。それに」

図鑑を調べてみたのだという。でも、モンモンはどこにも載っていなかった。ネットで調べてみてもわからなかった。調べている最中にモンモンが横にやってきて、不機嫌な声で「やめろ」と言ったこともあるという。

そういうときは、『かごめかごめ』を歌ってやるとモンモンの機嫌が直った。もっと歌えと、牙を鳴らしながらねだられた。

でも、広川くんが四年生のとき、決定的な事件が起きた。

「……僕、クラスの子と喧嘩《けんか》して。突き飛ばされて、手と膝《ひざ》を擦りむいたんです」

そのことを、特にモンモンに話した覚えはないという。

しかし翌日、広川くんは、自分を突き飛ばした子が怪我をしたことを知った。

前の晩、塾からの帰りに、突然暗闇から何かがぶつかってきたのだという。

勢いで倒されたその子のふくらはぎと腿《もも》には、深いひっかき傷ができていた。その子の親は、野良猫の喧嘩にでも巻き込まれたのだろうと言ったらしいが、その子は「絶対違うと思う」と言った。野良猫の喧嘩の声なんてしなかったと。

広川くんは、それをモンモンの仕業だと思った。

それ以来、広川くんはモンモンのことがますます怖くなった。

一緒に遊ぶのをやめ、話しかけられても無視するようにした。

そうすると、だんだんとモンモンは現れなくなり、ついには見えなくなった。広川くんも、モンモンのことなんて忘れてしまっていたという。

でも、クラスで『かごめかごめ』が流行《はや》ったとき、広川くんはモンモンを思い出した。最初にモンモンが現れたのは、『かごめかごめ』をやっていたときだ。モンモンはあの歌が好きみたいだった。歌えば、また来てしまうかもしれない。

そう思うと、どうしても『かごめかごめ』を歌う気にはなれなかった。

「学校に行くのをやめたのも、僕がいじめられてることをモンモンが知ったら、他の子に何かするんじゃないかと思ったからで。……こうして話すと、馬鹿みたいだけど」

広川くんはそう言って笑った。

高槻は周りを見回し、広川くんの弟のものと思しきお絵描き帳と色鉛筆が部屋の隅に落ちているのを見つけると、拾ってきて広川くんに差し出した。

「モンモンの絵を描ける？　どんな姿なのかな」

広川くんは顔をしかめて、灰色の色鉛筆を手に取った。絵は苦手なのだという。

その言葉の通り、出来上がった絵は——なんというか、高槻が描く絵とどっこいどっこいだった。尖《とが》った三角の耳と吊《つ》り上がった目と鉤爪《かぎづめ》だけはかろうじてわかるが、犬なのか熊なのか猿なのかすら判然としない。大きさは、広川くんの二倍くらいだという。

広川くんが、ずっと黙って話を聞いていた璃子をちらっと見て言った。

「……馬鹿みたいって、嘘だって思う？」

「う、ううん、あたしは思わないけどっ」

璃子は大慌てでぶんぶんと首を振り、

「……でも、クラスの皆の前では、もう言わない方がいいかも」

慎重な口調で、そう付け足した。

広川くんは苦笑いして、「そうだね」と言った。

そのとき、広川くんの母親が襖《ふすま》を開けて顔を出した。

「修太朗。あと、芦谷さんも。先生が呼んでるから、あっちのお部屋に来てくれる？」

広川くんと璃子が「はあい」と返事をして、座敷を出ていく。

それから広川くんの母親は、高槻と尚哉に目を向け、

「高槻先生は、どうなさいます？　ここでお待ちになりますか」

「ああ、いえ、僕と深町くんは、そろそろ帰りますよ。一通り広川くんから話は聞けましたし、長居してもお邪魔になりますし」

広川くんの母親はそうですかとうなずき、お絵描き帳に描かれたモンモンの絵に目を留めて、苦笑した。

「あの、高槻先生。わざわざ来てくださったのにこんなことを言うのも申し訳ないんですけど、モンモンって、たぶん昔うちで飼ってた犬のことですよ」

「犬？」

思いがけない言葉に、高槻がまばたきする。

「あの子が生まれる前から飼っていて、あの子が二歳のときでしたかね、死んでしまって。雑種だったんですけど、毛がふさふさした大きな犬で、名前はモン太《た》だったんです。あの子、まだモン太って言えなくて。いつも、モンモン、って呼んでました」

当時のことを思い出すように優しく目を細めながら、広川くんの母親が言う。

高槻と尚哉は、広川くんが描いた絵に目を落とした。

絵の中のモンモンには、耳や牙など、犬のような特徴が幾つか見られなくもない。

「ああ……つまりモンモンは、広川くんのイマジナリーフレンドだったのかな」

高槻が呟《つぶや》いた。

尚哉は絵から目を上げ、高槻を見る。

「イマジナリーフレンドって、小さい子が作る想像上の友達でしたっけ？」

「うん。イマジナリーコンパニオンとも呼ばれるね。その子にしか見えない空想なんだけど、その子の中では本当に実在しているかのように扱われる。子供の発達過程においてよく見られることで、別に何もおかしなことではないんだ。そして、イマジナリーフレンドは、人型とは限らない。子供の想像力のままに、動物のようだったり、お化けみたいだったりすることもある。『となりのトトロ』に出てくるトトロも、一種のイマジナリーフレンドと考えることができるというよ」

「じゃあ広川くんは、ごく小さい頃に接していた犬のモン太のことを少し大きくなってから思い出して、想像上の友達にしていたっていうことですか」

「たぶん、そういうことなんだろうね」

少しつまらなそうにそう言って、高槻が肩をすくめる。

じゃあ帰ろうかと言って、高槻が立ち上がってコートを着たときだった。

くい、と誰かが高槻のコートの裾《すそ》を引っ張った。

広川くんの弟だった。

「まだ帰っちゃだめ」

広川くんの弟が言う。お兄ちゃんが別の部屋に行ってしまって寂しいのだろう。

広川くんの母親が、こら、とたしなめた。

「先生はお帰りになるのよ。引き止めちゃいけません」

「やだ。もうちょっといて」

広川くんの弟は、頑《かたく》なに首を振る。

高槻が笑って、広川くんの母親を見た。

「いいですよ。別に急ぎはしないんです。もう少し、ここで彼と遊んでいますよ」

「そうですか？　すみませんね、高槻先生……じゃあ、よろしくお願いします」

広川くんの母親が困った顔で頭を下げ、襖を閉める。

座敷には、高槻と尚哉と広川くんの弟だけが残された。

高槻が広川くんの弟を見た。

「何をして遊ぼうか。お絵描きする？」

が、広川くんの弟は、高槻のコートの裾を握りしめたまま、こう言った。

「あのね。モンモン、いるよ」

「え……？」

「モンモン、見たい？　見せてあげる！」

そう言って、広川くんの弟は、雪見障子をばんと開け放った。縁側から庭に出て、こっちこっちと手招きする。

尚哉は高槻と顔を見合わせた。

「先生、どうするんですか？」

「せっかく見せてくれるって言うんだから、行こうよ」

高槻がそう言うので、二人して玄関から靴を取ってきて、庭に出た。外はもう日が暮れて薄暗い。広川くんの弟は寒そうにその場で足踏みしながら待っていた。

「風邪引いちゃうよ。上着を着てきたら？」

高槻が言うと、広川くんの弟は「大丈夫！」と声を上げて、離れの方へ走っていく。

離れは、母屋に比べると随分小さな家だった。いかにも古そうな二階建てで、入口は扉ではなく引き戸だ。明かりは一つも灯《とも》っていない。

広川くんの弟は、植木鉢の下から鍵《かぎ》を取り出すと、がらがらと引き戸を開けて中に入った。ぱちりと玄関の明かりを点《つ》けて、「こっちこっち」と手招きする。天井に灯る明かりは家と同じく随分古くて、びいいんとかすかに振動するような音を立てている。

広川くんの弟は、ぱちぱちとあちこちの明かりを点けながら、「こっちこっち」と手招きした。ぎしぎしと板が鳴る廊下を踏みながら、狭い階段で二階に上がる。家の中の空気は乾いていて、古い木のにおいがする。

広川くんの弟が指差したのは、二階の一番手前の部屋だった。襖に描かれた模様は完全に色褪《いろあ》せて、もはや何なのかもわからない。相変わらず床板がぎしぎしと鳴る。

「ここ。ひいおばあちゃんのお部屋だったんだって」

広川くんの弟がそう言って、襖を開け放つ。ぱちりと電気を点けると、畳敷きの部屋が見えた。小さな文机《ふづくえ》と三段の和箪笥《わだんす》、そして古そうな鏡台が置かれている。

部屋の奥には、押し入れがあった。押し入れの襖はぴったりと閉じている。

「モンモンはね、あの押し入れの中にいるよ！」

広川くんの弟は元気よくそう言って、わーっと声を上げながら、階段を下りて行ってしまった。

「あ、ちょっと待って！」

尚哉は慌てて止めようとしたが、どうやら広川くんの弟はそのまま玄関から出て行ってしまったらしい。どたどたという足音が玄関に向かい、引き戸が開閉する音がした。

尚哉は再び高槻と顔を見合わせた。

「……どうします？」

「とりあえず、広川くんの話とは一致するよね」

広川くんも、モンモンは曾祖母《そうそぼ》の部屋の押し入れにいると言っていた。

高槻は首をかしげながら部屋の中を見回し、

「イマジナリーフレンドを複数人で共有することもあるそうだからね。広川くんが弟にモンモンの話をして、それがそのまま彼にとっても友達になった可能性はあるよ。でも——せっかくだし、押し入れの中を見てみようか」

高槻が部屋の中に足を踏み入れた。

「ちょっと、いいんですか？　他人の家の押し入れをそんな勝手に」

「だって、広川くんの弟くんが見ろって言ったようなものだからね」

「いやでも」

尚哉は数歩遅れて、それについていく。古い和室というだけでなんとなく怖いうえに、閉じた押し入れというシチュエーションがホラー映画の『呪怨《じゅおん》』を思わせて、ちょっと嫌だ。確かあれは、押し入れの中から怨霊《おんりょう》が這《は》い出して来る話ではなかったか。

が、そんな恐怖は、高槻には微塵《みじん》もないらしい。

「さて、モンモンはいるかな？」

高槻はそう言って、少しのためらいもなく、すぱんと押し入れの襖《ふすま》を引き開けた。

中は——ほぼ空だった。

上の段は、奥の方に襖紙を巻いたものが一本立てかけてあるだけだ。下の段には、衣装ケースが一つ。衣装ケースの上には、ビー玉の入った袋が置かれていた。

当然ながら、モンモンはいなかった。

「……まあ、そうだよね」

高槻が残念そうに笑って、襖を閉める。

イマジナリーフレンドは、子供にしか見えないものだ。

広川くんにはもう見えなくなったモンモンは、広川くんの弟に引き継がれたのだ。彼はこの押し入れにこっそり忍び込んでは、かつては広川くんが歌ってあげていた『かごめかごめ』をモンモンのために歌ってあげているのかもしれない。

「モンモンに会えなかったのはがっかりだけど、それじゃ、そろそろ帰ろうか」

高槻が言う。

そうですねと尚哉もうなずいて、二人で押し入れに背中を向けたときだった。

——すーっと、何かが滑るような音が背後でした。

その瞬間、どくんと尚哉の胸の中で大きく心臓が跳ねた。

尚哉は思わず足を止めた。

ずん、と異様なほどに空気が重くなる。ただでさえ少し暗いように感じた天井の古い照明が、さらに翳《かげ》りを増したように思える。びりびりと皮膚の表面が震えるような感覚。全身に鳥肌が立っている。何だ。これは何だ。いや、そもそもさっき後ろで聞こえた音は何だ。何かが滑るような音。そんなものが後ろにあったか。

恐る恐る、尚哉は背後を振り返る。

押し入れの襖が、少し開いていた。

そんな馬鹿な、と思う。確かにさっき、高槻が閉めたはずなのに。

開いた襖の隙間には、何も見えない。濃密な闇だけが詰まっているように見える。けれど、何かの気配を感じる。ごそごそと、何かが押し入れの中で身動きしている。

「かーこめ、かこめ」

くぐもった声が歌うのが聞こえる。

「かーこめ、かこめ。かーこめ、かこめ」

声は同じフレーズを繰り返すばかりで、一向にその先に進まない。どうしてか、『かごめ』ではなく、『かこめ』とその声は歌う。

昨日研究室で、高槻は何と言っていただろう。そうだ。一人を複数で輪になって囲み、歌いかける形式は、もとは口寄せとして行われていたという話だった。

最初にモンモンが出てきたとき、広川くんは『かごめかごめ』の鬼役だった。他の子供達に囲まれて、真ん中にしゃがんでいた。

囲まれた子供には、何かが乗り移る。取り憑《つ》くのだ。

それならモンモンは——イマジナリーフレンドなどではなくて。

「かーこめ、かこめ。かーこめ、かこめ」

その間にも、襖は徐々に隙間を大きくしていく。

そのときだった。

大きな手が、後ろから尚哉の目をふさぐようにした。

びくりと身を強張《こわば》らせた尚哉の耳元で、高槻が低く囁《ささや》く。

「見るな」

その声の響きに、尚哉ははっと息を呑《の》む。

「あれは、あまり良くない」

少しの感情も窺《うかが》えない声。高槻の声だが、高槻ではない。

これは、『もう一人』の方だ。

『もう一人の高槻』は、片手で眼鏡ごと尚哉の視界を覆ったまま、もう片方の手を前にのばしたようだった。尚哉の肩を、コートに包まれた腕がかすめる。

たん、という小さな音が聞こえた。

『もう一人の高槻』が、尚哉の目をふさいでいた手をはずした。

尚哉は、ずれた眼鏡を直しながら、押し入れを見る。

開きかけていた襖は、ぴったりと閉じられていた。もう歌も聞こえない。

薄暗い和室の中、尚哉の傍らに立つ高槻の瞳《ひとみ》は、夜空の色に染まっていた。冷たく、昏《くら》く、底のない藍色《あいいろ》の闇。ほのかに輝いて見えるのは、その夜闇の中に瞬く星明かりのせいだ。秀麗な横顔は、まるでよく出来た人形のようだった。

……やっぱり、尚哉のこともまとめて守ってくれるんだなと思った。

本当に、この『もう一人』は一体何者なのだろう。

「あの……」

尚哉が口を開きかけたとき、『もう一人』がふいに踵《きびす》を返した。

無言で和室を出ていき、廊下に立ってこちらを振り返る。

「深町くん？　どうしたの、帰るよ」

普段通りの、焦げ茶色の瞳だった。

こちらを見る高槻は、怪訝《けげん》そうな顔をしていた。たぶん今、高槻は『もう一人』との入れ替わりに気づいていない。記憶の不連続を疑うほどの時間は経っていないし、シチュエーション的にも無理がないからだろう。

「あ、はい、帰りましょう！」

尚哉は慌てて高槻に駆け寄った。

尚哉が廊下に出ると、高槻が和室の襖を閉める。その直前、尚哉は押し入れの方を振り返ってみた。だが、ぴったりと閉ざされたままの押し入れには、特におかしなところはなかった。もうあの空気の重さも感じない。何かが動く気配もない。

先に立って階段を下りていく高槻の後ろ頭を見ながら、尚哉はどうしようかと悩む。

『もう一人』になっている間の記憶は、高槻にはない。だから、その間に高槻が見聞きしたことは、尚哉が伝える約束になっている。その約束を違《たが》えるつもりはない。

問題は、今あったことをいつ高槻に伝えるかだ。

今教えれば、高槻はすぐにでもあの部屋に取って返し、再び押し入れを開くだろう。

だが、それは——おそらく危険だ。

だってモンモンは、子供のことは好きだけど、大人はどうかわからない。

……とりあえず帰りの電車に乗るまでは言うのをやめておこうかなと思いながら、尚哉は高槻について、広川家の離れを後にした。

第二章　四人ミサキ

二月。

怒濤《どとう》のレポート地獄と秋学期試験を命からがら乗り越え、春休みが始まった。

いつも長期休みの度に時間を持て余す尚哉だが、今年の春休みは少々事情が違った。

自動車教習所に通うことにしたのだ。

年末に実家に帰ったときに、父親から費用を出してもらえると聞いた。金をせびるようでどうにも気は引けたのだが、今後のことを考えると、就職するにせよ、院に行くにせよ、このタイミングで免許を取っておくのが正解のように思えたのだ。

教習所の案内パンフレットは大学生協に幾つも置いてあったが、見てもどれを選べばいいのかいまいちわからず、悩んだ末に、難波にＬＩＮＥで訊《き》いてみることにした。

難波からの返事には、びっくり顔のスタンプがついていた。

《えー！　ふかまち免許取んの⁉　ついに⁉　まさか合宿？　春休みだし》

《合宿はちょっと無理。普通に通うつもり》

《だよな。じゃあ俺が行った教習所にすれば？　俺もサークルの先輩から教えてもらっ

てそこにしたし。割と取りやすい方だと思う》
がんばれ、というスタンプに、ありがとう、とスタンプを返す。難波はこの春休みに、彼女と海外旅行に行くそうだ。
難波に教えられた教習所で入校手続きをし、日曜以外は毎日午前中に教習の予約を入れる形でスケジュールを組んでみると、頑張れば一か月くらいで免許が取れそうだった。多少予定の変更があったとしても、春休み中には取り終えることができるだろう。
そんなわけで、尚哉の春休みは、「午前中・教習所」「午後・大学」という形で進むことになった。難波に言ったら「何で休みなのに大学行くんだよ、どこか旅行にでも行けよ！」と呆《あき》れられそうだが、特に行きたい旅行先もない。大学入試期間を除けば、春休みでも図書館は開いているのだ。暖房の効いた大学図書館でぬくぬくと過ごしつつ、通信教育塾の採点バイトを片付けたり、勉強したりする方が性に合っている。

高槻からバイトの連絡が入ったのは、春休みになって二週間ほど経った頃だった。

そのとき尚哉は、ちょうど教習所から大学へ移動している最中だった。『すみません、少し時間かかります』と返信すると、『いいよ、写真見ながら待ってるし、ゆっくりおいで』と返ってきた。……写真とは何だろうと思いつつ、尚哉は大学へと急いだ。

「すみません、遅くなって！」

そう言いながら研究室の扉を開ける。

中には高槻の他にもう一人、男性が座っていた。ぱっちりとした二重瞼《ふたえまぶた》の高槻とは対照的な、一重瞼の薄めな顔立ち。毛質の硬そうな真っ黒い髪。見覚えのある顔だ。

「やあ。ひさしぶりだな」

高槻優斗《ゆうと》だった。高槻の五歳下の従弟《いとこ》である。

尚哉は少し驚いて、優斗を見た。

「おひさしぶりです。……え、まさか、また何か起きたんですか？」

「いや、俺じゃなくて知り合いが、ちょっとな」

優斗が苦笑いして言う。どうやら今回の依頼は、優斗経由のものらしい。

以前優斗は、自分の婚約者の肩に人面瘡《じんめんそう》ができたといって、高槻のもとを訪れたのだ。奇天烈《きてれつ》な話から始まった依頼は何とか無事に解決し、二十数年付き合いのなかった従兄《いと》弟《こ》同士に再びの交流をもたらしたようだ。

優斗の向かいに座った高槻が、にっこり笑って尚哉を見た。

「優斗ね、未華子《みかこ》さんと結婚したんだよ。今日はその報告も兼ねて来てくれたんだ」

「報告っていうか、まあ、その、ア、アキくんには世話になったから」

コーヒーの入った大仏マグカップを口に運びつつ、優斗が照れたような顔をする。結局高槻の呼び方は、『アキくん』で落ち着いたらしい。

今日の優斗は、シックな色合いのニットを着ていた。スーツ姿じゃないんだなと思ったところで、今日が土曜日だということを思い出す。大学の講義がないと、どうも曜日の感覚がなくなりがちだ。

「優斗の話を聞く前に、深町くんの分のコーヒーを入れようね。深町くん、座って」

高槻に言われて、尚哉はコートを脱いで椅子に腰を下ろす。

入れ替わりのように高槻が立ち上がり、窓際の小テーブルの方へ歩いていった。土曜日だろうと、大学にいる限り、高槻はいつでもスーツ姿だ。かっちりとした英国風の三つ揃いは、高槻のトレードマークのようなものである。

と、優斗が、手元に置いていたタブレットを尚哉の方に差し出してきた。

「見るか？　結婚式とハネムーンの写真なんだが。さっき、アキくんには見せた」

「えっ？　あ、ありがとうございます……？」

そうか自分も見るのかと思いつつ、尚哉はタブレットを受け取る。優斗からしてみれば、人面瘡の事件のときに尚哉も関わったからということなのだろうけれど。

結婚式は教会で行ったようだ。チャペルの前に立ってフラワーシャワーを浴びている優斗と未華子の写真がある。プロが撮ったものだろうが、なかなかにいい写真だった。二人ともとても幸せそうだ。周りにたくさんいる人々は、友人や親族だろうか。

……親族。

そう思った瞬間、タブレットを持つ指が、にわかに緊張した。

どこかに、もしや高槻の両親の姿が写り込んではいないだろうかと思って。

母親の清花《さやか》とは、前に一度会ったことがある。だが、父親の顔は見たことがなかった。

下世話な興味かなと思いつつ、尚哉はタブレットの写真を順に送っていく。

しかし、それらしき姿はどこにも見当たらなかった。

優斗からすれば伯母《おば》夫婦にあたるはずだが、結婚式には来なかったのだろうか。

あるいは――優斗が、二人が写る写真を意図的にはずして持ってきたのかもしれない。高槻と実家の関係を、優斗はよく知っているはずだから。

ことん、と傍らで音がした。

顔を上げると、高槻が尚哉のマグカップを置いたところだった。

「いいお式だったみたいだよね」

優しく笑って、高槻が言う。

尚哉はうなずいた。

「そうですね」

タブレットの中の写真が、式からハネムーンのものに移った。テレビでしか見たことのない外国の美しい風景の中で、優斗と未華子が笑っている。未華子が元気そうでよかったと尚哉は思う。結局尚哉は、未華子本人には一度も会っていないのだけれど。

未華子と同じ顔を持つあの女性の姿は、結婚式の写真の片隅にひっそりと写っていた。尚哉が会ったときに比べると少し丸みを帯びたように見える頬は、彼女が心身の健康を取り戻した印なのだと思いたかった。

「――さて、それじゃ、そろそろ優斗の話を聞こうか」

先程座っていた椅子に腰を下ろし、高槻が言った。尚哉は優斗にタブレットを返す。優斗はタブレットを操作して、テキストアプリを開いた。どうやらそこに相談内容がメモしてあるらしい。

優斗は画面に目を落としかけ、はっとしたように一度顔を上げて高槻を見た。

「……一応言っておくが、これは別に、アキくんが『天狗様《てんぐ》』だったから頼むわけじゃないからな。前に未華子の件を解決してくれた手腕を信頼してのことだ」

「わかってるよ、優斗。いいから話して」

高槻が苦笑して言う。

優斗は小さく咳払《せきばら》いして、話し始めた。

「これは、俺からというより、未華子からの相談なんだけど。——未華子が通っていた英会話学校の友達で、支倉光莉《はせくらひかり》さんという子がいるんだが、この子が今ちょっと怖い目に遭ってるんだそうだ。光莉さんはまだ学生さんなんだが、未華子とは親しくしていて、俺も会ったことがある。できれば、なんとかしてやりたい」

優斗はそう言って、写真を表示したタブレットをこちらに向ける。

その写真に未華子と一緒に写っているのが、光莉なのだろう。カフェらしき場所で、二人で顔を寄せ合うようにして笑っている。茶色くした髪を肩に垂らした光莉は、明るい笑みを浮かべてこちらを見ていた。目鼻立ちのはっきりした、元気そうな子だ。

「事の始まりは、一か月前のことだ。——光莉さんの小学校時代の友人、真壁美紗紀《まかべみさき》さんが亡くなった」

　美紗紀の葬式の席で、光莉は当時の仲良しグループとひさしぶりに顔を合わせた。大《おお》橋《はし》可《か》乃《の》子《こ》、山室《やまむろ》芽《め》衣《い》の二人である。

　彼女達は、亡くなった美紗紀も含め、小学三年生で同じクラスになった。そして、そこから六年生まで、美紗紀を含めて四人の仲良しグループは続いた。

　だが、中学生になってからは、それぞれ塾や部活動などで忙しく、クラスもばらばらだったために、徐々に一緒にいる時間は減っていった。高校からは、学校も別々になった。光莉に至っては、両親の仕事の都合で一時期アメリカで暮らしていたりもしたものだから、すっかり皆と疎遠になっていた。

　懐かしいね、ひさしぶりの再会がお葬式なんて嫌だね、などと話していたら——そのうちに、可乃子が暗い顔をして、「実は」と話し出したのだという。

「実は、可乃子さんだけは、美紗紀さんが亡くなる直前まで、付き合いがあったらしいんだ。家が同じマンションにあって、親同士の付き合いもあったからということだったが、何度か美紗紀さんのお見舞いにも行っていたらしい。美紗紀さんは、高校の頃に、心疾患を発症して、入院と自宅療養を繰り返していたそうだ。で、可乃子さんが最後に自宅にお見舞いに行ったとき、美紗紀さんの様子がどうもおかしかったらしくて」

　ベッドから身を起こした美紗紀は、可乃子の手を急につかむと、「自分が死ぬことはわかってる」と言い出したのだという。

——私はもう死ぬ。助からないって知ってる。

——でも、死ぬのは怖いし、それで本当の私がいなくなるのはすごく嫌。寂しい。

そこまで聞いた高槻が、ふっと眉《まゆ》をひそめる。

「……本当の私がいなくなる、というのは意味深な言葉だね。どういうことかな」

「わからない。だが、可乃子さんは確かにそう聞いたらしいな」

そして美紗紀は、可乃子の手を取り、折り畳んだ紙を押しつけてきたのだという。

——ねえ、覚えてる？　私達、ずっと一緒だって前に約束したよね。

——ほら、これ。可乃子にあげるね、ずっと持っててほしいな。

可乃子はなんだか怖くなって、早々に美紗紀の家を後にしたそうだ。

「その紙に描かれていたのが、これだ」

優斗はまたタブレットを操作して、一枚の写真を高槻と尚哉に見せた。

それは、くっきりした赤ペンで描かれた、まるで子供が描いたような絵だった。

テルテル坊主のような感じの丸っこいキャラクターが四体、棒切れのような手をつなぎ合ってずらりと横に並んでいる。テルテル坊主達は、服の模様が違っていたり、天使の羽のようなものがついていたりと、それぞれ個性があるようだ。

「可乃子さんは暗い顔のまま、『美紗紀が死んで以来、夢に出てくる』と言ったそうだ。『美紗紀が呼んでるみたい。皆も気をつけて』と。——そして、それからしばらくして、可乃子さんは交通事故に遭って亡くなった」

優斗の言葉に、尚哉はえっと思わず声を漏らした。

高槻は興味深げに目を細め、

「――それで？　まだ続きがあるんでしょう、この話には」

「ああ」

優斗がうなずいた。

「可乃子さんが亡くなったのは、二週間ほど前だ。可乃子さんの葬式で、光莉さんと芽衣さんはまた顔を合わせた。そのとき、今度は芽衣さんが、『実は昨日、こんなものがポストに入っていて』と言って、さっきの写真にあった紙を見せてきた」

「え？　さっきの写真に写ってたのは、可乃子さんがもらったものじゃないの？」

「ああ。可乃子さんは、その紙をなくすか捨てるかしてしまったらしい。だから、光莉さん達には口頭で『こんな絵が描かれていた』と伝えてきたそうだ。光莉さんが言うには、可乃子さんが語った内容は、この写真のものと完全に一致しているとのことだ。この写真は、芽衣さんから話を聞いたとき、光莉さんが念のため撮影しておいたものだ」

もう一度、優斗がさっきの写真を見せてくれる。

そう言われると、だんだんそこに写る紙が恐ろしい呪符《じゅふ》のように思えてくる。

尚哉は尋ねた。

「それで、その芽衣さんって人にも何か悪いことが起こったんですか？」

「数日前、芽衣さんはインフルエンザから肺炎を起こして、入院したそうだ。その直前、芽衣さんもまた、『夢に美紗紀が出てきた』と言っていたらしい」

「それは……なんていうかこう、見事に連鎖してますね、不幸が」

奇妙な絵を渡される。死んだ友人が夢に出る。

そしてその後、命にかかわるほどの不幸に見舞われる。

まるでホラー映画みたいな話だなと、尚哉は思う。

「未華子が、昨日光莉さんと会ったんだ。そのとき、光莉さんがひどい顔をしていたもんだから、何かあったのかと尋ねたら、話してくれたそうだ。……つまりその、光莉さんは、次は自分が美紗紀さんに呼ばれる番だと思っているみたいで」

「――優斗」

高槻が口を開いた。

机の上に両肘《りょうひじ》をつき、組んだ両手の上に顎《あご》を載せるようにして、優斗を見る。

「光莉さんは、もう美紗紀さんの夢を見たのかな？」

「いや、まだだそうだ。でも、いずれ見るんじゃないかと怯《おび》えてる。ここ数日、光莉さんはろくに眠れていないらしいんだ。眠れば美紗紀さんに呼ばれる、ってな」

「それは大変だ。一刻も早く、光莉さんに話を聞きに行かないと」

真面目な声で高槻が言う。

優斗が嬉《うれ》しそうに顔を輝かせて、高槻を見た。

「それじゃ、引き受けてくれるんだな？　よかった、未華子が本当に心配しててさ」

「勿論《もちろん》じゃないか、優斗。むしろ、こっちがお礼を言いたいくらいだよ」

「お礼？」

「そうだよ。――こんな面白い話を持ってきてくれてありがとう、優斗！」

ばん、と高槻がいきなり机に両手をついて、優斗の方に身を乗り出した。

「一人の友人の死から始まる、死の連鎖！　死を招く謎の絵！　ああ、なんてわくわくする話だろうね、どういうことなのかすごく気になるねえ！　ねえ優斗、光莉さんにはいつ会える？　早い方がいいよね、明日《あした》とかどう？　あっ、深町くんの予定聞くの忘れてた、深町くんは明日空いてる？　一緒に話を聞きに行こうよ！」

両目を生き生きと輝かせ、椅子から完全に腰を浮かせて、高槻が早口に語り出す。

優斗に目を移せば、一体何事かという顔で固まっている。そういえば前回の優斗からの依頼のときには、高槻は一応は理性を保っていたのだった。

尚哉は席を立ち、後ろから高槻の両肩に手を置いた。

「先生、落ち着いてください。いきなり立つのは良くないです、まずは座りましょう」

「え？　何で？　どうして？」

「相手がドン引きしてるからです！　いいから早く腰を下ろす！」

尚哉は両手に力を込め、無理矢理高槻を椅子の上に引き戻した。

どん、と座面に腰を下ろしたところで、高槻がはっと正気に返る。

「……あ、ご、ごめん優斗、僕ちょっと興奮しちゃって……深町くんも、ごめんね」

いかにもしょげた感じの情けない顔で、高槻が言った。半月前に三十六歳の誕生日を迎えた男の顔とはとても思えない。いい加減大人の男の落ち着きというものを身につけてほしい。この研究室で、院生達と共に盛大に祝ってやったというのに。

「ア、アキくん……?」

優斗が、恐る恐る様子を窺《うかが》うような声を出す。

高槻は慌てたように優斗を見て、

「優斗、とにかく光莉さんの件はまかせてくれないかな。大丈夫、僕、光莉さんの前ではちゃんとするから、深町くんも気をつけてくれると思うから! だから安心して!」

「そ、そうか、それじゃあ、光莉さんの予定を聞いて、また連絡するから」

微妙に大丈夫かなという気配を漂わせつつ、優斗が帰り支度を始めた。大仏マグのコーヒーを飲み干し、タブレットを鞄《かばん》にしまう。

立ち上がってコートを手に取ったところで、優斗がふと思い出したという顔をした。

「——そうだ。あのさ」

「うん? どうかしたの、優斗」

「いや、結婚式のときにさ。ひさしぶりに会長に会ったんだけど」

「会長?」

「ああ、だからつまり……じいさまだよ」

優斗の祖父ということは、高槻にとっても祖父にあたる。かつては会社の社長だったというが、今は退いて会長になっているようだ。

「式の後に、廊下で呼び止められて。……アキくんのことを、言われた」

「え？」

「『彰良に会ったそうだな』って。何で知ってるんだよ、監視でもついてるのか？」

優斗が盛大に顔をしかめて言う。

高槻は困惑した様子で、

「たぶんそれ、黒木《くろき》さんが伝えたんだと思うけど……いやでもあの人、父の秘書のはずなのに、何で祖父にまで……ごめん、優斗。僕のせいで嫌な思いさせちゃったかな」

「そういう意味で言ったんじゃない。そうじゃなくて、なんかやたらと訊《き》かれたんだよ。アキくんのこと」

「え？　何であの人が？」

「知るかよ。でも、『彰良はどうしてた』とか『おかしな様子はなかったか』とか、妙にしつこくて。そんなに気になるなら、自分で会いに行けばいいのに。……なんて言うわけにもいかないから、『元気そうでしたよ』とか当たり障りなく答えといたけど」

「そう……でも本当に、何なんだろうね。僕はとっくに会社の後継者レースからは外されてるはずだし」

優斗の言葉に、高槻が眉《まゆ》をひそめる。

もうずっと前から、高槻は実家とはほぼ縁が切れた状態だという。祖父とも長らく会っていないのだろう。

そんな人が、どうして今更高槻のことを気にするのか。

ぱた、とまたどこかでドミノが一つ倒れたような気がして、尚哉は一瞬身をすくめた。

違う、これはきっと関係ない。そう思うのに——胸の底がざわつくのはなぜなのか。

「会長は、このところあまり体調が良くなくてな。だいぶ高齢だし、色々考えることがあって、それでアキくんのことも思い出したのかもしれない。でも、ちょっと雰囲気がおかしかったから、念のため伝えておこうと思ってさ。……まあ、何でもないかもしれないけどな。それじゃ、今日は会えてよかった。また連絡する」

「ああ、うん。またね、優斗」

研究室を出て行く優斗に、高槻が小さく手を振る。

大仏マグカップを片付ける高槻を見ながら、尚哉は自分のコーヒーを口に運んだ。

高槻の口から祖父の話が出たことは、ほぼない。

でも、渉《わたる》からはちらと聞いたような気がする。高槻の身の上について聞いたときに、ついでのように少しだけ話題に出たのだ。

渉にとっては自分の父親だが、あまり良い感情は持っていない感じだった。渉が自分の後継者にふさわしくないと判断するなり、手切れ金のように金を渡してさっさと渉を実家から追い出したという話だった。渉の姉の——つまり高槻の母親である清花のことは、昔から溺愛《できあい》していたとも聞いている。

そして、今の優斗の口ぶりからすると、優斗もあまり自分の祖父に対して好意を持っている感じはしなかった。

「……先生のおじいさんって、どんな人なんですか？」

ついそんな風に尋ねてしまってから、尚哉は自分の質問の不躾《ぶしつけ》さをひどく後悔した。

高槻がこっちを向く。案の定、その顔には困ったような笑みが浮かんでいる。この人は、困ったときでもとりあえず笑うのだ。

「うーん……すごい人ではあると思うよ。会社を一代で大きくした人だからね。人となりについて言うなら、まあ、厳しい人ではあったかな。僕がまだ子供だった頃、祖父が家に来ると父が少し緊張してたのを覚えてるよ」

コーヒーのおかわりはいるかと尋ねられ、尚哉は首を横に振った。

高槻は小テーブルの前に立ち、自分の分のココアのおかわりを作り始める。

「でも、小さい頃の僕には結構優しかったかな。よく褒めてくれたし、お小遣いも気前よくくれた。『最近の子供が何を喜ぶかがよくわからんから、これで好きなものを買え』って、手土産代わりに現金をくれるような人だったね」

「それは……良いんだか悪いんだかいまいちわからない……」

「金額はよく覚えてないんだけど、家にいた家政婦さんに『おじいちゃんがくれた』って言ってお金見せたら、そっと母に連絡がいって、母が『これは預かっておくわ』ってさりげなく取り上げたから、幼児に持たせていい金額じゃなかったんだろうねえ」

会社を一代で大きくするような人は、やっぱり普通の人間とは少し感覚が違うのかもしれない。庶民の尚哉にはお金持ちの金銭感覚はよくわからないが、幾らもらったんだろうかとちょっと気になるエピソードだ。

「まあでも、そういうのも昔の話だよ。僕がこうなってからは、ほぼ会ってない」

「え……」

「たぶん最後に会ったのは、行方不明だった僕が発見された直後、病院で手当てを受けてたときかな？　まだ治療中だったのに強引に部屋に入ってきて、僕の背中を見て顔色を変えて、そのまま部屋を出ていった。それっきりだよ」

ことん、と尚哉の隣の席に高槻のマグカップが置かれる。たっぷり入った甘ったるいココアには、大きなマシュマロが二つ、ぷかぷかと浮かんでいる。

椅子に腰を下ろし、小さく息を吹きかけてココアを冷ましながら、高槻は言った。

「たぶんあの瞬間にあの人は、僕を後継者から外したんだ。かつて渉おじさんを切ったみたいにね。とても現実的な考え方をする人だったから、どこかの変態にさらわれてこんな傷をつけられた人間は、未来の社長には据えられないって思ったんだと思う」

自嘲《じちょう》にすらならない、ただ事実を述べているだけのような淡々とした口調だった。

やっぱり訊かなければよかったな、とあらためて尚哉は悔やむ。

でも、今の話を聞いたら、なおさら先程の優斗の話に疑問が湧いた。今更高槻の祖父が高槻を気にかけるようになった理由は何だろう。

「そんなことより、さっきの優斗の依頼の件だけど。深町くんの予定は大丈夫？　急いだ方が良さそうだし、明日《あした》にも光莉さんに会いに行くことになるかもしれない」

「明日は日曜なので、丸一日大丈夫ですよ。他の日も、午後なら基本空いてます」

「あれ、深町くん、もしかして春休みだから何かバイト始めた？　午前中は何か用事があるってことだよね。今日も研究室に来るのちょっと時間かかったし」

「教習所に通ってるんです、車の。日曜以外は教習入れてて」

尚哉が言うと、高槻は驚いた顔で目を瞠《みは》った。

「え、深町くん、とうとう免許取るんだ⁉」

「もう仮免までは取りましたよ。今、路上教習中です」

「そっかあ……じゃあ、次に遠出するときは、深町くんも運転要員になれるね！」

「免許取れてもしばらくは初心者マーク付きですよ。いきなり頭数に入れられても」

「大丈夫だよ、隣に健ちゃんが座って指導してくれるから」

「いやそれ怖いです」

教習所の教官より怖そうだ。何が怖いって、顔が怖い。

「でも、いつも健ちゃんにばっかり運転させてるからね。僕が運転してもいいんだけど、健ちゃんがするなってうるさいし」

そう言って、高槻が笑う。

ちなみに高槻と佐々倉は、無事に仲直りできたらしい。先日の高槻の誕生日パーティーには、しれっと佐々倉も交ざっていた。そもそも佐々倉がいないと色々困ったことになりそうな人なのだ、長年の幼馴染《おさななじみ》との付き合いは大事にしてほしい。

光莉とは、やはり翌日に会うことになった。可能な限り早く高槻と話したいそうだ。

光莉の家は練馬《ねりま》区にあるという。光莉が指定したのは、駅前のカフェだった。

高槻と尚哉がカフェに入ると、奥の方のボックス席に座っていた光莉が立ち上がり、こちらに向かって小さく頭を下げた。

そちらに歩み寄り、高槻がにっこりと笑う。

「こんにちは。青和大の高槻です。こちらは助手の深町くん。今日はよろしくね」

「はい。どうぞよろしくお願いします」

そう言って、光莉は身をすくめるようにしながら、また高槻に頭を下げた。

優斗に見せられた写真とは、随分印象が違う。写真の中の光莉は明るそうな子だったが、今目の前にいる光莉は、赤いロングセーターに包まれた両肩をがちがちに強張《こわば》らせ、陰鬱《いんうつ》な雰囲気を全身にまとっている。顔立ちもなんだかきつく見えるのは、目の下に張りついた隈《くま》と、険しく寄せられた眉間《みけん》の皺《しわ》のせいかもしれない。

注文を取りに来た店員に、いつものように高槻がココアを、尚哉がコーヒーを頼む。

先に来ていた光莉の手元には、すでにコーヒーのカップが置かれていた。スティックシュガーもポーションミルクも、手つかずのままソーサーの端に残っている。

店員が離れていったところで、高槻が光莉に声をかけた。

「昨夜も、あまり眠れなかったの？」

「……はい」

光莉は小さくうなずいて、細い指でコーヒーカップを引き寄せた。いかにも苦そうな顔をしながら、ひと口飲み下す。

「高槻先生。先生は、こういう話の専門家だって聞きました。お願いです、助けてください。自分でも馬鹿みたいって思ってるんですけど、でもやっぱり怖いんです。芽衣もまだ入院したままだし、どうしたらいいですか、お祓《はら》いとか行くべきでしょうか？」

すがるような目で高槻を見て、光莉が言った。

この手の相談をする人達は、しばしば高槻に「お祓いに行くべきか」と尋ねる。

尚哉はそれを聞く度、不謹慎だが、ちょっと面白いなと思ってしまう。自分が呪われたと思ったとき、人は「お祓いをすれば助かる」と考えるものなんだなと思って。

それは、あるいは世にあふれるホラー映画や小説からの刷り込みなのかもしれない。

ああいった作品では、霊能者を頼ってお祓いしてもらうシーンも多い。

けれど、そういった考え方の根底にあるのは、民俗学でいう『ケガレ』の概念だ。

呪いは人を『ケガレ』の状態にする。

『ケガレ』は『穢《けが》れ』だ。あるいは『気枯れる』と書いて、通常の状態である『ケ』が『枯れた』とする説もある。いずれにせよ、良くない状態、回復すべき状態のことだ。

昔の人は、『ケガレ』を祓うために、様々な浄化儀礼を行った。お祓いは勿論《もちろん》、節分の豆まきも、今はただの大掃除と化した年末の煤払《すすはら》いも、本来はそうした浄化儀礼の一つだ。つまり『ケガレ』は、『祓えば落とせる』というのが前提のものなのである。

現代の生活とはあまり関係がないように思える『ハレ』だの『ケ』だの『ケガレ』だのといったものは、こうして考えると意外と今の自分達の中に生きている。遠い昔と今とでどれだけ暮らしが変わろうと、根本的な心性はあまり変わらないのだと思う。

「そうだねえ。そういうのもありかもしれないけど、まずはもう少し詳しく話を聞かせてもらいたいな。どうするかは、その後で考えよう」

光莉のすがる視線を穏やかに受け止め、高槻はのんびりした口調で言って微笑んだ。

そのとき、店員が注文した飲み物を運んできた。

高槻が頼んだココアには、大きめのマシュマロが二つ、小皿に入れて添えられていた。

店員が去ると、高槻はマシュマロが入った小皿をそっと光莉の方に押しやり、

「これ。そのコーヒーに入れたら、きっとおいしいよ」

「え？」

突然言われて、光莉が少し面食らったようにまばたきした。

高槻は、光莉の手元のコーヒーを指差し、

「眠気覚《ざ》ましにブラックコーヒーもいいけどね。脳味噌《のうみそ》の栄養はブドウ糖だから、甘いものも摂《と》った方がいいんだよ。気持ちも落ち着くしね」

高槻に言われて、光莉はそろそろと指をのばし、マシュマロを一つ手に取った。ぽちゃんとコーヒーに落とすと、しゅわしゅわと小さな音を立てて溶けていく。

溶けかかったマシュマロが浮いたコーヒーに、光莉が口をつける。先程とは違って、少しほっとしたような顔でカップを置いた光莉に、高槻はまたにっこり笑う。

「さて、支倉さん。幾つか質問をさせてもらってもいいかな？」

「はい」

「まず、この絵についてなんだけど」

高槻が自分のスマホをテーブルに置いた。

スマホには、優斗が見せてくれた例の奇妙なイラストの写真が表示されていた。芽衣の家のポストに入っていたというやつだ。

「可乃子さんが美紗紀さんから押しつけられたっていうことは、たぶんもとは美紗紀さんが描いたものだよね。その後、誰かが芽衣さんの家のポストにも同じものを入れている。この絵が何なのか、心当たりはないかな」

高槻が尋ねると、光莉は恐々と写真に目を落とした。

それからぐしゃりと前髪をつかむようにしてかき上げ、顔をしかめる。

「あの——……実はこれ、どこかで見たような気はするんです」

「そうなの？」

「はい。私だけじゃなく、可乃子や芽衣も言ってました。でも、誰も思い出せなくて」

「じゃあ、思い出したらまた教えてほしい。ところで支倉さんは、まだこの絵をもらってないんだよね？」

「……はい」

「ああ、それだったら、まだ大丈夫だよ。可乃子さんも芽衣さんも、この絵をもらった後に夢で美紗紀さんを見たんでしょう？　今夜はぐっすり眠るといい」

にこにこしながら、高槻が実にあっさりした口調で言う。

光莉が、思ってもみなかったという感じに、小さく口を開けた。

確かに、前の二人の例を考えると、それがこの呪いの法則のような気がする。

だが、光莉はまたすぐに顔を曇らせ、

「でも、いつ私のところにも絵が来るかわからないですし……絵が来たら、きっと夢も見るんです。そしたら私にも、可乃子や芽衣みたいに何かが……」

「そう、夢！　今回の話の面白いところは、そこだよね！」

高槻はますますにこにこしながら、テーブルに少し身を乗り出す。

光莉はびっくりした顔で、高槻が身を乗り出した分、少し後ろに身を退《ひ》いた。

「お、面白いって、い、一体どこが」

「だって、夢で死者に呼ばれるというのは、怪談では王道のパターンだよ。カシマさんの怪談は知ってるかな？　カシマさんという女性の幽霊の話を聞くと、夢にカシマさんが現れて手足を奪われるという話だ。カシマさんに限らず、こういう夢に現れる系の怪談は本当にたくさんあって、夢の中で傷つけられると現実の肉体も傷つくというパターンが多い。ちょっと古いけど、『エルム街の悪夢』っていうアメリカのホラー映画も同じだね。あの映画には、フレディっていう殺人鬼の幽霊が出てくるんだけど、彼に夢の中で殺されると現実世界でも死んでしまう。洋の東西を問わず、夢というのは怪異と遭遇する場所として扱われがちだ」

流れるような口調で、高槻はそう語る。

「これはまあ当然といえば当然のことで、人が怖い夢をよく見るからだろうね。統計上も、不快な感情、特に恐怖体験を伴う夢の方が圧倒的に多いんだそうだ」

「圧倒的に……って、え、そうなんですか？」

思わず横から尚哉が尋ねると、高槻はうんとうなずいて、

「人が夢を見るメカニズムについてはまだまだ研究中で、なぜ怖い夢の方が多いのかということについては、様々な説があるんだ。たとえば、もともと夢は覚えるようにはできていないんだという説」

「覚えるようにはできていない……？」

急に立て板に水のごとく話し出した高槻を一体何事かという目で見ていた光莉が、少し興味を惹《ひ》かれたような顔でぱちぱちとまばたきした。

高槻はにこりとまた笑って、

「そもそも夢って、毎日見るわけじゃないよね？　今日は全然夢を見なかったなあって

いう日もある。でも実際は、夢は毎日見てるんだ。単に覚えていないだけでね。――人は主にレム睡眠中に夢を見るんだけど、このとき脳の中では、記憶の整理や固定といった作業が行われている。夢は、この作業の過程における副産物というわけだね。大事なのは整理された記憶の方だから、副産物である夢は覚えておく必要がないんだ」

とんとんと人差し指で己の頭を軽くつつき、高槻は言った。

「そんな風にもともと忘れやすい仕様になっているものだから、覚えている夢というのは限られる。しかも夢を覚えているかどうかは、そもそもの性格や、そのときの心の状態にもよるみたいでね。外向的な性格の人より、内向的な性格の人や不安度の高い人の方が夢を覚えていることが多い。そして、不安度の高い人というのは、嫌な夢をよく見るものなんだってさ。それはまあ、統計を取ったら嫌な夢の方が多くなるよね」

高槻が小さく肩をすくめてみせる。

確かに、何のストレスもないときというのは、あまり夢を見ない気がする。嫌なことがあった後や、試験などで追い詰められているときの方が、夢を見ることは多い。そして、そういうときに見る夢というのは、悪夢とまではいかなくても、なんだかちょっと嫌な感じだったりするものだ。

「あと、レム睡眠中には、大脳辺縁系の扁桃体《へんとうたい》という部分が興奮しているというデータもある。扁桃体というのは、脳の中で恐怖や不安を司《つかさど》る部分だ。怖い夢を見ることが多いのは、この扁桃体の興奮のせいなんじゃないかと考えることもできる。……でもね、こういった説は、様々な研究が進んだ現代だからこそ立てられたものだ。昔の人は、脳の作用がどうのこうのなんて思考は持たなかった。昔の人にとって、夢は、外部からもたらされるものだったんだよ」

「外部……ですか？」

「うん。神仏のお告げだと思うことが多かったんだ」

高槻は、先程己の頭をつついた指で、今度は上を示す。一般的に、神仏は天上にいる。

「何しろ日々の暮らしは不安と困難に満ちている。災害は起こるし、争いはあるし、出世できるかどうかも気になるし、恋愛やら病気やら悩み事はたくさんだ。だから人は、この先生きていくための道標《みちしるべ》となるような予兆を、夜毎の夢の中に見出《みいだ》そうとしたんだよ。自分が夢を見た状況や夢の内容を詳しく書き記し、そこに解釈を加えたものを『夢記』と呼ぶんだけど、この『夢記』は古代から近代に至るまでたくさん作られている。『夢記』とまではいかなくても、『蜻蛉日記《かげろうにっき》』や『更級日記《さらしなにっき》』といった平安時代の有名な日記にも、夢に関する記述は繰り返し出てくるよ。皆、夢を見ては、それが吉夢か凶夢か判じて一喜一憂していたんだ」

現代でも、夢日記というものをつけている人はいるそうだ。夢日記をつけると頭がおかしくなるという都市伝説まがいの話を聞いたこともある。

現代の夢日記は、心理分析的な意味合いが強いのだと思う。でも、昔の人にとっての『夢記』は、もっと切実なものだったのだろう。夢を読み解くことで、少しでも己の未来を良くしたかったのだ。

「そのうち、積極的に夢を見ようとする人達も増えてきてね。仏堂に籠《こも》って素敵なお告げを得ようとしたりしたんだ。――昔話の『わらしべ長者』ってあるでしょう？　持ってるものを行く先々でどんどん物々交換して、最終的に富を得る話だ。あれの元となった話が『今昔物語集』や『宇治拾遺物語』に載ってるんだけどね、物語の発端は、人生に行き詰まった男が、良いお告げを得るために長谷寺《はせでら》の観音堂に参籠《さんろう》したことなんだよ。二十一日籠った末に明け方の夢で見たお告げが、『退出するとき、手に当たったものを捨てずに持っておきなさい』という内容でね。男は寺を出ようとして躓《つまず》いて、わらしべをつかむんだ。当時の人にとっての夢の役割が、よくわかるよね」

講義でもするかのようにそう話しながら、高槻は手元のカップを口に運ぶ。甘いココアで喉《のど》を湿らせ、はるか昔の人と夢の関わりを高槻は語り続ける。

「とはいえ、そうやって外部から夢をもたらすのは、神仏だけとは限らない。特に仏教説話の世界においては、夢は死者との交流の場でもあった。平安時代初期に書かれた『日本霊異記《にほんりょういき》』には、前世で犯した罪によって苦しんでいるから助けてくれ、と夢を通して頼んでくる死者の話が載っている」

死者、という言葉に、光莉がぴくりと一瞬肩を揺らした。

高槻は、光莉を安心させるように柔らかく微笑んでみせる。

「こうした過去の資料から読み解けるのはね、人々が夢というものに対して常に大きな関心を寄せてきたということだよ。夢って、よくわからないものでしょう？　辻褄《つじつま》の合わない内容だったり、無闇に怖かったり、全然知らないはずの人が出てきたりする。でも、わからないままにしておくには、あまりにも気になる内容だったりすることがあるよね。だから僕達は、夢を解釈して、そこに意味を与えようとするんだ」

「……あの、私、夢占いのサイトとか、たまに見たりすることあります」

光莉が、おずおずと口を挟む。

「ケーキを食べる夢は恋愛運上昇の兆しだとか、殺される夢は実はすごく良い夢なんだとか、面白いなって思いました」

「うん、ああいう『これが夢に出てきたら吉夢』というような占いも、すごく昔からあったんだよ。江戸時代には庶民向けの夢解き書がたくさん刊行されてる。初夢で見ると縁起がいいとされている、『一富士《ふじ》二鷹《たか》三茄子《なすび》』なんかもそうだよね」

「富士山とかはいいとして、何でナスが縁起がいいのかが謎で、調べたことあります」

そう言って、光莉がちょっと笑った。

だいぶ落ち着いてきたみたいだな、と尚哉はその顔を見て思う。

高槻がまた口を開いた。

「勿論《もちろん》、本当に未来の出来事を告げる夢もあるかもしれない。そういう力を持つ人がいることを否定するつもりはないよ。でも、多くの人にとって、夢は不条理な幻みたいなものだ。そして夢には、その夢を見る人の望みや不安、気がかりなことが反映されやすい。――さて、そろそろ支倉さんの身に今起きていることに、話を戻そうか」

高槻はそう言って、真っ直ぐに光莉を見つめた。

「ねえ、君は――いや、君達は、どうしてそんなに美紗紀さんを恐れているの？」

「え……？」

光莉が小さく声を漏らす。その口元が、かすかに強張《こわば》る。

高槻は光莉の瞳《ひとみ》の中を覗《のぞ》き込もうとするかのように、じいっと見つめ続ける。

「優斗から話を聞いたときから少し奇妙に思っていたんだけどね。君達は、小学校以来ろくに付き合いのなかった友達が死んだことについて、何をそんなに気にしているんだろう。夢に見てしまうほどに」

「わ、私は別に……気にしてることなんて、ないです」

早口に否定した光莉の声が、唐突に歪《ゆが》んだ。

尚哉は反射的に耳を押さえた。高槻がちらと尚哉に目を向け、また光莉を見る。

「可乃子さん以外は、一度も美紗紀さんのお見舞いには行かなかったそうだね。中学以降、君達はお互い疎遠になっていたという話だった。でも、美紗紀さんが亡くなったことについては連絡があったわけでしょう？　その連絡は、誰からきたのかな」

「……可乃子から」

「美紗紀さんとは付き合いがなかったけど、可乃子さんとは連絡を取っていた？」

「会うのは、本当にお葬式のときがひさしぶりだったんですよ。でも、お互いインスタのアカウントを知ってたから、たまにＤＭのやりとりだけしてて」

うつむきながら、光莉がぼそぼそと答える。

高槻がさらに尋ねる。

「君は、本当は美紗紀さんが体調を崩していたことも、可乃子さんから聞いて知っていたんじゃないのかな。どうして一度もお見舞いに行かなかったの？」

「……それは」

うつむいたまま、光莉が口を開く。

「忙しかったから、なんとなくです」

光莉の声が、ぐにゃりとまた歪む。

光莉も、そして他の友達も。

わざと――美紗紀を、避けていたのだ。

「ねえ、支倉さん。呪いから解放されたいのなら、本当のことを話してほしい」

高槻が言った。

「美紗紀さんに対して、何か負い目があるんでしょう？」

びくりと、光莉が顔を上げる。

どこか追い詰められたような光を浮かべたその瞳を、高槻は静かに見据える。

そうして、光莉の心の中に手をのばす。

「一体君達は、美紗紀さんに何をしたの？」

「……っ」

光莉が蒼白《そうはく》な顔を両手で覆った。

「……ちが、ちがうんです……私達、何かをしたんじゃなくて」

光莉が首を横に振る。顔を覆った指の下から、かすれた声が漏れる。

「……何も、しなかったんです。私達」

「何もしなかった？」

「見捨てたんです——美紗紀のこと」

暗い後悔をにじませながら、光莉は呟《つぶや》くように言う。

高槻は少しだけ視線を和らげ、尋ねた。

「どういうことなのか、話してくれる？」

こくん、と光莉はうなずいた。

そして、話し始める。

「私達、小学三年のときに同じクラスになって、そこから卒業まで、ずっと一緒のクラスだったんです。私達のグループの中心は、美紗紀でした。放課後や休みの日は、よく美紗紀の家に行って、皆で遊んでました。……それで、あの」

そこで一旦《いったん》、光莉は言い淀《よど》むように口を閉じた。

三秒ほどの沈黙の後、ぐしゃりと前髪をかき上げ、言いづらそうにまた口を開く。

「……あの、これ、別に信じなくてもいいんですけど。美紗紀には……ちょっと、人と違うところがあったんです」

「人と違うところ？」

「美紗紀は——なんていうか、未来が見えたんです」

そう言って、光莉は周囲を憚《はばか》るように声を小さくした。

「て言っても、本人がそう言ってただけだし、百パーセント当たったわけじゃないです。いつも、突然言うんです。何の前触れもなしに、先の出来事を口にして。『明日、すごく怖いことが起こる。たくさん人が死ぬ』って美紗紀が言った翌日には、外国で銃の乱射事件がありました。……一番怖かったのは、突然美紗紀がテレビの画面を指差して、『この中の誰かが死ぬ』って言ったときです。それから半年くらいして、芸人さんの訃《ふ》報《ほう》がニュースで流れました。その人、その番組に出てた人でした」

美紗紀は、とても綺《き》麗《れい》な顔をした少女だった。

色が白くて、目が大きくて、まるでお姫様のように可愛らしかった。

そんな彼女が、唐突にふっとこちらを振り返り、未来の出来事を予知する様は——なんというか、神秘的なものがあったという。まるで託宣を授ける巫女《みこ》のように。

その美紗紀の未来予知を、幼かった光莉達は素直に信じた。

すごいねえと感心し、怖いねえと皆で震えた。

美紗紀が「大変。明日、先生が階段から落ちる！」と予知したときには、皆で担任の先生が階段から落ちないように見張った。光莉達の懸命な努力の結果、先生は階段を一段踏み外した程度で事なきを得た。

美紗紀の予知と光莉達の働きが、先生を救ったのだ。

まるでアニメの主人公達みたいだと思った。

自分達なら、世界だって救える。皆、無邪気にそう信じていた。

「でも……そんなのは、私達が子供だったからです」

そのうちに、アニメと現実の区別がつくようになってくる。

六年生になる頃にはもう、わかっていた。自分達には魔法のステッキなんてない。一瞬で服がドレスに変わったりもしない。

美紗紀の未来予知だって——単なる偶然に過ぎないのかもしれない。

そして、それがわかってしまうと、だんだん周囲の目にも気づき始めた。

クラスの他の子達が、自分達のことをどんな風に見ているのか。

——あの子達、世界を守るとか言ってるの、イタいよね。

——ガキくさ。馬鹿じゃないの。

他の子とすれ違いざま、そんな囁《ささや》きが耳に入って、心臓がきゅうっと縮み上がった。

でも美紗紀は、美紗紀だけは、それがわからないようだった。

彼女はいつまでも託宣を続け——もうやめようよと言い出すこともできずに、光莉達は美紗紀の言うことを信じているふりをした。

「どうして？　美紗紀さんに、そう話せばよかったのに」

高槻の問いに、光莉はテーブルの上でぎゅっと両手を握り、言った。

「だって、美紗紀の機嫌をそこねて、何か自分に関わる悪い予知とかされたら怖いし」

「実際にそういうことがあったの？」

「可乃子が……美紗紀とちょっと揉《も》めたとき、言われたんです。『可乃子、怪我するから気をつけて。たぶん足』って。それからしばらくして、可乃子は足首を捻挫《ねんざ》して……まるで美紗紀がそう言ったから可乃子が怪我したみたいに思えて、ちょっと怖かった」

そんな光莉達にとって、中学入学は転機となった。

全員クラスがばらばらになった。各自、新しい人間関係を築くときが来たのだ。小学校に比べて勉強は随分難しくなったし、塾や部活動で生活も忙しくなっていった。

仲良しグループが解散したのは、必然だった。

けれど、ある日の放課後のこと。

部活に行こうとした光莉を、美紗紀が廊下で呼び止めたことがあった。

――ねえ、光莉。部活が終わるまで、待っててもいい？

そう尋ねた美紗紀に、光莉は「遅くなるから悪いよ、先に帰って」と言った。

――大丈夫だから、待っててもいい？

美紗紀は大きな瞳《ひとみ》でじっと光莉を見つめながら、重ねて尋ねた。

でも、光莉はそれを断った。いつも部活の友達と一緒に帰っていたし、美紗紀を待たせていると思うと落ち着かないからと。

しょんぼりと去っていく美紗紀を見送り、そのとき光莉は、何かあったのかなと少し疑問に思った。

「……美紗紀がクラスに馴染《なじ》めてないということは、それからしばらくして、芽衣から聞きました。一人だけ浮いちゃってるみたいって」

光莉の部活仲間に、美紗紀と同じクラスの子が二人いた。

それとなくその子達に美紗紀のことを尋ねてみると、二人は顔を見合わせ、「ああ、あの子、あんなこと言わなければいいのにね」「ねー、ちょっとイタいんだよね」と言って笑った。……その瞬間、光莉の心臓はきゅうっとすくんだ。覚えのある痛みだった。

「ああ、美紗紀は小学校のときと変わってないんだって、わかったんです」

美紗紀は変わらず未来を予知し、託宣を口にし続けているのだ。

小学校のときと違うのは、周りに味方がいないことだ。

そして、光莉も可乃子も芽衣も、そんな美紗紀を助けなかった。

自分達は美紗紀とは関係ない、そういう姿勢を貫いた。

「……どうして？」

思わず尚哉がそう問いかけると、光莉はふっと表情を消した。

死んだような無表情で、ぼそりと、光莉はこう言った。

「だってもう、イタいとか言われたくなかったし」

だから見捨てたのだ。美紗紀のことを。

でも一応は気になって、しばらくしてから、またそれとなく部活仲間に美紗紀のことを尋ねてみた。あの子はまだイタいキャラを続けてるのかと。

すると彼女達は「ううん、もうやめたみたい」「でもなんか、今は孤高キャラになった」と教えてくれた。

美紗紀は未来を予知するのをやめ、でもあまり誰とも仲良くなることもなく、主に一人で過ごしているという。なまじ美人なものだから、物静かに自席で本を読んだりしている姿はまさに孤高キャラと呼ぶにふさわしく、それはそれで皆に受け入れられたらしい。特に爪《つま》はじきにされることもなく、単に一人が好きな子と認識されたようだ。

それならいいかと、光莉は思った。

美紗紀は美紗紀で生きていけばいい。光莉には光莉の人生がある。

そうして、中学を卒業した時点で、もう美紗紀のことなど思い出さなくなった。

だって、高校の生活は中学のときよりさらに忙しい。一時期海外で暮らしていた光莉にはなおさら、小学校の頃のことなんてはるか遠い昔の出来事だった。

日本に戻ってきて、なんとなくインスタを介してつながっていた可乃子から「美紗紀が病気になった」と連絡があったときにも、「可哀想だね」と返事はしたが、今更自分が関わり合いになる相手とも思えなかった。

「だから、可乃子から美紗紀が死んだって連絡がきたとき――お葬式も、行くのはやめようと思ってたんです。でも、可乃子がどうしても来てって言うから、仕方なくて」

葬式会場に足を踏み入れても、なかなか実感が持てなかった。

まるで場違いなところに来てしまったようないたたまれなさを抱えながら、お焼香の列に並んだ。そしてそこで、美紗紀の父親がべしょべしょに泣いているのを目にした。大人の男の人がそんな風に泣いているのを見るのも初めてだった。

その途端だった。

あの、あそこの遺影に写っている女の子は、確かにかつての自分の友達で、もうこの世のどこにもいないのだと——そう理解した瞬間、なぜかぼろぼろ涙が出た。

そして、会場の外で待っていたかつての仲良しグループに合流した。

「可乃子は、美紗紀から『私はもう死ぬ』って聞いたとき、美紗紀が言うんだったらもう本当に助からないんだろうなって、思ったそうです。だって美紗紀には未来が見えるから。だからその後はもうお見舞いには行かなかったって。……でも、『やっぱりお見舞い、もっとたくさん行ってあげるべきだった』って、可乃子、泣いてました。だって、お葬式には私達以外、美紗紀の友達っぽい人はいなくて……美紗紀は寂しいまま死んじゃったんだなって思うと、なんだかすごく申し訳なくて……っ」

光莉は己の身をぎゅっと抱きしめるようにしながら、震える声を吐き出した。

「高槻先生の、言う通りです。私、美紗紀にひどいことをした自覚があります。恨まれても当然かもしれないって、思ってます」

「——そう。ありがとう、話してくれて」

高槻の言葉に、光莉は首を横に振る。礼になど値しないとでもいうように。

高槻はそんな光莉を見つめて、柔らかく微笑んで言った。

「支倉さん。僕が思ったことを言ってもいいかい？」

こく、と光莉が声もなくうなずく。

高槻はテーブルの上でゆるく両手の指を組み、静かな声で言った。

「君達と美紗紀さんの関係はわかった。君達が美紗紀さんの死について、どんな気持ちを抱いたのかもね。──でも僕はやっぱり、これは呪いとかそういう話ではないと思う」

「……でも」

ぐすと洟《はな》を啜《すす》って、光莉は涙のにじむ声で言う。

「でも、可乃子は死んだし、芽衣は入院しましたよ」

「その可乃子さんの事故なんだけど、別に不自然な点はなかったそうだよ」

「……え？」

光莉が、睫毛《まつげ》の端に涙の粒を引っかけたまま、目を上げる。

高槻が言った。

「僕の友人に警察官がいてね。昨夜、大橋可乃子さんの事故の記録を調べてもらったんだ。──当時、可乃子さんは自転車に乗っていた。そして、右折しようとした車に巻き込まれて接触し、転倒したそうだよ。車側の確認不足もあったけど、可乃子さんはそのとき右側通行していたうえに、赤信号を無視して直進しようとしていたらしい」

高槻の話に、思わず尚哉は顔をしかめる。今まさに自動車教習所に通っている身としては、そういう事故の話は他人事《ひとごと》ではない。というか、佐々倉はまた高槻にいいように利用されたようだ。

「可乃子さんの母親の話では、そのとき可乃子さんはバイトに遅刻しそうになっていて、急いで家を出たということだった。自転車だとつい交通ルールを軽視してしまう人が多いけど、可乃子さんは急ごうとするあまり、車の横を無理にすり抜けようとしていたらしい。目撃者もいたそうだよ。転倒した可乃子さんは頭を打ち、不幸にも亡くなった。よくある、と言っていいのかどうかはわからないけど、そう珍しい事故ではないね」

「でも、じゃあ、芽衣は？」

「芽衣さんは、インフルエンザから肺炎になったんだよね？　インフルエンザ、今年流行《は や》ってるよねえ。健康な人でも、場合によっては肺炎までいっちゃうこともあるよね」

高槻がにっこりと笑って言う。

「で、でも、あの、それじゃ」

光莉が口をぱくぱくさせる。

そして唐突に光莉は、あっという感じに息を呑《の》んだ。

混乱を極めていた瞳の中に、みるみる理解の色が広がる。それと同じくして、頬にはどんどん血が昇る。

普通はありえないくらい不幸な出来事が重なったとき、そしてその理由がわからなかったとき、大抵の人は思うのだ。これはもしや『呪い』のせいなのではないかと。

けれど、別の方角から見れば、それはやっぱり『単に不幸が重なっただけ』なのだ。

以前、難波が不幸の手紙をもらったときと同じだ。別角度からの視点を与えられたとき、理解と納得が恐怖を打ち負かす。そうして『呪い』は瓦解《がかい》する。

「え？　え？　えーっ……やだ、そしたらまさか全部私の勘違い……？　だけど、でも……ああやだやだ嘘でしょごめんなさいっ、こんな大騒ぎして、馬鹿みたい……っ」

頬どころか全体が真っ赤になった顔を両腕で隠すように頭を抱えて、恥ずかしそうに光莉が身をよじる。さっきまで随分きつい印象だったその顔が、見る間に可愛らしい雰囲気に変わっていく。それこそ憑《つ》きものが落ちたかのようだった。

高槻が苦笑して言った。

「まあ、普通はそんなに連続で友達に不幸が起きたりはしないものだからね。君がそれを呪いのせいと考えたのも、無理はないよ。でも——美紗紀さんに対する負い目が、そんな風に君の中で呪いに変わってしまったことについては、僕は少し悲しく思う」

「悲しい、ですか？」

頬の熱気を冷まそうとするかのように水を飲みながら、光莉が高槻を見る。

高槻はココアを飲み干し、ことんとカップをテーブルに戻すと、

「だって美紗紀さんは、君の友達だったはずの人でしょう？　そんな人を、まるで悪霊のように思って怖がるのは、美紗紀さんが可哀想じゃないかな」

「あ……」

光莉の瞳《ひとみ》の中に、また別の理解の色が広がる。

それは、申し訳なさと寂しさに彩られた色だ。死者に対して抱く畏《おそ》れの念が、もういない友達を素直に悼む気持ちへと変化していく。

高槻が言った。

「美紗紀さんのお葬式で、君が涙を流すことができたのなら、まだ君にとって美紗紀さんは友達なんじゃないのかな。本当は彼女の生前に仲直りすることができればよかったけれど、残念ながらそれは無理だ。生者と死者の交流は、記憶を通してのみ行われる。それなら、せめて——美紗紀さんと一緒に過ごした楽しい時間を、君が美紗紀さんと共に世界を救っていた頃のことを、折につけ思い出してあげてほしい。それが、亡くなった人と一緒にいるための方法だと、僕は思う」

光莉は、高槻の言葉を黙って聞いていた。

そして、噛《か》みしめるように、ゆっくりと大きく一つ、うなずいた。


カフェを出た光莉は、あらためて高槻に向かって頭を下げた。

「どうもありがとうございました。お騒がせして、本当にすみませんでした！」

「いや、僕にとってはとても興味深い事例だったし、話ができてよかったよ。とりあえず今夜はゆっくり眠るんだよ？」

「はい！……あの、高槻先生」

「うん？」

「私、これから美紗紀の家にお線香あげに行こうかと思うんです」

光莉が言った。

高槻がうなずく。

「いいと思うよ、それ。お葬式以来、特にそういうことはしていなかったんでしょう？」

「はい。それで、あの」

光莉は少し口ごもり、高槻を上目遣いに見てぼそぼそと恥ずかしそうに言った。

「もしよかったら、一緒に来てほしいんです」

「え？　別にいいけど、どうして？」

「ひ、一人じゃ行きづらくて……一人で行ったら、なんかまた色々考えて美紗紀のことが怖くなっちゃいそうで。でも先生と一緒だったら、大丈夫そうだなって」

手袋をした手でマフラーを押さえ、光莉が言う。

高槻は笑顔でうなずいて、

「わかった。僕も一緒に行くから安心して。僕もせっかくだから美紗紀さんにお線香あげたいな。深町くんは、まだ時間は平気？」

「はい、大丈夫です」

尚哉もうなずくと、よかった、と光莉は笑って、スマホを取り出した。美紗紀の家に電話をかけて、訪問の了承を得るという。

　電話はすぐにつながったようで、光莉は向こうを向いてしばらく話すと、通話を切ってまたこちらを振り返った。

「美紗紀のお父さん、ご在宅でした。お家《うち》に行ってもいいって言ってもらえたので、行きましょう。……あの、歩いて十五分くらいかかっちゃうんですけど、いいですか？」

「いいよ。今日は天気もいいし、お散歩日和だからね」

　高槻が目を細めて空を見上げる。

　高槻の言った通り、空はよく晴れていた。陽射しがあるせいか、寒さも少しだけ和らいで感じる。散歩日和といえばそうかもしれない。

　目に入った和菓子屋で手土産の饅頭《まんじゅう》を買い、光莉の案内で歩き出しながら、高槻がふと尋ねた。

「そういえば、美紗紀さんのお家は、もしかして父子家庭なの？　さっきから、お父さんの話しか出てないよね」

「あ、はい、そうです。お母さんは、私達が小学生の頃に癌で亡くなってしまって……あのときも美紗紀、『明日《あした》お母さんが死んじゃう』って言ってたなあ。そしたら本当に亡くなっちゃって、皆で美紗紀を囲んで泣いたんです」

　そうやって美紗紀の思い出を語る光莉の顔には、先程までの怯《おび》えの色はない。高槻の『お祓《はら》い』は上手《うま》くいったようだ。

光莉が言った。

「そういえば、言うの忘れてました。美紗紀のお父さんって、真壁透一郎《とういちろう》なんです」

「真壁透一郎？」

有名人なのかなと、尚哉は首をかしげる。

高槻が、へえという顔をした。

「『いつ君』の作者？　作家さんなんだね」

「いつきみ？」

「『いつか旅立つ君に、終わらない約束を』。読んだことない？」

タイトルを聞いて、尚哉もやっと思い出す。結構有名な小説だ。何年か前に映画化もして、賞も獲《と》ったはずだ。当時はどこの書店の店頭にも「今年一番泣けます！」などというポップ付きで原作本が山積みされていたのを覚えている。……そこまで力強く「泣けます！」と押し出されると逆に手が出なくて、結局買わなかったのだが。

が、どうやら高槻は読んだらしい。高槻は読書家で、意外と小説も読む。

「どんな話なんですか？」

「そうだねえ、綺麗《きれい》な物語だよ」

高槻が答える。

「恋愛小説でもあるし、家族の物語でもあるね。主人公は三人家族のお父さんで、作家で主夫なんだ。内向的な主人公に対し、妻の千歌《ちか》はそれを笑い飛ばすような明るい性格で、しかもバリバリのキャリアウーマンだ。でもある日、千歌に病気が見つかる。千歌は自分が死んだ後のことを心配して、彼にたくさんの約束を求めるんだ。水曜はカレーを作るとか、毎月十日はコメディ映画を観る日にするとか、いつも花を三本飾るとか。最初は気まぐれな思いつきにしか見えないそれらの約束に本当はどんな意味があるのか、主人公がそれを解き明かしていく過程は少しミステリ風味になってる」

「千歌は、結局死んじゃうんですよね？」

「うん。千歌のお葬式で物語は閉じる。ラストシーンが今日みたいな冬晴れの日でね。『君が還《かえ》る空が、澄んだ高い空でよかった。夏の湿気に満ちた途方もないブルーよりも、水彩の青を淡く刷《は》いたようなこの空の方が君にはふさわしい』って主人公が思う」

長い指ですっと空を指し、高槻が言う。

高槻が言った通り、空は青く澄み渡っていた。薄く引きのばしたような淡い雲が、はるかな高みに浮かんでいる。前に何かで読んだのだが、夏よりも秋や冬の空の方が高く見えるのは、雲が浮かんでいる位置が実際高いからなのだそうだ。

光莉が驚いたように高槻を見た。

「えっ、小説の本文覚えてるんですか？　もしかして先生、ファンだったりします？」

「いや、一度読んだから覚えてるだけだよ。僕は他の人より少し記憶力がいいんだ」

先程空を指した指で己のこめかみをつつき、高槻が苦笑する。

それから高槻は、目の前に広がる街並みを見回した。

「あの小説には住んでいる街の具体的な名前は出てこなかったけど、こうして見ると、本文の描写と一致する部分が多いね。主人公が花を買う花屋は、きっとこの店なんじゃないかな。『花屋の隣には理容店があって、理容店のオヤジはいつも暇そうだ。オヤジの頭はツルツルで』……あっ、本当にツルツル！」

高槻が指差した理容店の前を通り過ぎながら、皆で窓越しに中を覗《のぞ》いてみる。客の姿は見当たらず、ツルツル頭の店主がほうきで床の掃除をしているのが見えた。

高槻は街の風景をきょろきょろと見回しながら、楽しそうに笑った。

「ああ、こういうのも面白いね。まるで小説の中に入ったみたいだ」

「……先生。その本、まだ持ってます？」

少し興味が湧いてきて、尚哉は尋ねた。

が、高槻は申し訳なさそうに尚哉を見て、

「あー、ごめん、もう持ってないんだ……教務課の事務員さんが、映画公開前に読みたいって言ったもんだから、あげちゃった。僕はもう覚えたからいいかなって思って」

「ていうことは、そこまで好みじゃなかったんですね」

尚哉が指摘すると、高槻は曖昧《あいまい》な笑みを返した。

高槻は、一度読んだ本は一言一句に至るまですべて正確に記憶してしまう。読み終わった本など端から捨てていっても全く問題のない人なのである。にもかかわらず、高槻の家にはたくさんの本がある。

高槻は、気に入った本はいつまでも手元に置く主義なのだ。

しかし、真壁透一郎の本は、そのカテゴリに入れてもらえなかったらしい。

「うーん……ちょっと綺麗すぎたんだよね、何もかもが。キャラクターの心情も描写も、まるで薄くて透明なガラス細工でできてるみたいでさ。きらきらしてとても美しいけど、リアルな血肉のにおいはしない。過去作はそんなことなかったんだけど、あの本を境に作風が変わったんだ。でも、そういう世界観が好きな人がたくさんいるのもわかるよ。だからあの小説はヒットしたんだと思う」

高槻が言う。

「でも、小説の中に出てくる街並みがそのままこうして存在することを思うと、もしかしたら作者の目に映る世界は、本当にそんな風に透明で美しいのかもしれないね。——どんな人なんだろう、会うのが楽しみになってきたな!」

うきうきした様子で歩きながら、まるで答え合わせをするように、高槻は小説の中の描写と実際の風景を比べていく。いつもぎゅうぎゅうの自転車置き場。ポスト。五段だけの短い石段。駅前を離れて住宅街に入っても、描写と風景は一致するようだ。

「『春にはつつじが咲く家の角を曲がると、そこからぼく達が住んでるマンションまでは真っ直ぐだ。途中にある公園は、最近鴉《からす》がとても多くて』……」

そこでふっと、高槻が小説の文をたどるのをやめた。

小説に書かれた公園は、道路を挟んで向かいにあった。そこまで大きな公園ではない。

周囲を囲む木の隙間から、申し訳程度に置かれた遊具が見える。

そして小説の本文の通り、公園に立つ木にも、近くの電線にも、何羽もの鴉がいた。

それらを視界に収めて、高槻が凍りついたように動きを止める。

まずい、と尚哉はとっさに高槻の頭に手をのばした。

ぐいと力まかせに後頭部を押して、無理矢理うつむかせる。

「先生。見ないようにしてください。目、閉じて！　できれば耳も」

「……っ」

高槻が震える手で自分の両耳をふさぐ。

光莉がびっくりした顔で振り返った。

「えっ、どうしました⁉　真っ青じゃないですか！」

「大丈夫だから気にしないで。先生、鳥が駄目なんだ」

尚哉はそう説明しながら、よろめく高槻を半ば抱えるようにして、足早に公園の前を通り過ぎる。

高槻は重度の鳥恐怖症だ。特に苦手なのが、羽ばたきの音らしい。姿を見ただけならなんとか我慢できるようなので、こういうときは目も耳もふさいで逃げるに限る。

鴉の群れから十分距離を確保できたと判断したところで、尚哉は高槻に言った。

「先生。もう大丈夫だと思います。とりあえず見る限り、前方も横もクリアです」

「……ありがとう、深町くん」

高槻が目を開ける。まだ顔色は青いが、意識はしっかりしているようだ。

「あの、大丈夫ですか？　具合が悪いなら、無理しないで帰っても……」

「もう平気だよ。軽い貧血みたいなものだし、すぐ治るから心配しないで」

心配そうに言う光莉に、高槻が笑いかける。

まだ少し力ないその笑みに、光莉はますます心配そうな顔をしつつも、

「えっと、それじゃ、あの——美紗紀の家、あのマンションの中です」

そう言って、前方のマンションを指差した。いつの間にか目的地に着いていたらしい。

落ち着いたベージュ色の外壁の、八階建てのマンションだった。美紗紀の家は三階にあるという。高槻が言うには、これもまた小説の通りらしい。

真壁家は、エレベーターから数えて二つめの家だった。インターホンを押すと、すぐに扉が開いて、だぼっとした灰色のセーターを着た男性が顔を出す。

「こんにちはー、光莉ちゃん。よく来てくれたねえ」

真壁透一郎はそう言って笑った。

どこか空気の抜けたような、ふにゃふにゃした喋《しゃべ》り方をする人だった。少し長めの髪に、丸っこい形の眼鏡。年齢的には尚哉の親と同年代と考えていいのだろうが、随分と若く見えた。それが小説家という浮世離れした職業のせいなのか、実際に若いからなのかはよくわからない。

光莉が真壁に挨拶《あいさつ》した。

「今日は押しかけてすみません。どうしても、美紗紀にお線香をあげたくて」

「いやあ、どうもありがとう。美紗紀もきっと喜ぶよ。ところで、こちらの方々は？」

真壁が怪訝《けげん》そうな目を高槻と尚哉に向ける。

光莉が口を開く前に、高槻がにこやかに真壁に笑いかけた。

「こんにちは。青和大学で准教授をしている高槻と申します。こちらは助手の深町くんです。光莉さんは僕の従弟《いとこ》の知人で、今日は少し悩み相談を受けていたんです」

「悩み相談、ですか？」

「ええ。亡くなった友人に対して抱いている申し訳なさを、どうやったら解消できるかといった内容で。その流れで、美紗紀さんにお線香をあげたいと光莉さんから言い出したんですよ。僕達は、光莉さんの付き添いで来ました」

高槻が言う。もう気分は良くなったらしい。

真壁はわかるようなわからないようなという感じに首をひねりつつ、扉を大きく開けてこちらを迎え入れた。

「ああ、寒いのに玄関先で長々と、失礼しました。どうぞ、お入りください」

暖房の効いたリビングに通される。

高槻の自宅マンションに比べるとこぢんまりしているが、ここのリビングも本棚が多かった。ソファやローテーブルの上にも、本や雑誌が容赦なく積まれている。

「すみません、散らかってて……あ、コートお預かりしますコート。仏壇はそこです、お線香とマッチも置いてあるので使ってくださあい。あ、ぼく、お茶入れますねえ」

真壁がハンガーを持ってきて、三人分のコートをコート掛けに吊《つ》るす。

真壁がお茶を入れている間に、順番に仏壇に線香をあげた。

仏壇は、リビングのキャビネットの上に置かれていた。昔ながらの仏間に置くような厳《いか》めしい仏壇とは違い、洋室にも馴染《なじ》むようなコンパクトでモダンなデザインのものだ。明るい色の木目が美しく浮き出た扉には、花の模様が彫り込まれている。

仏壇の前には、写真立てが二つあった。美紗紀と、美紗紀の母親のものだろう。

写真の中の美紗紀は、光莉が言っていた通り、とても美しい顔をしていた。

色白で、綺麗《きれい》なストレートの黒髪を長くのばし、黒目がちな大きな目でこちらを見つめている。隣に置かれた母親の写真と比べてみると、よく似た顔立ちをしていた。

「お茶が入ったので、こちらへどうぞ」

真壁が声をかけてくれる。

リビングと続きになったダイニングのテーブルは、かろうじて本の侵食を免れていた。

四人用のテーブルに、真壁と光莉が並んで座り、高槻と尚哉は反対側に座る。

先程渡した手土産の饅頭《まんじゅう》を配りながら、真壁は光莉を見た。

「今日は本当にありがとうね、光莉ちゃん。お葬式のときにはあんまり挨拶もできなかったし、来てくれて嬉しいよ。いやー、本当に大きくなって……何しろぼくの記憶の中の光莉ちゃんは、小学生で止まってるからなあ。ほら、昔はよく遊びに来てたでしょ」

「すみません、中学から別のクラスになったものだから……部活も忙しかったし」

光莉が申し訳なさそうに言う。

真壁はいやいやと首を振って、

「それはまあ仕方ないよ。でもねえ、美紗紀は寂しがってたなあ……ああそう、可乃子ちゃんもね、あんなことになって……すごく残念だけど、もしかしたら美紗紀は喜んでるかもしれないな。今頃天国で可乃子ちゃんと楽しく遊んでるかも」

「そう……かもしれませんね」

光莉がわずかに笑みを強張《こわば》らせてうなずく。

空気の抜けたような真壁の声を聞きながら、尚哉はなんとなく、この人怖いなと思った。別に声に歪《ゆが》みが混じっているわけではないのだが、聞いていると、言葉がべたべたとこちらの肌に貼りついてくるような嫌な感じがある。何だろう、この気持ち悪さは。

と、高槻がダイニングテーブルに置かれた華奢《きゃしゃ》な花瓶に目を向けて言った。

「――ああ、『三本の花』ですね」

「えっ？」

真壁が驚いた顔をする。

高槻は、薄桃色のヒヤシンスが三本挿してある花瓶を手で示し、にこりと笑った。

「『いつも三本、花を飾ること』は、『いつ君』の中で、主人公が千歌とした最初の約束ですよね。『枯れる前に取り替えないと駄目。枯れた花は最悪、気が滅入《めい》るから』って」

「ええ……ええ、はい、そうです！　うわあ、嬉《うれ》しいなあ、ぼくの本読んでくださったんですか？　台詞《せりふ》まで覚えてくれてるなんて、感動しちゃうなあ」

「ええ、拝読しました。勿論《もちろん》全部覚えています」

高槻がうなずくと、真壁は本当に嬉しそうに、「ありがとうございます」と言った。どうやら高槻のことを、自分の熱心なファンだと勘違いしたようだ。

高槻はにこやかな笑みを浮かべたまま、

「駅前からここまで歩いてきたんですが、あまりにも小説の描写のままだったので、びっくりしました。本当に身近なところから題材をとって書かれたんですね。映画公開前にネットニュースに上がったインタビューも、幾つか読みましたよ。『いつ君』はご家族をモデルにして書かれたそうですね。もしかして、あの中に出てくる『ぼくと千歌の約束』も、全て実話だったりしますか？」

「あー、いやー……そうですね、実はそうなんです」

照れたように頭を掻《か》きながら言った真壁の言葉が、ふいに歪んだ。

高槻が少し目を細める。

「では、奥様の生前からこうしてお花を飾り、水曜日には必ずカレーを？」

「ええ。それが妻との――千香子《ちかこ》との約束だったので」

尚哉は耳を押さえながら、なんだ作り話なのかと少しつまらなく思う。所詮《しょせん》、小説は小説でしかないということなのか。

「実は、妻が死んだ後、しばらく何も書けなくなったんです。何をしていても、妻のことばかり思い出してしまって。ああこれじゃ駄目だなって思って、自分の心を整理するつもりで書いたのが、『いつ君』でした。……作家でよかったなって、あのとき心底思いましたよ。どんな辛《つら》い出来事も、ぼくは物語に変えることができる。ぼくと物語の関係はいつだって忠実です。現実と物語を重ね合わせて、そこに生まれた余白をふくらませる作業は、とても心地いいものです」

「忠実、ですか」

「ええ。だから水曜日にはカレー、毎月十日はコメディ映画の日なんです」

真壁が言う。その声に歪みがなかったことを、尚哉は少し奇妙に思う。だって、作中の約束は作り物なのに。

高槻がまた尋ねた。

「あの話の中に、娘のみどりが未来を予知するシーンがありますよね。あれが物語に少しだけファンタジー風味を添えている。あれも、美紗紀さんがそうだったからですか？」

「ええ」

きっぱりと、真壁は肯定した。

「美紗紀は幼稚園の頃に一度プールで溺《おぼ》れて、呼吸が止まったことがありましてね。救助と処置が早かったので助かったんですが、それ以来、未来が見えるようになったんです。少なくとも、ぼくと千香子はそう信じていました。……だから、美紗紀が突然

『明日《あした》、ママが死んじゃう』って言い出したときにも、千香子はそれに抗《あらが》いませんでした。ただ静かに、そう、とうなずいて、翌朝静かに息を引き取りましたよ」

花瓶のヒヤシンスに目を向け、「ああ、これそろそろ替えないと駄目だな」と呟《つぶや》いて、真壁は苦い笑みを浮かべた。

「千香子はぼくよりも、美紗紀の力を信じていたんです。いつも言ってたんですよ、あなたのその力は特別よ、って。……光莉ちゃんにも、わかるでしょう？　小学生の頃、あれだけ一緒にいたんだから」

真壁が光莉を見る。

光莉はぎこちなくうなずき、それから落ち着かない様子で視線をさ迷わせると、

「あの、お線香もあげたことだし、そろそろお暇《いとま》しようかと思うんですけど」

おずおずとした口調で、そう言った。

高槻がうなずいて、

「そうですね、あまり長居してもお邪魔になってしまいます。というか、無関係の僕までお線香をあげさせてもらって、なんだかすみませんでした」

「いえいえ、美紗紀もきっと喜んでますよ、誰だか知らないけどすごくかっこいい方がお線香あげてくれたって。——ね、君も。美紗紀とたぶん同い年くらいでしょう？」

真壁が唐突に尚哉に目を向けて言った。

尚哉は少しびくりとして、

「あ、はい、たぶん。四月から大学三年です」

「それなら本当に同い年だね。美紗紀は男友達なんて一人もいなくってね。今頃天国で照れてるかもしれないなあ、知らない男の子が会いに来てくれたって」

「はあ、俺なんかで喜んでもらえるかわからないですけど……」

そんなことで照れるような子だったのかなと思いつつ、尚哉は曖昧《あいまい》にうなずいた。

真壁が『天国の美紗紀』について語る度、やっぱり微妙な気持ち悪さを感じる。まるで真壁の隣に死んだ美紗紀がいて、その美紗紀と無理矢理握手させられているみたいだ。向こうの物語にこちらを強引に引き込もうとするような、急な距離の詰め方が怖い。

早く帰りたくてたまらないという顔で、光莉がコートを取ろうとしたときだった。

真壁が、急に「あ」と声を出した。

「あ、あのさ、光莉ちゃん。一個だけ、いいかな？」

「はい、何ですか？」

振り返った光莉に、真壁が言う。

「もしよかったら、形見分けをしたいんだけど」

「え？」

「美紗紀の部屋、生前のままにしてあるんだ。部屋にあるもの、何か一つ持って帰っていいよ。実は芽衣ちゃんも、この前お線香あげに来てくれてさ。ぬいぐるみを一つ持って帰ったんだ」

「え……でも」

光莉は困った顔をして、高槻に目を向けた。

高槻は笑顔で真壁を見て、

「真壁さん。形見分けは無理強いするものではないですよ」

「ああ、無理強いする気はないですよ、全然！　でも、よかったらと思って」

真壁がそう言って、リビングの隣の部屋の扉を示した。そこが美紗紀の部屋らしい。

高槻は少し考えるように口をつぐみ、それからあらためてにこりとして、光莉を見た。

「真壁さんがそんなに言うなら、とりあえず部屋の中を見るだけ見てみようよ。それで、何か欲しいと思うものがあれば、もらって帰ったらいい。それでどうかな？」

「……わかりました」

光莉がうなずく。

真壁は嬉しそうな顔で、美紗紀の部屋の扉を開けた。

「じゃあ、ぼくはこっちで仕事してるので、気にせずゆっくり見てていいからね」

リビングの一角に置かれたパソコンデスクを指差し、真壁はそう言った。

光莉と高槻と尚哉の三人で、美紗紀の部屋に足を踏み入れる。

女の子らしい雰囲気の部屋だった。壁紙には薄いピンクの花模様が描かれ、家具は白で統一されている。ベッドの上には大きめの猫のぬいぐるみが一つ、主人の代わりに寝そべっていた。棚にもちょこちょこと小さめのぬいぐるみやマスコットが置かれている。

本棚のラインナップは、主に女性向けの文庫小説と漫画だ。

先程見た写真の中の美紗紀はまるでお姫様のように毅然《きぜん》としていたが、この部屋を見ていると、良い意味でギャップを感じた。ごく普通の女の子だったんだな、と思う。

「あ、ちょっと先生、何勝手にいじってるんですか、駄目ですよ」

高槻が本棚の本を勝手に取り出しているのを見て、尚哉は慌ててたしなめた。形見をもらっていいのは、光莉だけだ。自分達がこの部屋のものに触っていいわけはない。

「やっぱりお父さんの本もちゃんと並んでるね。ほら、これが『いつ君』だよ」

高槻が、本棚の一番下の段からハードカバーの本を引っ張り出す。青空をバックに三本の花が描かれた表紙。よく書店で見かけた本だ。

「いや、だから先生、故人のものを勝手に――」

「――深町くん。これ」

ぱらぱらとページをめくり出した高槻を止めようとしたとき、ふいに高槻が指を止めた。こちらに本のページを見せてくる。

――うそつき

ページ一杯に、ボールペンか何かで大きくそう殴り書きがされていた。

「……何ですかこれ。美紗紀さんが書いたんでしょうか」

思わず声を潜めて、尚哉は高槻に言う。光莉は美紗紀の勉強机の辺りを見ていて、こっちには気がついていないようだ。

高槻がさらにページをめくる。後半に行けば行くほど、落書きがされているのがわかる。ぐしゃぐしゃと本文が塗り潰《つぶ》すように消されている。「ちがう」の文字が躍る。

「どういうことでしょうか？」

「わからないけど、でも」

高槻は尚哉に『いつ君』を押しつけると、他の真壁透一郎の本を引っ張り出し始めた。どれも本棚の一番下の段に並べてあるせいか、取り出しづらそうだ。高槻は長身を丸めるようにしてその場にしゃがみ込み、ぱらぱらと本のページをめくっていく。

「高槻先生」

ふいに光莉が、高槻を呼んだ。

高槻は手に持っていた本を本棚に戻すと、光莉に歩み寄った。

光莉が見ていたのは、勉強机の上に置かれていたノートだった。

美しい布張りの表紙の、日記帳。

「こういうのってやっぱり見ちゃ駄目なのかなって思ったんですけど、でも、出してあったから、つい中見ちゃって——そしたら、これ」

光莉が指し示したページには、赤いペンで、あの絵が描かれていた。

横一列にずらりと並んだ四体のキャラクター。可乃子や芽衣がもらった謎の絵。

絵の上には「ずっと一緒だよ」と書かれている。

そのページ以降は真っ白だ。まるでそれが絶筆であったかのように。

高槻が光莉から日記を受け取り、それより前のページを確かめる。病院に行った記録や読んだ本の感想などが書いてあるだけで、他に絵が描かれたページは見当たらない。

「……高槻先生。私、やっぱりこの絵に覚えがある気がするんです」

呟くように、光莉が言った。

眉《まゆ》を寄せて、必死に記憶を探るような顔をしながら。

「家に帰ったら、部屋の中を探してみます。たぶんどこかにまだあると思うんです、小さい頃の思い出の品とか手紙とかを入れた箱が……もしかしたら、何かわかるかも」

「そう。じゃあ、何かわかったら僕にも連絡をくれると嬉《うれ》しい」

高槻はそう言って、日記帳を勉強机の上に置き直す。

それから高槻は、光莉に向かって尋ねた。

「支倉さん。形見分けでもらうものは決まった？」

「……まだです。というか、形見分けとかしてもらうのは、やっぱりちょっと」

「そう。それじゃ、僕が代わりにもらってもいい？」

「えっ？」

「この本。これ、支倉さんが形見分けにもらったことにして、マンションを出てから僕がもらってもいいかな」

まだ尚哉が抱えたままだった『いつ君』を手に取り、高槻はにこりと笑った。

光莉が真壁に「この本ください」と言うと、真壁は意外そうな顔をしつつも、「いいよ」と快諾してくれた。

「光莉ちゃん。またいつでも来てね。いつまでも、美紗紀の友達でいてほしいな」

そう繰り返す真壁に別れを告げて、マンションを出る。

辺りにはもう夕方の気配が漂っていた。空の色は着々と青みを失いつつある。昼間の暖かさはとうに失われ、骨身に染みる真冬の寒さに思わず身をすくめる。

「――高槻先生。これ」

光莉が、押しつけるように『いつ君』を高槻に渡した。

「今日、やっぱり高槻先生に一緒に来てもらって良かったです。私……なんだか美紗紀のお父さんのことが、怖かった」

そう言って、光莉は少しびくびくとマンションを見上げる。

それから光莉はまた高槻を見て、

「えっと、私の家、あっちの方角なんですけど……駅まで送った方がいいですか？」

「いや、大丈夫だよ。じゃあ、今日はここでさよならかな？　また何かあったら、すぐに連絡してね」

「はい、それじゃ、今日は本当にありがとうございました！」

光莉が手を振って、駅とは逆の方角に向かって去っていく。

その後ろ姿を見送りながら、今夜はちゃんと眠れるといいな、と尚哉は思う。

「……美紗紀さんのお父さん。俺もちょっと怖かったです」

ぼそりと尚哉が呟《つぶや》くと、高槻がこっちを見た。

その顔を見上げて、尚哉は言う。

「ていうか先生、わざと光莉さんに指摘しなかったんじゃないですか？」

「何のことかな」

「あの絵のことです。日記帳のじゃなくて、芽衣さんの家のポストに入ってた方」

さっきカフェで高槻が光莉の『お祓《はら》い』をしたとき。

可乃子の事故と芽衣の入院に不自然さはないと伝えただけで、光莉の呪いは解けてしまった。だから、たぶんあのとき光莉は失念していたはずだ。まだ一つ、片付いていない問題があることを。

——一体誰が芽衣の家のポストにあの絵を入れたのか。

あの絵が何を意味するのかは不明のままだが、誰が入れたのかはもう明白だ。

高槻が小さく肩をすくめて、くすりと笑った。

「言わなくてもいいかなと思ったんだよ。人の悪意に、あえて触れる必要はない」

そう言って、高槻は光莉から渡された『いつ君』を鞄《かばん》にしまう。

尚哉は片手を耳にやりながら、高槻の鞄に視線を落とした。

「その本も、どこまでが本当なんでしょうね」

少なくとも、『三本の花』も『水曜日はカレー』も、妻との生前の約束ではなかった。

それに——本に美紗紀が書き込んだ、「うそつき」の文字。

先程真壁はどういう意味で、「忠実」という言葉を使ったのだろう。

「それはわからないけど……でも、この話はここで終わりにするべきなんだと思うよ。これ以上深掘りしても、たぶんあまりいいことはない。この本はもうあの家から持ち出してきたから、真壁さんの目に触れることもないしね」

高槻がぽんぽんと鞄を叩《たた》いて言う。

それを聞いて、ああそうかと尚哉は気づく。高槻が本を欲しがったのは、あの書き込みを見て真壁が傷つくのを回避するためだったのだろう。

「さあ、もう帰ろう。せっかくだから、晩ごはん食べて帰ろうか。何食べたい？」

「そうですねえ、寒いし何かあったかいものが……ていうか、先生」

「うん？　どうしたの」

きょとんとした顔の高槻を見て、ああ駄目だこの人忘れてると尚哉は思う。

「この先の公園。鴉《からす》いるんじゃないですか、まだ」

「……あ」

高槻の顔が強張《こわば》る。とんでもない記憶力を持っているくせに、こういうときにぽろぽろ意識の外にこぼれ落ちるものがあるのは、普通の人間とあまり変わらない。

「いっそタクシー呼んだ方がいいんじゃないですか」

「いやでも……ばさばさいわなければ大丈夫だから。さっきと同じやり方で回避しよう。

僕は目と耳をふさぐから、深町くんには誘導を頼みたい」

それで本当に大丈夫かなと思いつつ、とりあえず尚哉はわかりましたとうなずいた。

公園が近づいてくると、やっぱり鴉らしき鳥があちこちに留まっているのが見えた。

高槻がぎゅっと目を閉じ、手で耳をふさぐ。なんだかお化け屋敷に入った子供みたいだ。普段は己の格好良さに気を遣う人なのだが、そうも言っていられないのだろう。

尚哉はまた高槻を抱えるようにして、足早に歩き出す。

そのときだった。

「……あの。どうかしました？」

そんな声が、横合いからかけられた。

すぐ横の家の門の中から、中年の女性がこちらを見ていた。五十代くらいだろうか、ふっくらした感じの小柄な人だ。

「その人、具合でも悪いの？　大丈夫？」

心配そうに言う彼女に、尚哉は慌てて返す。

「あ、大丈夫です、この人、ちょっと――ああ、ええと、なんていうか」

鳥が怖くて場合によっては気絶するんです、なんて説明したところで信じてもらえないだろうなと、尚哉は曖昧《あいまい》に言葉を濁す。

彼女は門の中から出てくると、

「本当に平気？　救急車とか呼んだ方がいいなら……あら？」

彼女が少し驚いた顔で高槻の顔を見上げたのと、高槻が目を開けて彼女を見下ろしたのとは、ほぼ同時だった。

高槻が目を見開いた。

「え……片山《かたやま》、さん？」

「やっぱり、彰良くん⁉」

感極まった様子で、片山さんと呼ばれた彼女が言う。

まさか知り合いなのかと、尚哉はびっくりして二人を見比べた。

高槻は耳を覆っていた手を下ろし、まばたきしながら片山さんを見つめる。

「ええ、おひさしぶりです、片山さん……どうしてここに？」

「どうしてって、ここ、私の家だもの。家の前でヨロヨロしてる人がいるなあと思って出てみたら、まさか彰良くんだなんて！　それにしても大きくなって……ああ、『彰良くん』なんて呼ぶべきじゃないわね、『彰良さん』がいいかしら、何歳になられたの？」

「三十六です。片山さんは、あまりお変わりありませんね」

「何言ってるの、もう二十年以上会ってなかったんだから、私なんて随分おばちゃんになっちゃったでしょう？　彰良さんは、思った通りイケメンに育ったわねえ」

何やら思い出話が弾みそうな気配になっている。二十年以上前ということは、高槻がまだ実家にいた頃の話だ。高槻の様子を見る限り、前に出会ったような『天狗《てんぐ》様のお茶会の出席者』というわけではなさそうだが、何者なのだろうか、この女性は。

いや、それより問題なのは、今そんなことをしている場合ではないということだ。

尚哉は視線を道路の向こうにやる。

と、電線に留まった大きな鴉と、思いっきり目が合った、気がした。

いや、あれは間違いなくこちらを見ている。ぴっちりと胴体に沿わせていたはずの翼を、準備運動でもするかのように少し広げて動かしたりしている。まずい。

「先生――」

尚哉が言いかけたときだった。

カア、と大きな鳴き声がした。

傍らに立つ高槻の体が、びくりと強張る。

今の一声を合図に、カアカアと辺りの鴉が鳴き交わし始めた。ばさり、と羽音を立てて飛び立ったのは、やはりあの鴉だった。大きな体で重たげに羽ばたきながら、こっちに向かって飛んでくる。他の鴉もつられたようにばさばさと飛び立ち始める。

とても高槻に耐えられる状況ではなかった。

ぐらり、と傾いた長身を、尚哉は慌てて支えた。人がいきなり気絶するとき、危ないのは倒れて頭を打つことだと聞いたことがある。倒れ込んできた高槻を自分の肩と胸で受け止め、しかし受け止めきれずに諸共《もろとも》に膝《ひざ》をつく。

「彰良さん⁉……えい、もう、鴉、こっち来るんじゃなーい！」

片山さんがぶんぶんと両腕を空に向かって振り回すようにして、鴉を追い払う。その甲斐《かい》あってかはわからないが、鴉の群れはすぐにいなくなった。

が、高槻は完全に意識を手放した状態だった。蒼白《そうはく》な顔色で、ぐったりと尚哉にもたれかかっている。どうしよう。今すぐタクシーを呼ぶか、いっそ佐々倉を呼ぶか。

と、片山さんが言った。

「何してるの、あなた。早く彰良さんをうちに運んで」

「えっ？」

「道路に寝かせておくわけにもいかないんだから、うちの中に入れるしかないじゃない。あなた一人じゃ運ぶのきついかしら、ちょっと待ってて、門と玄関開けてくるから」

そう言って、片山さんは門扉と玄関扉を開けると、高槻の右腕を自分の肩に回すようにして支えた。動作がテキパキしていて、なんだか頼もしい。

「いい？　せーのでいきましょ、せーので」

「え、あ、はい」

手慣れてるなと思いつつ、尚哉は高槻の左腕を自分の肩に回す。せーので立ち上がり、二人がかりでかつぐようにして、高槻を片山さんの家の中へと運び込んだ。

どうにかマフラーとコートだけ脱がせて、高槻をリビングのソファに寝かせると、片山さんはやれやれという顔で腰を叩いた。

「昔は小柄な子だったのにねえ……まったく、いつの間にこーんなに育ったのかしら。まあ、お父様が背の高い方だし、当然かしらねえ」

「あ……あの」

尚哉が声をかけると、片山さんはまだ腰を叩きながらこっちを見た。

「なあに？」

「あ……えっと、俺は先生の大学の学生で、深町っていいます。あの、あなたは……」

「私？　私は里村悦子《さとむらえつこ》といいます。旧姓は片山。今は主婦だけど、昔は家政婦でした」

「家政婦って、じゃあもしかして」

「高槻さんのお家《うち》で、住み込みで十八年間、家政婦をしてました」

そう言って、片山さんが胸を張る。

成程、と尚哉は思った。どうりで昔の高槻を知っているわけだ。

「それより今、『先生』って言った？　彰良さん、大学の先生をされてるの？」

「はい、青和大学の准教授で……」

「まあまあ、そうなの、すごいわあ、ご立派になられて！」

片山さんが目を輝かせる。なんだか親戚《しんせき》の話を聞くおばちゃんのようだ。

それから片山さんは、あらためて高槻を気遣うように見下ろして、

「それにしても、彰良さん大丈夫かしら。前から鳥を見てこうなることはあったけど、まだ治ってないなんて……ご家族に連絡した方がいいかしら。連絡先わかる？」

「あ……えっと、先生は今、一人暮らしなので、家族はいないです」

「あらそう。じゃあ、高槻さんのお家に連絡する？　昔の連絡先から変わってるかもし

れないけど、たぶん探せば電話番号はその辺に――」

「――やめてください！」

どこかへ歩いていこうとする片山さんを止めようとしたら、思いのほか強い声が出た。片山さんがびっくりした顔で振り返る。

尚哉は慌てて、

「あ、すみません、でも……先生の実家に連絡するのは、やめてください」

「どうして？」

「先生は、ご家族とは今ちょっと……関係が、良くなくて。下手に伝えると、むしろ先生が困ったことになるかもしれなくて。だから……」

黒木のことを思い出しながら、尚哉は片山さんにそう頼む。高槻がまた倒れたなどと伝えた日には、あの嫌味ったらしい秘書が高槻の様子を見に来るに決まっている。

片山さんは高槻を見下ろし、悲しそうに顔を曇らせた。

「そう……そんなことになってるの、彰良さんは」

「あの、だから、ご迷惑じゃなければ、しばらくここに寝かせておいてもらえませんか？　勿論《もちろん》、あんまり起きないようだったら、先生の友達を呼んで運んでもらいます」

厚かましいとは思いつつ頼んでみると、片山さんはまかせろという顔でうなずいた。

「いいわよー。うちの主人、今日は同窓会で帰ってこないし。イケメンの一人や二人匿《かくま》っても、あらぬ疑いをかけられることはないから」

「すみません、ありがとうございます。助かります」

「今のはね、笑うところよ、あなた」

片山さんがそう言って笑った。

お日様みたいな顔で笑う人だなあ、と尚哉は思う。

「なんなら、あなたはもう帰っちゃってもいいわよ？　彰良さんが起きたら、私がちゃんと説明しとくから」

「あ……ちょっとその、この状態になった先生から離れるわけにはいかない事情が……」

片山さんの申し出に、尚哉は歯切れ悪く答える。

気を失った高槻が目覚めたとき、『もう一人』が出てくる可能性を考えると、片山さんと二人きりにしておくわけにはいかない。

片山さんは、特にそれ以上追及してくることもなく、あらそうとうなずいた。

「じゃあ、お茶でも入れましょうかね。ああ、コートはその辺に置いといていいわよ。適当に座って待ってて」

そう言って、片山さんがすたすたとキッチンの方へ歩いていく。

尚哉はコートを脱ぎ、折り畳んでカーペットの上に置いた。続いて高槻のコートを手に取り、同じように置こうとして、思い直して布団代わりに高槻の体にかける。

眠る高槻の顔を見下ろしてみると、相変わらず人形のようだった。寝息もほとんど聞こえず、ぴくりとも動かない。

前に何かの記事で、夢を見ている最中は瞼《まぶた》の下で眼球が動くと読んだことがある。そんな気配もないということは、この状態の高槻は、夢を見ることもないのだろう。

それをよかったと考えてしまうのは——昼間、光莉に夢の仕組みを説明するのを聞いたからだろうか。

夢には不安や心配が反映されやすいという。夢の中でまで鳥に追い回されていたりしたら、可哀想だ。それでなくても高槻は悪い夢をよく見ると聞いたことがある。

キッチンの方から、お湯を沸かしている音が聞こえる。尚哉は手持ち無沙汰《ぶさた》な気分で、部屋の中を見回した。

片山さんの手作りだろうか、パッチワークの飾り物があちこちに置かれていた。キャビネットの上には写真立てが幾つかある。旦那《だんな》さんらしき男性と一緒に写っている片山さんの写真。随分年配の、片山さんの母親らしき女性と写っている写真。

そして——一番端に置かれた、だいぶ古そうな写真に写っていたのは。

「え……これ、もしかして先生ですか⁉」

思わずその写真を手に取って、尚哉はキッチンに向かって声を投げた。

写真には、子供が二人と大人が三人写っていた。ウッドデッキのようなところに立っている。彼らの前にはバーベキュー台。子供二人は、焼けた肉をいかにもやんちゃな表情で口元に運んでいる。どちらの顔にも見覚えがある。茶色みがかった髪の子は、一見女の子のようにも見えるが、今の高槻の特徴をほぼ備えている。そして、その隣にいる子は、どこからどう見ても佐々倉だ。今の佐々倉と違うのは、まだ背が低いことと、服が黒じゃないところだろうか。そうか子供時代は黄色いTシャツとかも着てたんだなと尚哉は思う。まあ、この頃はまだ親が服を選んで着せていたからだろうが。

「うわー……佐々倉さんって、本っ当に小さい頃から目つき悪かったんですねー……」

「あらやだ、健ちゃんとも知り合いなの、あなた」

片山さんが、湯呑《ゆのみ》の載ったお盆を持って戻ってきた。

「それね、軽井沢《かるいざわ》の別荘で撮った写真よ。二人ともまだ小学校の低学年だったんじゃないかしら。夏休みに、健ちゃんも誘って何日か泊まりに行ったの。大変だったのよ、最終日に二人して森の中で迷子になって、皆で大捜索して。無事に見つかったけど」

懐かしそうに写真を覗《のぞ》き込み、片山さんが言う。

「私は家政婦だからいいって言ったんだけど、奥様が、『家族みたいなものなんだから、一緒に写って』って。私は結婚しても子供ができなかったものだから、なんだかこの写真に愛着が湧いちゃってね。それで飾ってるの」

写真の中の片山さんは、二十代後半から三十代前半といったところだろうか。今と同じお日様のような笑顔で、小さい佐々倉の後ろに立っている。

そして——小さい高槻の背後にいる二人は。

「これ……先生の、お父さんとお母さんですよね」

母親の清花は、片方の手を小さい高槻の肩に優しく置いていた。柔らかく微笑むその顔は、今の高槻に驚くほどよく似ている。たぶん、今の高槻とそう変わらない年齢の頃なのだろう。ぱっちりとした大きな目、すっと通った高い鼻。形の整った唇は、わずかに母親の方が厚い気がする。華やかな存在感をまとった、とても美しい人だ。

その横に立っている男性は、すらりとしたハンサムだった。高槻と顔は似ていないが、体つきは確かに似ているかもしれない。彫りの深い顔立ちで、笑みの形に細めた目には優しさがあふれているように見えた。彼もまた、片手を息子の肩に置いている。まるでこの子を守るのは自分だとでもいうように、小さな肩を大きな手で包んでいる。

そうか、高槻の父親はこういう顔の人なのかと、尚哉はじっと写真を見つめ続ける。

尚哉の中で、高槻の父親の印象は決して良くはない。自分の秘書を使って、高槻を常に監視している人物。世間的に目立つようなことはせず、実家にも会社にも二度と関わらないようにと――高槻に対してそう望んでいると、聞いている。

「……どんな家庭だったんですか？」

思わずそう尋ねてしまってから、尚哉は自分ではっとした。

高槻が気絶しているのをいいことに、自分はまた高槻のプライバシーに踏み込もうとしている。

でもそれは、高槻本人に尋ねるのも難しい質問だった。

家族の話は、高槻にとっては間違いなくタブーだ。

でも、と尚哉は思う。頭の片隅で、渉の言葉がよみがえる。「君には、一つでも多くあの子の事情を知っておいてほしい。どうせあの子は、自分からは話さないだろうから」――言い訳だ、と思わなくもない。だけど、過去を知っておくことで、守れることもあるかもしれない。

「どんなって、写真の通りよ。奥様は美人で優しくて、旦那様はハンサムで家族思いで、彰良くんはとってもいい子。……まあ、たまに大人の度肝を抜くようなことをやらかすことはあったけど、でも、お勉強もできたし、性格も良かった。こんなに幸せな家族はないだろうなって、よく思ったものよ。――本当に、あんなことさえなければね」

片山さんが言う。

最後のひと言は、たぶん尚哉に向けてというよりは、独り言だったのだと思う。

片山さんは――高槻家が崩壊する前のことも後のことも、よく知っているのだ。

尚哉は写真から目を上げ、片山さんを見た。

ずっと気がかりだったことがあった。でも、どうしても高槻自身には訊《き》けなかった。

「あの……先生が神隠しに遭ったせいで、家族との折り合いが悪くなったっていうのは、俺も聞いてます。お母さんが、その……心を病んだって」

おずおずと尚哉がそう伝えると、片山さんは少し目を大きくした。

「嫌だ、あなた、そんなことまで知っているの？」

「お母さんの話は、何度か聞いてます。でも、お父さんの話は、あまり聞いてなくて」

片山さんが尚哉を見返して、眉《まゆ》をひそめる。

その視線に怯《ひる》んで目を伏せながらも、尚哉は言葉を続ける。

「……神隠しの後、先生のお父さんは、先生に対してどうだったんですか？」

「どうって」

「あの、つまり、暴力を振るったりとか、そういうことは」

「まさか！　そんなこと、あるわけないでしょう。本当にお優しい方だったのよ」

「でも」

尚哉はその先を言いかけて、言葉を呑《の》み込んだ。

夏の、黄泉比良坂《よもつひらさか》でのことだ。

あのとき、尚哉も高槻も、走馬灯を経験した。昔の出来事を思い出しては、そのときと同じ傷を負った。高槻の背中には皮を剝《は》がれたときの傷がよみがえり——そして、もう一つ。頰が腫《は》れて、唇が切れていたのだ。まるで誰かに殴られたかのように。

それについて高槻は、「父にやられた」というようなことを言っていた気がする。

「——……旦那様が彰良くんを殴ったのは、一度だけよ」

片山さんの言葉に、尚哉ははっとして彼女を見た。

片山さんは、言っていいものかどうか悩むように、眠る高槻に目をやり、

「あの頃……彰良くんはちょっと、様子がおかしくなることがあって。きっと行方不明だったときの影響ね。たまに別人のようになることがあったの」

「もしかしてそういうとき、目の色が青くなってませんでしたか？」

「……あなた、それも知ってるのね」

　片山さんが小さくため息を吐いた。

「そうよ。目が青いときの彰良くんは、違う人みたいになってた。それで――あるとき、彰良くんが階段の上に立っていたことがあったの。階段を上がってくる奥様をじっと見下ろしてて……あれは確か、奥様と彰良くんが一度階段から一緒に落ちた後のことね。その……ちょっとした事故があったのよ。二人とも大した怪我はなかったんだけど」

　それは前に聞いたことがある。息子のことが見えなくなった清花が、階段に立っている高槻に気づかず、ぶつかって諸共《もろとも》に落ちたという話だった。

「前にそんなことがあったものだから、私も注意して見ていたの。そしたら、彰良くんの目が青いことに気づいて――様子が変だなって思ったときにはもう、遅かった」

「何があったんですか？」

「奥様を突き落としたのよ。どんって……目が青く光ってたのを、よく覚えてる」

　だがそのときは、幸いなことに、階段の下に高槻の父親がいたのだという。

　落ちてきた清花を彼が抱き止め、事なきを得た。

　その直後――高槻が、はっと我に返ったのだという。目の色も元に戻っていた。

　階段の下に目を向けた高槻は、何が起きたのかを一瞬で悟ったようだった。

　慌てて階段を駆け下りてきた高槻は、気を失っている母親に向かって、一度手をのばしかけ――けれど、すぐさまその手を引っ込めた。

そして、そのまま家を飛び出して行ってしまったのだ。

清花は気絶しているだけで、特に怪我はないようだった。高槻の父親は、片山さんに清花の様子を見るよう頼むと、高槻を追って外に出て行った。

夜だった。外は暗く、また高槻がいなくなるのではないかと、片山さんは気が気ではなかったらしい。自分も捜しに行きたかったが、清花を一人残すわけにもいかなかった。見つけた、と電話で連絡が入ったのは、一時間ほどしてからのことだっただろうか。父親に連れられて戻ってきた高槻は、片方の頬が腫れ、唇に血をにじませていた。高槻の父親は、片山さんに高槻を預けると、すぐにどこかへ行ってしまった。手当てをしながら、何があったのかと高槻に尋ねてみたが、高槻は曖昧《あいまい》に笑うばかりで何も答えなかったという。

「でも、彰良くんの顔には泣いた跡があったし……旦那《だんな》様の目も、赤かった。子供を叩《たた》くのは親だって辛《つら》いのよ。――それからしばらくして、彰良くんは急に留学が決まって、私は高槻さんの家から暇を出されて。彰良くんとはそれっきりだったわ」

片山さんはそう言って、本当に悲しそうに目を伏せた。

彼女の話を聞きながら、尚哉はようやく腑《ふ》に落ちる。

なぜ高槻が、あんなにも『もう一人』を警戒するのか。

――深町くんに何かしたら、僕は死ぬ。

どうしてあんな言葉を口にしたのか、その理由がやっとわかった。

『もう一人』に意識を乗っ取られ、再び意識を取り戻したとき、目の前に自分のせいで怪我をした人が倒れていたら。怪我どころか、命にかかわる事態になっていたら。

そうなるのが、この人は何より怖いのだ。

片山さんが、己の目尻《めじり》を軽く指で拭《ぬぐ》って言った。

「話しすぎたわね。嫌だわ、家政婦には守秘義務ってものがあるのに。――ああ、この前、変な男の人が来たときには、何訊《き》かれても黙ってたのになあ。あなたがいけないのよ、そんな泣きそうな必死な顔でこっちを見るものだから」

べし、と軽く腕を叩かれ、尚哉はすみませんと反射的に謝り、

「いや俺、別に泣きそうな顔なんて……待ってください、変な男の人って？」

「あー、何て言ったかしら、名刺ももう捨てちゃったからわからないけど、何て言うの、フリーライター？　大沼とか橋沼とかそんな名前の。高槻さんのお家《うち》の話が聞きたいとかいって、一体どこから私のことを調べたのだか。気持ち悪い」

「え、それ、飯沼《いいぬま》って人じゃないですか⁉」

尚哉が尋ねると、片山さんは「確かそう」と顔をしかめてうなずいた。

フリーライターの飯沼は、ゴシップ記事専門の記者だ。女優の藤谷更紗《ふじたにさらさ》の一件以来、高槻に執着してあれこれと嗅《か》ぎ回っている。しばらく見かけなかったから諦《あきら》めたのかと思っていたが、そうでもなかったらしい。片山さんが飯沼相手に何も話さなかったというのは幸いだ。尚哉が今聞いたようなことを飯沼が知ったら、喜び勇んで記事にするだ

ろう。……まあ、どうせ黒木が見つけて記事そのものを握りつぶすのだろうけれど。

と、唐突に片山さんが言った。

「ねえ。——お腹空《す》かない？」

「え？」

「そろそろお夕飯にしようと思って。まだ彰良さん起きそうにないし、ごはん食べながら待ってましょうよ。私ね、料理は得意なのよ。元家政婦だから」

そう言って、片山さんは尚哉に向かって器用にウインクしてみせた。


高槻が目を覚ましたのは、尚哉が片山さんの作った豚丼《ぶたどん》を半分ほど食べた頃だった。

ソファに寝させていた高槻が、かすかにうめき声のようなものを上げて寝返りを打った瞬間、尚哉は心底ほっとした。『もう一人の高槻』が出てくるときは、声も上げないし、無駄に動くこともない。

直後にむくりと身を起こした高槻は、ぼんやりと周りを見回し、尚哉に気づいて、

「……深町くん？　何食べてるの？　僕ら、晩ごはんの約束しなかったっけ」

「先生が起きないからですよ」

尚哉が言うと、高槻は片手を額に押しあてるようにして、顔をしかめた。

「……僕、また倒れたの？」

「はい。鴉《からす》がばさばさしてノックアウトでした。やっぱりタクシー呼ぶべきでしたね」

「そうだね。それで、ここは一体──」

「──あらー、起きたのね彰良さん！　晩ごはん食べます？　豚丼ですけど、前に一回くらいはお出ししたことあるんじゃないかしら。奥様も旦那様もお留守のときに」

キッチンから片山さんがひょいと顔を出し、高槻に向かってそう言った。

高槻はさすがにぎょっとした顔で立ち上がり、

「かっ、片山さんっ!?……ああそうか、気絶する直前に会ってますね、ここは片山さんのお家ですか？　ご迷惑をおかけして申し訳ありません」

「いいのよ、そんな他人行儀な話し方やめてちょうだい。昔みたいに話してほしいわ」

「三十六にもなって、十代の頃の話し方はさすがにどうかと思いますよ。ていうか深町くんも、何そんな普通にモリモリごはん食べてるの。片山さんと面識ないでしょう？」

「先生が気絶してる間に、お話ししました。豚丼、おいしいですよ？」

「……君、近頃だいぶ神経が太くなったよね」

高槻が呆《あき》れた顔で言う。誰の影響だと思っているのだろう。

その間にも片山さんは勝手に高槻の分の豚丼を用意し、まあまあ座りなさいと言って勧めてきて、結局高槻も箸《はし》を取ることになった。小さい頃に半ば親代わりに育ててもらった片山さんには、高槻も頭が上がらないらしい。

「──そういえば、片山さん。真壁透一郎さんという作家をご存じですか？」

「ああ、『いつ君』の作者の人ね。勿論《もちろん》知ってますよ、この辺じゃ有名ですから」

豚丼を食べながら高槻がした質問に、片山さんはお茶を入れながらうなずいた。

差し出された湯呑《ゆのみ》を受け取りながら、高槻がさらに尋ねる。

「『いつ君』の中に、主人公が千歌と二人で近所の公園を散歩するシーンが度々出てきますが、あれはこの家の前の公園のことですよね。体が弱ってろくに歩けなくなってからも、車椅子で連れてきたりして。やっぱり、実際そうだったんですか？」

「いいえ、そんなの見たことないわね」

「え？」

「私、『いつ君』はテレビで映画を観ただけですけど。真壁さんの奥さん、映画とは全然違う人だったみたいですよ。バリバリのキャリアウーマンだったのは同じらしいけど」

片山さんはそう言って、苦笑いしてみせた。

「私ね、パッチワークの教室を家で開いてるの。生徒さんの一人が真壁さんと同じマンションの人で、ちょっと話を聞いたことがあって——そのとき、現実は映画みたいにはいかないもんなんだなあって、思ったんですよ」

食事を終え、片山さんの家を辞する頃には、時間もそれなりに遅くなっていた。

「本当に本当にご迷惑をおかけしました。ごはんも、ご馳走様《ちそうさま》です」

「だからいいのよ、彰良さん。会えて嬉《うれ》しかったわ。たまには遊びに来てね」

そう言って笑う片山さんに見送られ、今度こそ駅の方へと歩き出す。

さすがにこの時間になると、鴉もねぐらに帰るらしい。静かになった通りを、高槻と尚哉は並んで進んでいく。

「……先生」

歩きながら、尚哉は口を開いた。

「うん、何だい？」

「光莉さんには、さっき片山さんから聞いた話は伝えるんですか？」

「いや、そのつもりはないよ」

尚哉の問いに、高槻は前を向いて歩いたまま答える。

「光莉さんは、たぶんもう真壁さんの家には行かないでしょう。この先、光莉さんが真壁さんと関わることはないと思う。それなら、伝える必要はないよ」

そうですねと、尚哉はうなずいた。別に聞いて楽しい話ではないのだ。

尚哉は、高槻が手に提げている鞄《かばん》に目を向けた。あの中に入っている、『いつ君』のことを思う。高槻は、あの本をどうするつもりなのだろうか。まさかあんな書き込みだらけの本を読み返しはしないだろう。処分するのだろうか。

処分——した方がいいのだと思う。

あれはたぶん、当事者のほとんどが死に絶えた今となっては、誰の目に触れさせることもなくこの世から消すべきものだ。

ただ一つだけ、ずっと気になっていたことがある。

「……先生」

「うん、何？」

「先生は、美紗紀さんには本当に予知能力があったと思いますか？」

美紗紀の力について話したとき、真壁の声にも光莉の声にも歪《ゆが》みはなかった。美紗紀に予知能力があったと、少なくとも二人は信じていたということだ。

そして高槻も、二人から話を聞いている間、一度もそれを否定することはなかった。

「うーん、どうだろうね」

高槻が悩むように天を仰ぎ、口を開く。

「美紗紀さんが亡くなった今となっては確かめようもないことだけど、未来予知というのはそもそも一番都合のいい能力だからね」

「都合がいい？」

「だって、予知した内容が意味を持つのは、実際に事が起こった後だからね。要するに、予知能力において大切なのは、答え合わせなんだよ」

「答え合わせ……？」

「そう。たとえば『明日《あした》、すごく怖いことが起こる。たくさん人が死ぬ』と美紗紀さんが言った翌日、銃の乱射事件があったって光莉さんが話してたでしょう？　この場合、美紗紀さんが乱射事件そのものを予知したわけじゃないところがミソだ。『人がたくさん死ぬ怖いこと』なんて、別に乱射事件だけじゃないよね。でも、美紗紀さんが言ったのと同じ日に、たまたま美紗紀さんが言った内容と合致する事件が起きた。それと美紗紀さんの予知を光莉さん達が結びつけて考えたことで、初めて予言は成就したんだよ。芸能人が死んだ話にしてもそうだ。たまたま半年後に一人の訃報《ふほう》と合致したから、彼女の予言は成就した。でもね、これはいつか必ず成就する予言でもあるんだ。だって、人は必ず死ぬんだから」

吐き出した白い息にそっと潜ませるように、くす、と小さく高槻が笑う。

「それに未来予知は、別に外れてもいいいんだよ」

「え。そんなもんなんですか」

「外れたら『今回は調子が悪かった』と言えばいい。あるいは、予知のおかげで『未来が変わった』と言うのもありだね。当たれば『それ見たことか』になる。大体、光莉さんも言ってたよね。美紗紀さんの予知は百パーセント当たるわけではなかった、と」

高槻に言われて、成程、と尚哉は思う。

つまり予知は、予知だと思うから——そう信じる人がいるから、予知たり得るのだ。

「でも、光莉さんや真壁さんにとって、未来予知は美紗紀さんの思い出の一つだ。……それなら、あえてそれを否定する必要はないと思うんだよね」

ひょいと肩をすくめて、高槻は言う。

美紗紀は、もうこの世にいない人だ。彼女を知っている人の思い出の中にいる人。美紗紀の力を彼らの前で否定するのは、その思い出を傷つける行為になる。

「とはいえ、僕個人としては——美紗紀さんに本当にそんな力があったとしても、おかしくはないと思ってるよ」

「え？」

意外な言葉に、思わず尚哉は高槻を見上げる。

高槻は言った。

「真壁さんが言ってた、美紗紀さんがプールで溺《おぼ》れた話。あれ、嘘じゃなかったんでしょう？　そういう特別な体験によって特別な力を得るというのは、ままあることだ」

高槻が尚哉を見下ろす。

「そう、たとえば君のように。そして、僕のようにね」

その瞳《ひとみ》はいつの間にか青みを帯びている。もはや見慣れた、深く昏《くら》い藍《あい》。

途方もない奥行きを持った本物の夜を瞳の奥に宿して、高槻は唇の端を上げる。尚哉は真っ向からその視線を受け止め、ああ大丈夫だとひそかに息を吐く。大丈夫。心臓が凍えつく感じはしない。これは『もう一人』ではない。高槻だ。

「でも、周りの人達皆が、それを受け入れるわけではないからね。……実際、美紗紀さんは中学に入ってから辛《つら》い思いをしている。周りに対して未来を予知するのをやめ、一人きりで過ごすことを選んだ」

ぱちり、と高槻がまばたきすると、その瞳から夜空の色が抜けていく。

優しい焦げ茶色の瞳は、やはり大型犬に似ている。

「君も、そうだったんでしょう？　深町くん」

尚哉は高槻の視線から目をそらすついでのように、小さくうなずく。

あまり誰とも関わらず、いつも一人でいたという彼女の過ごし方には、覚えがある。

周りに気持ち悪がられないように、人と違う力があるなんてことは隠してしまった方がいいと思った。そうして、自分の周りに線を引いた。

教室の隅で一人本を読む美紗紀の姿は、そのまま尚哉の姿と同じだったはずだ。

尚哉はまた高槻を見る。高槻はどうだったのだろう。

そういえば、高槻が学校でどう過ごしていたのかを聞いたことは一度もない。

と、尚哉の視線の意味を汲《く》んだか、高槻が苦笑いして言った。

「僕の場合はたぶん、君達とはちょっと違ってたと思うよ。まあ、僕は家庭の事情であんまり中学時代は学校に行かなかったってのもあるけど」

「え、行かなかったって」

「全く行かなかったわけじゃないけど、出席日数、たぶんどこかで父がごまかしたんじゃないかなあ……よく知らないけど。それに、そもそも僕は、世間的には誘拐された可哀想な子供だ。だから、腫《は》れ物に触るような扱いを受けることの方が多くてね」

なにげない口調で、高槻は言う。

でも、それはそれで、たぶんこの人にとっては辛いことだったはずだ。

「片山さんと健ちゃんくらいのものだよ、僕に対する態度が変わらなかったのは。――

ところで」

尚哉よりも一歩先を歩いていた高槻が、ふいに踊るような足取りでくるりと回った。ロングコートの裾《すそ》がふわりと広がり、高槻は尚哉と向かい合う形で足を止める。

つられて尚哉もその場に立ち止まり、高槻を見る。

そのままぐいと尚哉の顔を覗《のぞ》き込み、高槻が言った。

「君、片山さんと何の話してたの？　僕が気絶してる間」

「……他愛《たわい》のない話、です」

ていうか近いですと言って、尚哉は一歩下がる。

が、尚哉が下がった分、高槻はまた一歩距離を詰めてきて、

「君ね、普段嘘が嫌いとか言ってる割に自分は嘘つくの、やめた方がいいよ」

「う、嘘なんて、別に」

「嘘だね、だってあの部屋、僕と健ちゃんが小さい頃の写真があったじゃないか！　何か聞いたんでしょう、僕が子供の頃の話！」

「か、片山さんに訊《き》いてくださいよ！」

「訊けないから君に訊いてるんだよ！　だってあの人、僕が生まれる前からうちにいたんだよ、それこそ僕のおむつ替えてた人だよ!?　僕の恥ずかしいエピソードなんて山と持ってるからね、下手に訊いたら藪蛇《やぶへび》だよ！」

「……すみません、ちょっと片山さんの家にもう一回行ってきてもいいですか。根掘り

葉掘り聞いてきます」

「深町くん!?　君、いつからそんな性格悪い子になっちゃったの!?」

わあわあと騒ぐ高槻を近所迷惑ですよとたしなめていたら、高槻の懐でスマホが振動する音がした。電話がかかってきたらしい。

高槻が口を閉じ、スマホを取り出して画面を確認する。

「光莉さんからだ。——もしもし、高槻です」

『支倉光莉です、夜分にすみません。でも、どうしてもお伝えしたいことがあって』

漏れ聞こえてくる光莉の声に、尚哉は耳を澄ます。

『——あの絵が、私のところにも来ました。さっき気づきました』

「どうしたの？」

光莉が言った。

高槻と尚哉は思わず目を合わせる。

だが、電話の向こうの光莉が伝えたがっているのは、そのことではなかった。

『高槻先生。私、家に帰ってからずっと、小さい頃のアルバムとか手紙とか入れてた箱の中身をひっくり返してたんです。その中に、あの絵があったんです。えっと、それで、聞いてください。私、これが何なのか思い出したんです』

光莉の声が震える。隠せない興奮で。

何度もつっかえ、声を上擦らせながらも、光莉は教えてくれた。あの絵が何なのか。

『これは――これは、「四人《よにん》ミサキ」、なんです』


翌日、もう一度訪問したい旨を電話で伝えると、真壁は驚きつつも快諾した。

光莉と尚哉を伴い、真壁家のインターホンを押した高槻を、真壁は笑顔で迎え入れた。

相変わらずふにゃふにゃとした声で言う。

「やあどうも、こんにちは。また来てくださって、嬉《うれ》しいです」

「昨日の今日ですみません。でも、どうしても直接お話ししたいことがあったもので」

コートを脱ぎ、昨日とは配置を変えてダイニングの椅子に座った。今日は尚哉と真壁が並び、光莉は高槻の隣に腰掛けた。

ダイニングのテーブルには、昨日とは違う花が飾られている。三本のガーベラ。

高槻はテーブルの上に折り畳んだ紙を置き、言った。

「今日は、これをお返ししに来ました」

真壁が紙を取り上げ、広げる。

そこには、赤いインクでテルテル坊主のようなキャラクターが四体描かれている。絵の上には、「ずっと一緒だよ」の文字。あの日記帳と全く同じだ。――今日、駅前で光莉と合流したときに、高槻が預かったものである。

「昨夜、光莉さんがこれを見つけました。コートのポケットに入っていたそうです」

「何ですかこれ。ぼく、知りませんよ」

紙をテーブルに戻し、真壁が言った。

ふにゃふにゃとした真壁の声が、はっきりと歪《ゆが》んだ。

高槻は言った。

「真壁さん。あなたの呪いは、もう光莉さんには通じません」

「呪いって。何言ってるんですか、一体。ぼくは誰も呪ってませんって」

ねえ、と真壁が光莉の顔を覗き込む。光莉は顔を強張《こわば》らせてうつむく。

高槻がにっこりと笑った。

「真壁さん。すみませんが、美紗紀さんの日記帳を持ってきてくれませんか？」

「はい？　どうしてそんなものを」

「お願いします」

高槻がすっと優雅に頭を下げる。真壁が渋々立ち上がり、日記帳を持って戻ってきた。

高槻は日記の最終ページを開き、テーブルに置かれた紙と並べた。

「真壁さん。あなたが昨日急に形見分けなんて言い出したのは、日記帳のこのページを光莉さんに見せるためだったんですよね？」

「いやあ、何のことだかさっぱりで――」

「あいにく僕は、粗末な嘘には興味がありません」

高槻が笑顔で真壁の声を遮った。

「日記帳のこのページ。あなたが書いたものですよね？　美紗紀さんではなく」

「何言ってるんですか、違いますよ」

「筆跡が違うんですよ。日記の他のページと、このページとでは」

「……は？」

「ほら、ここ」

高槻が長い指で、すっと日記帳の「ずっと一緒だよ」の文字を指す。

『す』や『よ』の書き癖が違うんです。似せる努力はしたようですがね。一方、この紙に書かれた文字と、日記の最終ページの文字は一致します。同じ人が書いたんです」

「ちょ、ちょっと待ってください、筆跡ってそんな筆跡鑑定したわけでもなしに」

「ああ、すみません。僕は他の人より少々記憶力がいいもので、一度見ればはっきりと覚えてしまうんですよ。頭の中で比較も可能です。でも、必要でしたら、ちゃんと筆跡鑑定してみますか？」

高槻がそう提案した途端、真壁が口を閉じる。

光莉が顔を上げ、真壁を見た。

「その紙。……おじさんが入れたんですよね、私のコートに」

「違うよ、そんなことしてない」

「では、ついでに指紋の鑑定もしてみますか？」

高槻の言葉に、真壁はまた口を閉じた。

それから真壁は、ぐしゃぐしゃと長めの髪をかき回して、ため息を吐いてみせた。

お手上げだとでもいうように両手を小さく掲げてみせて、

「わかりましたよ、認めます。ぼくが光莉ちゃんのコートのポケットに入れました」

「芽衣さんの家のポストにも、あなたが入れたんですね？」

「ええ、そうです」

「どうして、そんなことを？」

「……美紗紀のことを、忘れてほしくなかったからです」

真壁はそう言って、美紗紀の部屋の方を振り返った。

「……いつだったかな、美紗紀が、小さい頃の思い出の品をしまっていた箱を整理していたんです。小学校の頃の友達と授業中にやりとりした手紙が、その中には入ってました。ノートをちぎって作ったようなやつです。美紗紀が見せてくれた手紙の一枚に、その絵が描いてあって、ぼく、何なのか訊いたんですよ。そしたら美紗紀が懐かしそうに笑って、それは『四人ミサキ』だって教えてくれたんです。なんか、その頃見てたアニメだか漫画だかに、『七人《しちにん》ミサキ』っていう常に七人一緒にいるお化けが出てきたそうで。それをもじって、自分達仲良しグループのことを『四人ミサキ』って呼んでたらしいんですよ。美紗紀を中心に、いつも四人一緒にいるからって」

病気になってからの美紗紀は、本当に寂しそうにしていたのだという。

たまに可乃子がお見舞いに来る以外は、誰が訪ねてくることもなく、他の友達とやりとりしている様子もなかった。

そして、可乃子もまた、そこまで美紗紀に親身になっている様子はなかった。同じマンションに住んでいるから、親に言われて仕方なく、という雰囲気がにじみ出ていた。

「可乃子ちゃんが最後にお見舞いに来たときに、お茶を出そうと思って美紗紀の部屋の前に立ったら、中から美紗紀の声が聞こえたんです。『覚えてる？　私達、ずっと一緒だって前に約束したよね』って。『これ、可乃子にあげるね。ずっと持っててほしいな』って、すごく必死な声で。でも、可乃子ちゃんはその後すぐに美紗紀の部屋から出てきて、挨拶《あいさつ》もそこそこに帰っちゃって……玄関に、この紙が捨ててありました」

あるいはそれは、捨てたのではなく、単に落としただけなのかもしれない。

だが、どちらにせよ、それを見た真壁はとても腹が立ったのだという。

これは、自分の娘が『ずっと持っててほしい』と言って渡したもののはずだ。大切な思い出のはずだ。それをこんな粗末に扱うなんて。

後で可乃子にあらためて渡しに行こう。そう思って、真壁はその紙を取っておいた。

しかし、その夜。

美紗紀は発作を起こし、救急車を呼んで緊急入院することになった。

そしてそのまま、美紗紀は回復することなく死んでしまった。

「お葬式のときにね、可乃子ちゃんと芽衣ちゃんと光莉ちゃんが来てくれて。ぼく、挨拶に行こうとしたんですよ。そしたら、三人集まって深刻そうに話してて。こっそり立ち聞きしてみたら、『夢に美紗紀が出てきて怖い』とか話してるじゃないですか。……

あー、そっかー、この子達、別に美紗紀の死を悼んでくれてるわけじゃあないんだなーって、そう思ったら声をかける気にもならなくて」

それからしばらくして、可乃子が事故で死んだ。

それを聞いたとき、真壁は、美紗紀が呼んだのかな、と思ったらしい。

ずっと一緒にいたくて、かつての友達をあの世から呼んでいるのだ。

「それなら――父親として、手伝うべきかなって。それが娘の望みならね」

可乃子に渡すために取っておいたあの紙を、可乃子の葬式の前日に芽衣の家のポストに入れた。

可乃子の葬式には、勿論《もちろん》真壁も行った。案の定、光莉と芽衣も葬式に来ているのを見て、またそれとなく近づいて二人の話を立ち聞きした。

芽衣が光莉にあの紙を見せているのを見て、真壁はほくそ笑んだ。

「もう一押しかな、と思って――葬式が終わって、一人で家に帰ろうとする芽衣ちゃんを呼び止めて、少し話をしたんです。もしよかったら、美紗紀にお線香をあげにきてくれないかなって。翌日、芽衣ちゃんは怯《おび》えた顔でうちに来てくれましたよ。だからたっぷり、美紗紀の思い出を話してあげたんです」

「そして、どうしてお見舞いに来なかったのかと、芽衣さんを責めたんですね？」

「はっきりとは言ってませんけど、ええ、まあ、はい。そうですね、責めましたね」

高槻の問いに、真壁はへらりと笑ってうなずいた。

昨日、光莉が来たときにも、真壁は同じことをしようとしていた。

昔はよく遊びに来ていたのに、美紗紀は寂しがっていた、今頃死んだ可乃子と天国で楽しく遊んでる。高槻が途中で遮らなければ、真壁はもっとあからさまに光莉の不義理を責めたのだと思う。

ただひたすらに、相手の罪悪感をあおるために。

「こうなるともう、一種の実験みたいなものですよね。呪いは実在するのか否か。ほら、ぼく作家なもんだから、そういうの気になっちゃって。嫌がる芽衣ちゃんに無理矢理形見分けまでしましたね」

ひたすらにへらへらと、真壁は笑い続ける。

空気の抜けたような声は少しも歪みはしないのだけれど、悪意を感じる。

そう、ずっと真壁に感じていた気持ち悪さは、悪意だ。

いや、たぶん——これこそが、呪いなのだ。

死んだ美紗紀を相手の心に取り憑《つ》かせて、陰を落とす。

陰はやがて広がり、相手の心を穢《けが》し、気枯れさせる。

「結局芽衣ちゃんも入院したみたいじゃない？　ほら、やっぱり『四人ミサキ』の絆《きずな》は今でも生きてるんだ。だから——光莉ちゃんも、早く美紗紀のところに行ってあげて？」

真壁の言葉に、光莉はびくりと肩を震わせた。

だが、静かに目を上げて真壁を睨《にら》んだ視線には、怯えよりも怒りがあった。

真壁はその視線の強さに、わずかに訝《いぶか》しげな顔をする。自分が思っていたのと違う反応がきて、驚いたとでもいうように。

「さっき言ったでしょう？　光莉さんにはもうあなたの呪いは通じませんよ、と」

高槻が真壁に向かって言う。

その隣で、光莉は静かな怒りに燃える瞳《ひとみ》で真壁を見据え、口を開いた。

「美紗紀を……怨霊《おんりょう》みたいに、言わないでください」

その声は、決して大きなものではなかった。かすれた、小さな声だった。

けれど確かに芯《しん》の通った、強い声だった。

「美紗紀のお父さんのくせに、美紗紀を悪いものみたいに言わないで！　美紗紀は、私の友達です」

「お見舞いにも来なかったくせに？」

真壁がざくりと言葉で光莉の心を刺す。

怯《ひる》んだように揺れた光莉の肩を支えるように、高槻が手を置いた。

「真壁さん。『四人ミサキ』が何なのか、あなたはよく知らないんですね」

「はい？　だから、『七人ミサキ』のパロディでしょう？」

「まあ、美紗紀さん達の『四人ミサキ』の解釈自体、ちょっとおかしいんですけどね。元となった『七人ミサキ』は、高知県を中心に四国中国地方辺りで語られていた怪異で、七人一組で行動する霊の集まりと言われています。これに行き会った者は高熱を出して寝込んでしまうというなかなかにアグレッシブな怪異なんですが、この『七人ミサキ』は、一人取り殺すと一人成仏するシステムになってるんですよ。そして、取り殺された者が新たな『七人ミサキ』に加わる。メンバー入れ替わり制のグループなんです。だから、常に同じメンバーで一緒にいるわけではないんですが、まあそこは子供らしい想像力とアレンジの結果ということで、大目に見ましょう。――この『四人ミサキ』は、彼女達にとって、一種のチーム名だったんです。一緒にいることが目的だったんじゃない、崇高な使命があったんですよ」

「崇高な使命？」

「ええ。世界を救っていたんです」

「はあ？」

真壁が馬鹿にしたような声を出す。

だが、高槻はいたって真面目に続ける。

「美紗紀さんの予知を頼りに、『四人ミサキ』は悪い未来を回避するために活動していたんですよ。階段から転落するはずだった先生の命を救い、道路を渡ろうとしていたおばあちゃんを手伝い、一人で公園にいた幼稚園児を母親が迎えに来るまで見張っていてあげた。世界は、彼女達のおかげでほんの少し、良いものになっていたんです」

この手をつなぎ合ったテルテル坊主のようなキャラクターは、美紗紀が考えたチーム『四人ミサキ』のシンボルマークのようなものだった。

胸にハートが描いてあるのが美紗紀、天使の羽がついているのは光莉、ツインテールなのは芽衣、ポニーテールが可乃子。決め台詞《ぜりふ》だってあったそうだ、「つないだ手は決して放さない、それが『四人ミサキ』」。アニメの見過ぎだと言われればそれまでだが、でも彼女達は、放課後丸々使って、いつもそれで遊んでいたのだ。

でも――やがて『四人ミサキ』は解散した。

つないだ手を順に放して、皆ばらばらになった。

そして、そんなものがあったという記憶さえ、やがて薄れて消えていった。

「美紗紀さんがつい最近になって『四人ミサキ』を思い出したのは、自分の持ち物を整理している最中にたまたま昔の手紙を見つけたからでしょう。でも、そうやって彼女が昔の記憶に急にしがみつくことになったのには、おそらく理由がありました」

高槻はそう言って、自分の鞄《かばん》の中から『いつ君』を取り出した。

昨日、形見分けと称してもらってきたものだ。

――本当なら、これは真壁に対してするつもりのなかった話だ。

だが、真壁がまだ光莉に対して呪いをかけようとするのなら、こちらは真壁にとどめを刺しておかなければならない。

高槻は本をめくり、「うそつき」と大きく書き殴られたページを開いた。

真壁が大きく目を見開く。

「な、何ですかそれ。あなた、ぼくの本に何でそんな落書きを。ひどくないですか」

「ああ、やっぱり知らなかったんですね。――真壁さん。これは、美紗紀さんが書いたものですよ。昨日、これを見つけたから、形見分けと称して回収したんです。あなたの目に触れないようにと」

「触れないように？　だったら今更どうして、ぼくに見せるんです」

「あなたは美紗紀さんの気持ちを知っておくべきだと、思い直したもので」

高槻は他のページもめくっていく。ぐしゃぐしゃと消された本文、「ちがう」「ママはそんなこと言ってない」「私じゃない」そして――「美談にしないで」の文字。

高槻は、テーブルに置かれた花瓶に目を向けた。

三本飾られたガーベラを眺めながら、口を開く。

「昨日僕はあなたに、小説に出てくる『ぼくと千歌の約束』は実話ですか、と尋ねましたよね。あなたは、実話だと答えた。――あれは、嘘ですね」

「う、嘘じゃない」

そのとき初めて、真壁が狼狽《うろた》えた声を出した。

高槻は軽く目を細め、

「申し訳ありませんが、僕達に嘘は通用しません」

「だから、嘘じゃないと」

「嘘をついたらわかるんです。無駄なことはやめましょう？　真壁さん」

真壁を見据えて、高槻がそう言い放つ。びくりと身を震わせた真壁の横で、尚哉は耳を押さえていた手を下ろす。

　高槻が言った。

「三本の花の約束が嘘なら、ちょっとおかしいなと昨日思ったんです。昨日飾られていたヒヤシンスは、少ししおれていた。何日か前からあったということです。それにあなたは昨日、しおれた花びらに気づくと『そろそろ替えないと』と呟《つぶや》いた。つまり、あなたは日常的に花を飾っているということです。——そしてそれは、奥様が死んだ後からのことだった」

「そ、それが何だって言うんです」

「もう一つ。これは単なる偶然なんですが、たまたまこの近所に僕の昔の知り合いが住んでましてね。生前の奥様の話を聞きました」

　真壁の頬が引き攣《つ》った。

　高槻はかまわず先を続ける。

「病気になって以来、奥様は別人のようにふさぎ込んでいたそうですね。小説の中の千歌は闘病中も笑顔を忘れず、ご近所の方とも明るく会話していましたが、現実の奥様はやつれた姿を見られたくないのか、人とすれ違うときは必ず顔をそむけたと。あなたと公園を散歩することもなく、家にこもりきりだったと……小説とは随分違いますね」

　真壁は答えなかった。

　しかし、テーブルの下、己の膝《ひざ》の上できつく拳《こぶし》を握りしめているのが、尚哉の位置からは見えた。

高槻がまた口を開く。

「『いつ君』を読んだとき、僕は、綺麗《きれい》な物語だと思いました。登場人物達は誰もが優しく清らかで、その分やや現実味に欠ける。でも、小説の本文そのままの街並みが存在すると知ったとき、もしかしたら作者の目には、世界はこんな風に美しく見えているのかもしれないと思いました。でも……逆だったんですね。あなたが見ていた世界は別に綺麗でも優しくもなかった。だから、あなたは事実を美しく作り替えることにした」

現実と物語を重ね合わせて、そこに生まれた余白をふくらませる作業は、とても心地いいものだと——真壁は昨日、そう言った。

街並みの描写は現実のものに忠実に。けれど、そこで繰り広げられる物語は、所詮《しょせん》はただの物語だ。実際にあったこととは違う。美しい夢物語。

真壁にとって、その夢物語は、現実よりもはるかに望ましいものだったのだろう。

「奥様の死後、まるで記憶を改竄《かいざん》するように、あなたは実際の生活の方を小説に寄せていったのではありませんか？　花を三本飾り、水曜にはカレーを作って」

そうして、記憶はやがて習慣に侵食されていく。

千香子の思い出は、千歌の思い出にすり替えられていく。

「それが——昨日あなたが言った、『忠実』という言葉の意味なんですよね」

高槻がそう言った途端、がんっという激しい衝撃がテーブルを揺らした。

華奢《きやしや》な花瓶が跳ね上がり、あっけなく倒れてばしゃりと水がこぼれる。美紗紀の日記帳が濡《ぬ》れ、高槻が端の方に置いていた『いつ君』が音を立てて床に落ちる。

真壁が、下から拳でテーブルを殴りつけたのだ。

「あんたに……あんたに何がわかるんだよ」

テーブルの上に無残に散った花びらをただただ凝視しながら、真壁が口を開いた。

ずっと空気が抜けたような話し方だった真壁の声が、変わっていた。

硬い響きの、わずかにかすれた声だった。

「妻は、千香子は、俺と違って毎日会社で働くのが生き甲斐ってタイプの人間だったんだよ。なのに病気のせいで働けなくなって……癌が見つかったときにはもう手遅れで。昇進間近だったのにいきなり余命宣告なんてされてみろ、そりゃあ気持ちもふさぐだろうよ！　病気の痛みと副作用で苦しんで、千香子は笑わなくなった。ほとんど喋らなくなった。でも、そんなのそのまま小説に書いたって、書く側も読む側もしんどいだけだ。だったら……いかにも大衆好みの綺麗な物語に書き換えた方がいいと思ったんだよ。見ろよ、実際よく売れただろ！　作り物の綺麗な話をどいつもこいつもありがたがって、『これは実話ですか』なんて訊《き》いてきて。『はいそうですよ』と答えればさらにありがたがるんだからな！　『いつも自宅には花を飾ってます、水曜はカレーです』、どんな気持ちで俺がそうしてたと思ってるんだよ！　千香子は……千香子はなあ、黙って壁を見つめるばかりで、俺達に何の約束も残さなかった……っ」

血を吐くようなその叫びに、光莉が身をすくめる。

高槻はじっと真壁を見つめて言う。

「あなたはそうやって、美紗紀さんにも、作り物の約束を押しつけたんですね」

真壁が顔を歪《ゆが》めた。

美紗紀が書いた「うそつき」や「美談にしないで」の理由は、これだったのだ。

そうやって方々で虚構の『千歌』の話が語られる度、そしてそれが『感動の実話』として扱われる度、美紗紀は己の母親が消えるような気分になったのではないだろうか。

それなのに、父親は家の中でまで虚構を繰り広げる。あったはずもない約束が生活のルールとなり、記憶の中の母は、『千歌』に上書きされていく。

美紗紀の部屋の本棚の、一番下の段に真壁の著作は置かれていた。取り出しづらい位置だ。おそらく美紗紀は、自分の父親の本を読むのをやめたのだ。少なくとも、日常的に手に取ることはなかったのではないかと思う。

「美紗紀さんが可乃子さんに言った言葉の中で、一つ、奇妙に思っていたものがあるんです。光莉さんの記憶にもとづく言葉なので、どこまで正確かはわかりませんが——美紗紀さんはこう言ったそうです。『それで本当の私がいなくなるのはすごく嫌。寂しい』

死ねば人はいなくなる。だから、ぱっと聞いた感じだと、この言葉は当然だ。

でも、よく考えると少し、違和感を覚える言葉だ。

『本当の私』がいなくなるとはどういうことか。

「美紗紀さんは——自分が死んだら、あなたがそれを小説にすると思ったんだと思います。ただの美しい物語に仕立て直して、本来の自分とは全然違う形で世に出すのではと。そして、それが美紗紀さんには耐えがたかった。——これは完全に僕の推測です。でも、美紗紀さんが今更『四人ミサキ』に、小学校時代の友達に固執したのは、彼女達の中には本当の自分が記憶として残っていると思ったからではないでしょうか」

美しいガラス細工のように作り替えられた自分ではなく。

放課後に手をつないで『四人ミサキ』ごっこに興じた自分を、美紗紀は覚えていてほしかったのではないだろうか。

だから可乃子に思い出してほしくて、『四人ミサキ』の絵を渡した。……結局、思い出してはもらえなかったのだけれど。

「……ああ、じゃあ、やっぱり聞かれてたんだ」

ぼそりと、真壁が呟くように言った。

「美紗紀が病気になった後。担当編集と電話で話してたとき、ぼく、言っちゃったんですよね。『ああ、ちょうどいいです』って」

「ちょうどいい？」

「今、娘が病気だから——ちょうどいいです、それでエッセイでも書きましょうか、って。美紗紀、あれたぶん聞いてたんだろうなあ……ほら、世間のぼくに対するイメージは、病気の妻の看護を頑張った作家で理想のお父さんだから。そんな奴が、今度は娘の看病っていいんじゃないんですかって」

「……書いたんですか？」

「いいえ、まさか」

乾いた声で、真壁が答える。

「世間がぼくに求める作風が『いつ君』なのはわかってましたけどね。そのまんま二番煎《せん》じってのは、そこまで好まれないんですよ。だから結局、書かなかった」

真壁の声に、ちらと歪みが混じる。尚哉ははっとして耳を押さえる。

もしかしてこの人は――わざと書かなかったのではないだろうか。

美紗紀に聞かれていたことに気づいたから。

「真壁さん」

床に落ちていた本を拾い上げながら、高槻が言った。

「あなたは――いつか今回の出来事も、小説に書くんですか？」

ゆらりと、真壁が視線を上げる。

「でしょうね。……ぼくは作家なので」

業の深い自嘲《じちょう》が、その唇の端に上る。

「どういう形になるかはわかりませんが、いずれは、たぶん」

「――僕は……『いつ君』の中の、まだみどりが赤ん坊の頃の子育ての描写が好きです。

売れない作家の『ぼく』を支えるために、千歌はみどりを産んだ後もすぐに会社に復帰するんですよね。だから家事と子育ては『ぼく』がやらなければならない」

手の中の本に視線を落としながら、高槻が言った。

高槻の指がまたページをめくる。最初の方のとある箇所で、高槻の指は止まる。

「『でも、十月十日《とつきとおか》お腹の中で子供とつながっていた母親と、生まれてやっと初めましてだった父親とでは、子供にとっての重みが違うみたいだ。離乳食を吐き散らし、おもちゃを投げ飛ばし、どれだけなだめても身も世もなく泣き続けたみどりは、会社から帰ってきた千歌が抱き上げた瞬間に魔法のように泣き止むのだ』」

本文を読み上げながら、高槻はそのページをゆっくりと真壁に見せる。

塗りつぶされた跡など一つもない、まっさらなままのページ。

「『子供は母親の分身だ。それは、子供にとっても母親にとっても、ある時期を過ぎるまでは揺るぎない事実として存在する。見えないへその緒で今もつながり続ける二人の間に割って入る、まるで他人のこのぼくは、どれだけの努力をすればいいのだろう』」

真壁の顔が、今にも泣き出しそうにくしゃりと歪む。

高槻は真壁に本を差し出した。

「母親ほどの絆《きずな》を子供との間に持たない父親が、せめて積極的に子供とかかわっていこうと決意を固める――このシーンは良いなと思ったのを、今でも覚えていますよ」

真壁がぶるぶる震える手で、本を受け取ろうとする。

だが、つかみそこねて、本はまた床に落ちた。

高槻が再び拾い上げ、真壁に渡そうとして——ふと手を止める。

「真壁さん」

本の一番最後、奥付ページを見つめながら、

「美紗紀さんには、本当に未来予知能力があったんですね」

「……え？」

「僕は今、初めてそれを心から信じました」

高槻はそう言って、そのページを広げたまま、本をテーブルに置いた。

そこには、こう書いてあった。

——『それ以上パパをいじめないであげて』

うあ、と真壁の喉《のど》から声が漏れた。

すぐにそれは嗚咽《おえつ》に変わる。

真壁が本を手に取る。そして、そのまま抱きしめる。

体全体で本を包み込むようにしながら、真壁は声を出して泣いた。

それはまるで、赤子を抱きしめているようにも見えた。


マンションの外に出たところで、光莉は、ぐす、と小さく洟《はな》を啜《すす》った。

少し赤い目で高槻を見上げ、それからゆっくりと頭を下げる。

「高槻先生。本当に、本当にありがとうございました」

今までで一番丁寧な、そして一番長いお辞儀だった。

高槻は、再び顔を上げた彼女を優しい目で見ながら、こう言った。

「美紗紀さんのこと、たまに思い出してあげてね。あと、未華子さんにも連絡してあげて。君のことをとても心配していたから」

高槻が言うと、「はい」と光莉はうなずいた。

そのとき、光莉の鞄《かばん》の中で、スマホが震えた。

取り出して画面を見た光莉の顔が、ぱあっと輝く。

「先生……芽衣、退院したそうです！　今、メッセージ来ました！」

「ああ、よかったね。これでもう本当に、安心だ」

高槻がにっこり笑ってうなずいた。

光莉はそわそわとスマホの画面と高槻の間で視線を行ったり来たりさせながら、

「芽衣、もう心配ないみたいです。『今度ケーキ食べに行こう』ですって。先生、私、芽衣にもちゃんと美紗紀のこと伝えますね。……ああ、早く返事してあげなくちゃ！」

「うん、いいからもう行きなよ。僕達も、もう帰るから」

「はい、すみません！　それじゃ、どうもありがとうございました！」

スマホを握りしめたまま、光莉が駆け出していく。

その足取りは軽く、呪いなどという薄暗いものとはもはや完全に無縁だった。

光莉は芽衣に、昨日今日の出来事をどんな風に伝えるのだろうか。

二人の中で、美紗紀に対する後悔が消えることはないだろう。美紗紀を見捨てたことを、彼女達はきっといつまでも覚えているだろうし――そうであってほしいとも、思う。

だけど、その後悔の苦さが、子供時代の思い出まで曇らせることがないといい。

お互い手をつなぎ合って、放課後一杯遊んだ記憶。かつて一緒に笑い合った時間。

その思い出の中の自分を覚えていてほしくて、美紗紀はあの絵を可乃子に手渡したはずなのだから。

「――そういえばさ、深町くん。君、田崎涼くんに連絡はしたの？」

「な、何ですか急に」

何の前触れもなしにそう問われて、尚哉はどきりとして高槻を見た。

「いや、思い出しただけだよ。だって彼は君の、小学校時代の友達でしょう？」

「……しましたけど、一応」

「本当に？　よかった！」

「だから何で先生が喜ぶんですか」

……そう、連絡はしたのだ。晋の相談は無事片付いたみたいだよ、と伝えるために。

でもその後、涼に「自分のバンドのライブを見に来てくれ」と言われたのは、断った。

単純に、そういう場所が苦手というのもあるし……とりあえず、そんなに急には無理だと思ったのだ。色々な意味で。

「まあ、その辺はまたおいおい、なんとかなるかもしれないからね。――さて、じゃあ僕達も帰ろうか。とりあえず、タクシー呼ぶね」

高槻が自分のスマホを取り出す。

途中の鳥対策として、今日は駅からここまでタクシーを使ったのだ。帰りもそうした方が無難だろう。連日片山さんの世話になるわけにもいかない。

タクシーが来るのを待つ間、尚哉はなんとなくマンションを見上げた。

ふと傍らを見ると、高槻も同じように見上げている。

「真壁さん、これからどうするんでしょうね」

尚哉がぽつりと呟《つぶや》くと、高槻は「どうだろうね」と返した。

「でも、もうあの部屋には彼一人しかいないんだなと思うと、寂しいね」

タクシーがやってきて、高槻と二人で乗り込み、駅前で降りる。

駅前に建ち並ぶ建物のどこかには、きっと本屋も入っていることだろう。

そこには真壁の著作も並んでいるかもしれない。少なくとも『いつ君』はあるだろう。

次に真壁が書く物語が、せめて優しい物語であってほしいと尚哉は願う。

読む人にとっても、そして何より書いた本人にとっても。

美紗紀があの本にした最後の書き込みが、少しでも彼女の父親の心を救ったように。

第三章　雪の女

尚哉は、普段あまり物を買わない。

何しろ住んでいるのがさして広くもないワンルームマンションだ。収納もそんなになないし、物を増やしても場所をふさぐだけである。そもそも物欲が強い方でもない。

が、この春休みに、思いきって購入したものがある。

炬燵《こたつ》である。

一人暮らしの部屋に炬燵はやばいと、前に聞いたことはあった。生活の全てが炬燵を中心としたものとなり、永遠に炬燵から出られなくなるからやめた方がいいと。

しかし、やむをえなかったのだ。

二月も下旬となったある日のことである。

普段使っているローテーブルが妙にがたつくなと思っていたら、脚が一本取れてしまったのだ。しばらくは積み重ねた本を挟んで支えにしていたのだが、やはりどうにも安定が悪かった。仕方なく、新しいテーブルを探しに店に行き——炬燵と出会った。

現品限りと書かれたその炬燵は、まず安かった。大きさもちょうどいいし、炬燵布団をはずせば、普通のテーブルとしてオールシーズン使える。悩める尚哉にすかさず寄ってきた店員の嘘偽りなき「エアコンより電気代がお得」発言も大きかった。

結果として、悪い買い物ではなかったと思っている。

が、話に聞いていた通り、炬燵の魔力はすさまじかった。

何しろ心地好《よ》くて、一度入ったらなかなか出られない。これはまずいと思ったが、もう遅かった。「午前中・教習所」「午後・大学」という形で回っていた生活に、「夜・炬燵」が追加されてしまった。大学から帰ってくるなり炬燵に吸い込まれてしまうのだ。

炬燵の最も恐ろしいところは、あまりの心地好さに眠気を誘われることである。

夕飯を食べ終えた皿もそのままに、いつの間にかうたた寝してしまって、気づいたら朝になっていたことが何度もあった。なんだか自分がものすごい駄目人間になったような気分になり、今日こそは気を付けようと心に決めるのだが、炬燵の呪縛《じゅばく》は強かった。

いい加減そろそろ生活を見つめ直した方がいいぞと、そう思った頃だった。

夜に、高槻から電話がかかってきた。

『こんばんは、深町くん！　今話せるかな？』

「あ、先生……こんばんは」

『あれ、ごめん深町くん、もしかしてもう寝てた？』

申し訳なさそうな高槻の声にはっとして、尚哉は慌てて咳払《せきばら》いした。例によって炬燵の魔力に負けて寝落ちしていたことが、どうも声でばれたらしい。

「大丈夫です、気にしないでください。ええと、またバイトですか？」

『いや、違うよ。あのね、『幸運の猫』に会いに行かない？　健ちゃんも休み取れるっていうから、三人で！』

高槻が電話の向こうでうきうきと言う。

が、寝起きの頭がいまいちついていかない。というか、たぶんこれは高槻の説明が悪い。自分は一体何に誘われているのか。

「あの……『幸運の猫』って何ですか？　招き猫ですか？」

『ううん、普通の生きてる猫だよ。――あれ、深町くん、知らない？　新潟の湯沢町《ゆざわ》にある、ゆきのや旅館。ちょっと前から、『幸運の猫』がいる旅館って有名なんだけど』

「ゆきのや旅館……？」

『そう。そこには大きな三毛猫が飼われていてね、夜寝ている間にその猫が布団に入ってきたら、幸運に恵まれるらしいんだ』

尚哉はスマホの音声をスピーカーに切り替え、炬燵の上に放置してあったノートパソコンを引き寄せた。軽くネット検索してみる。

テレビでも取り上げられたことのある有名な宿のようだ。実際に幸運に恵まれたエピソードとして、「宝くじが当たった」「倒産しかけていた会社が持ち直した」「家族の病気が治った」などがあるらしく、なかなかの御利益《ごりやく》のようだ。

「でも先生、この宿、話題になりすぎて、予約が取れないって書いてありますよ？」

『うん、実は予約を譲ってもらえたんだ。もともと予約していたのは、三谷《みたに》先生でね。奥様と行こうと思って、一年前に予約してたんだって』

電話の向こうで高槻が言う。

『でも、一昨日《おととい》奥様が腰を痛めてしまって、行けなくなっちゃって。キャンセルするのももったいないからって、僕に譲ってくれたんだ。だから急な話なんだけど、次の週末に行くことになって。せっかくだから深町くんもどうかなって思ったんだ』

「それはまた……でも新潟って、結構遠いですね」

尚哉は炬燵の天板に顎《あご》を載せ、少し悩んだ。

炬燵の購入で予想外の出費をしたことを思うと、旅行は控えたい気もする。それに、教習所通いもちょうど佳境だ。あともう少しで卒業試験までいけそうなのである。

が、電話の向こうの高槻は、熱心に誘ってくる。

『健ちゃんが車出してくれるから大丈夫だよ。遠そうに思えるけど、都心から車で三時間くらいで行けちゃうし、宿には温泉もついてる。深町くんが犬派なのは知ってるけど、猫も可愛いよ？　せっかくの春休みなんだし、行こうよ。きっと楽しいよ！』

高槻が言うと、いつも本当に楽しそうに聞こえるから困る。

どうしようかなと思いつつ、視線を少し巡らせると、また片付けるのを忘れていた夕飯の皿が目に入った。炬燵と自分の体の間に、寝落ちしたときに落下したと思われる文庫本が挟まっているのにも気づく。――よろしくない。このままでは堕落する一方だ。

一度、自分と炬燵の関係を見直した方がいい。

そう思ったら、決断は早かった。

「行きます。同行させてください」

『え、本当？　よかった！』

「はい。ちょっと一旦《いったん》距離を置きたい相手ができたもので、いい機会です」

『……うん？　ちょっと待って、何があったの君に？』

電話の向こうの高槻が、心底怪訝《けげん》な声を出した。


そんなわけで、三月最初の週末。

朝八時半に佐々倉の運転する車にピックアップしてもらい、尚哉は新潟へと向かうことになった。高槻は例によって助手席だ。

「炬燵から出られなくて困ってるって？　何やってんだお前」

運転席の佐々倉が、バックミラー越しにぎろりとこちらを睨《にら》んで言う。

車中の話題は、尚哉の炬燵問題だった。

あの電話のとき、高槻に素直に相談したのがまずかった。電話の向こうで高槻はしばらく笑い倒した後、まだ若干ひーひーいいながら、「健ちゃんが昔炬燵持ってたから、相談してみれば？」と提案してきたのだ。

佐々倉の助言はこうだった。

「諦《あきら》めろ。もしくは捨てるか壊せ」

「極端すぎる三択やめてくださいよ！」

「炬燵をなめるな。あれは人間に寄生する魔物だ。一旦喰《く》われたらもう離れられない」

「真面目な顔で何言ってんですか」

聞けば、佐々倉は警察官になって一人暮らしを始めた頃、一時期炬燵を所有していたのだそうだ。そして、今の尚哉と同じく、炬燵に喰われたらしい。

「それで、佐々倉さんはどうしたんですか？　自堕落路線まっしぐらですか」

「いや、これは駄目だと思って、後輩にやった。確かその後輩も、引っ越すときにまた別の誰かにやったとか言ってて……俺の炬燵、今どこにあるんだ？」

運転しながら、佐々倉が首をかしげる。そうやって炬燵は人の間を渡り歩き、新たな寄生先を探すのかもしれない。なかなかに恐ろしい話だ。

助手席から高槻がこちらを振り返って、言った。

「まあ、炬燵生活で堕落するのが怖いなら、一旦炬燵布団だけでもしまってみたら？　暖房効率は落ちるけど、抜け出せない問題は改善するんじゃないかな」

「いやでも、それはそれでもったいないというか……」

「それはそうだけど。炬燵で寝ちゃうのって、やっぱり体に良くないよ。まあ、この二日間で炬燵との距離を見直してみて、よく考えるんだね」

今回の旅行は、一泊二日の予定である。調査は抜きの、単なる旅行だそうだ。高槻も、この時期は大学の仕事が忙しいらしい。たまにはのんびりしたいのだろう。暖房の効いた部屋でひたすら猫を愛《め》でながらごろごろするのも、悪くはない気がする。

——と、思っていたのに。

「向こうに着いたら、まずはお昼ごはんかなあ。午後から滑れるよね」

「そうだな。天気も良さそうだし」

そんな会話を前の二人が始めて、尚哉の胸に疑問が湧いた。

「待ってください、滑るって何ですか？」

「え？　スキーだけど」

「えっ？」

「おい彰良、言ってなかったのか？」

聞いてない。そんなことは全く聞かされていない。

高槻がこちらを振り返って言った。

「そういえば言わなかったっけ。でも湯沢っていったら、やっぱりスキーじゃない？」

「いや俺、何も準備とかしてないですし！」

「ウェアも道具も全部、宿が貸してくれるよ。深町くん、子供の頃に長野でスキーやソリで遊んだって前に言ってたから、滑れるんだなって思ってたんだけど……違った？」

「いや、一応は滑れますけど、でも本当に一応ですよ。ファミリー向けのなだらかなゲレンデしか滑ったことないですし、それも小学生の頃のことだし」

長野の祖父母の家に冬休みに行ったとき、従兄《いとこ》達と一緒に何度か近くのスキー場に連れて行ってもらったことがある。尚哉のスキー体験といえば、それだけだ。

ただ、ことウィンタースポーツに関しては、尚哉の両親はやたらと慎重だった。母親は若い頃にスキーで骨を折ったことがあるらしく、リフトで山のてっぺんまで行くなどもってのほかだと止めた。父親に至ってはスキー自体やろうとせず、一人でずっと休憩所で待っていた。たぶん滑れなかったのだと思う。

「だからあの、俺はその辺で雪だるまでも作って待ってるんで、お二人でどうぞ山のてっぺんでも何でも行ってきてもらえばと……」

「駄目だよそんなの。遊園地の絶叫マシンだって、乗ってみたら楽しかったでしょう？　とりあえず試してみようよ、何でもさ」

「安心しろ、ちゃんと面倒は見てやるから」

この大人達は、どうしても尚哉も参加させたいらしい。これも高槻がよく言う「たくさん思い出を作れ」の一環なのだろうか。そんなに頑張らなくても、もう随分たくさん思い出ならできた気がするのだけれど。

その間にも、車は高速道路を順調に進んでいく。

東京近郊にいる間は見渡す限り雪など存在しないのに、あっと思ったときにはもう見渡す限り雪景色になっている。冬場の青空はひたすらに青く澄み渡り、真っ白な雪をかぶった山々がどこまでもどこまでも連なる様は、ちょっと非現実的なほどに美しい。

高速を下りてしばらく走り、昼前くらいに目的地に着いた。

途中で見つけた食堂で昼食を済ませ、今夜の宿に向かう。

ゆきのや旅館は、こぢんまりとした和風の旅館だった。古い木造の建物は古民家のような雰囲気で、入口でスリッパに履き替えていると「いらっしゃいませ」と正面のフロントから声がかかった。

「すみません、今日三人で泊まる予定の高槻と申します。まだチェックイン時間には早いですが、荷物の預かりと、ウェアとスキー道具の貸出をお願いしたいのですが」

「はい、承っております。こちらに記入をお願いできますか？」

そう言ってフロントの中で微笑んだのは、臙脂《えんじ》色の作務衣《さむえ》を着た女性だった。

年齢は二十代後半から三十代くらいだろうか。雪国の女性は色白な人が多いと何かで読んだような気がするが、彼女もとても色の白い人だった。長い黒髪を一つに束ねて背に流している。涼しげな切れ長の目をした、なかなかの美人だ。

そして、フロントのカウンター上には猫が二匹いた。キジ白猫と白黒ハチワレ猫だ。

高槻が手を出すと、なでてくれと二匹とも我先に頭をこすりつけてくる。

「うわあ、可愛いですね！　あれ、でも『幸運の猫』は確か三毛猫では？」

「お客さんも『幸運の猫』がお目当てですか？　それでしたら、こちらに」

女性がそう言って、すっと身を脇にどけた。

カウンターの奥には、ぶ厚い座布団が置かれていた。そこに、でっぷりと太った三毛猫が丸くなって寝ている。キジ白やハチワレに比べて、二回りくらいは大きそうだ。

「これはまたなんというか、貫禄《かんろく》がありますねえ」

高槻が言うと、三毛猫が目を開けた。

おいでおいでと高槻が手を動かすと、三毛猫は赤みがかった茶色の目で高槻を睨んだ。

ふしゃーっと威嚇するような声を上げ、座布団から床にぽんと飛び下りる。

「うーん、嫌われたかな？」

高槻が苦笑する。

そのとき、宿の奥から、スキーウェアに身を包んだ若者が五名現れた。男性が二人、女性が三人。全員二十代半ばくらいに見える。その中の一人、背の高い男性が、フロントの女性に向かって、にかっと笑った。

「志乃《しの》さん、それじゃゲレンデ行ってきますね！」

「はい、楽しんできてくださいね」

志乃と呼ばれた女性がそう言うと、若者達は、はーいと元気よく返事をした。

それから、カウンターの中から廊下に出てきた三毛猫を見て歓声を上げる。

「ミケちゃーん！　今夜こそは一緒に寝ようねえ！」

「後でちゅ〜るあげるからね！　オモチャもたくさんあるよ、遊ぼうね！」

「ミケちゃん、こっち向いてー！」

若者達は盛んに声をかけるが、三毛猫はただただ迷惑そうな顔をしながら、のしのしと宿の奥へと歩き去っていく。若者達は残念そうな声を上げつつ、外に出ていった。

　志乃がまたこちらに向き直り、説明を再開した。

「当宿にはご覧の通り、猫がおります。今ここにいる猫以外にも、あと数匹おりますよ。もしお部屋に猫を入れたくなければ、戸はぴったりと閉じておかれますように。猫の出入りを自由にしたければ、お部屋の戸は少し開けておくのが良いと思います。貴重品は必ずお部屋の金庫に入れておいてくださいね。ただし、猫達はあくまで猫達の好きなように過ごしますので、無理に一緒に寝ようとしたりするのはおやめください」

「『幸運の猫』の恩恵は、無理矢理得ようとしてはいけないということですね。猫と触れ合える旅館というのもいいですね、猫カフェの旅館版のようです。こちらの旅館には、ずっと前から猫がいるんですか？」

「ええ、そのように聞いています」

　高槻の質問に、志乃はにこりと笑って答えた。

「ここで宿を始めた頃から、猫はいたみたいですよ。最初の頃は野良猫が居着いた感じだったみたいですね」

「あの三毛猫は、いつからいるんですか？　『幸運の猫』の噂が立ったのは、ここ数年のことだと思いますが」

「さあて、いつからでしょうねえ。何しろここには昔から三毛猫がおりますもので。さっきの猫以外にも二匹、似たような柄の猫がいるんですよ」

言いながら、志乃がロビーの一角に目を向ける。

そちらの壁には、たくさんの写真が貼られていた。中には随分古そうなものもある。正面から宿の外観を写したものもあれば、ここに泊まった客を写したスナップもあった。そして、客を写したスナップには、高確率で猫の姿も写り込んでいる。志乃が言う通り、三毛猫の姿が目立つ。

「子供を産んで代替わりもしますすし、似たような柄なものですから、時々どの猫だかわからなくなるんですよねぇ」

ふいに志乃の声が歪《ゆが》み、尚哉は思わず手で耳を押さえた。

「猫は長く生きると化けると言いますでしょう？　もうどの猫が何歳だかわからない感じでしてね」

志乃の声がまた歪む。

ああそうかと尚哉は思う。これも客を楽しませるためのサービスなのだろう。いくら柄が似ているといっても、さすがに飼い猫の見分けがつかないわけがない。長く生きて化け猫と化した三毛猫が今では『幸運の猫』となったということにして、よりファンタジーっぽくしているのだ。

「さて、猫の説明はこのくらいにしましょうね。お荷物はこちらでお預かりいたします。ウェアはあちらの部屋です」

志乃の案内で、先程若者達が出てきた廊下に向かう。

スキーウェアがずらりと掛けられた小部屋で、自分に合ったサイズのウェアとブーツとグローブ、ゴーグルと帽子を選んだ。高槻はブルーのウェアを、佐々倉は黒を手に取る。尚哉は何か地味な感じの色にしようとしたのだが、高槻に「見失わないように目立つ色にしよう」と言われ、勝手に真っ赤なウェアを選ばれてしまった。普段着ない色すぎて、ちょっと恥ずかしい。

隣の更衣室で着替え、またフロントに戻ると、今度はスキー道具の置いてある部屋に案内された。スキー板とストックを選ぶと、リフト券を渡される。

「どうぞ楽しんできてくださいね」

志乃に見送られ、スキー道具をかついで外に出る。

旅館はスキー場に隣接しており、すぐそこがもうゲレンデだった。真っ白な雪の反射が眩《まぶ》しくて、慌ててゴーグルをつける。

スキー場の入口に掲げられた案内板によると、コースは初心者向けから上級者向けまで十本以上あるようだ。一番手前にあるのはキッズ向けのなだらかなコースで、子供達が歓声を上げながら初めてのスキーに挑戦していた。その先には初心者向けのややなだらかなコースがあり、色とりどりのウェアに身を固めた人々が自由に滑っているのが見える。中にはコスプレまがいの衣装で滑っている人もいて、何やらカオスな感じだ。

スキー板が雪の上を滑る音。気持ち良さそうな歓声。転んだ人が上げた間の抜けた声と、笑い声。雪の上で、人々は全力で遊んでいる。

やっぱりそういうのは普段の自分からは程遠いもののような気がして、尚哉は若干の気後れを感じる。

「……あの、俺、やっぱその辺で雪だるまとか作ってちゃ駄目ですか？」

「いいから行くぞ、おら」

佐々倉に首根っこをつかまれ、ずるずると引きずられていく。

まず行われたのは、スキー板を足に装着して雪の上を歩けるかどうかの確認だった。

これは特に問題なかった。最初はよろよろしたものの、すぐに歩けるようになった。

「うん、大丈夫そうだね。滑るのは、とりあえずボーゲンとターンさえできればなんとかなると思うんだけど」

高槻に言われ、尚哉は思わず首をひねる。何しろ子供の頃のことなので、細かい名称までよく覚えていないのだ。

「ボーゲンって何でしたっけ？」

「ええとね、板の前側、トップはそのままで、後ろ側のテールを八の字に開いて滑るやつ。膝《ひざ》は少し曲げて、足だけ前に行かないように、姿勢は前傾を保って」

コースでも何でもないその辺の雪の上で、先に姿勢の確認だけやってみる。板を八の字に開くと、ゆるゆると勝手にスキー板が雪の上を滑り出す。

「わっ、あっ、ちょっ、あ、脚が開くんですけど！」

滑るにつれて勝手に八の字の開き具合が崩れ、両脚がみるみる開いてべしゃりと転ぶ。

ていくんだよ。急に開くと転ぶから気をつけて」

佐々倉に言われて、太ももに力を入れてみる。今度は上手《うま》くできた。

「止まるときは、トップはそのままで、徐々にかかとで押す力を強くしてテールを開い

「太ももの内側に力入れとかねえと、姿勢をキープできねえぞ」

高槻と佐々倉に教えられているうちに、なんとなくやり方を思い出していく。前傾姿勢のまま膝を柔らかくして、バランスを取ること。ターンするときは、曲がりたい方向と反対の足に体重を乗せること。転びそうになったら重心を下げて、左右どちらかに尻《しり》から転ぶこと。都会にたまに降るぼったりとした重い雪とは違って、ゲレンデの雪は不思議なほどにサラサラしていて、顔から突っ込むようにして転んでも嫌じゃなかった。

「そうそう、上手い上手い。ちゃんとできてるね」

高槻がそう言って笑う。

その顔を見上げて、尚哉はなんだか不思議な気分になる。

この人は民俗学の先生だというのに、何で自分はスキーを教わっているのだろう。

そしてこの人達は、何でこんなにも楽しそうに教えてくれるのだろう。

高槻も佐々倉も、きっとスキーは得意なのだと思う。尚哉など放って二人で上級者向けのコースに行ってばんばん滑ればいいのに、つまらなくはないのだろうか。そんな申し訳なさが心の隅に湧いても、目の前の二人がやけに嬉《うれ》しそうにしているものだから、もうそんなこととても言い出せなくなる。

そしてそのうちに、だんだん尚哉まではしゃいだような気分になってくる。よくできた、と褒めてくれる言葉が素直に嬉しくて、体だけではなく心の中までぽかぽかしてくる。それは、一人きりの部屋で炬燵に吸い込まれたままでは決して味わえない気持ちだ。

「じゃあ、そろそろコースに行って滑ってみようか」

そう言われてリフトに乗って、初心者向けのコースを滑ってみた。

何度か転びはしたものの、スキー板が雪の上を滑る音は耳に心地よく、頬に触れる雪の粉は気持ちよくて、全身で感じる風とスピードに心が浮き立った。

楽しかった。

「――あれっ、同じ宿の人ですよね！」

そう声をかけられたのは、休憩所でのことだった。

隣のテーブルにいた男女五人組が、こっちを見ていた。

「俺らが出てくときに、フロントに来てた人ですよね。なんかすげえイケメンいるって思って、覚えてたんですよー！」

背の高い男性が、高槻を見て言う。

女性陣がこちらに身を乗り出すようにして、高槻に向かってはしゃいだ声を上げた。

「えー、もしかしてモデルさんとかですかー？　すごくかっこいい！」

「ねー、背も高いし！」

「写真一緒に撮ってもらえないですかー？」

きゃあきゃあ騒ぐ女性陣に、高槻が「いえ、僕は学者です」と答えると、「えー！」とさらに大きな声が上がった。

「学者って、大学のセンセイですか？……え、じゃあ、他の人は」

「公務員だ」

「……学生です」

佐々倉と尚哉がそれぞれ言うと、彼らの頭の上にクエスチョンマークが浮かぶ。気持ちはわかる。傍《はた》から見ると自分達は不思議な組み合わせだろうなあとは、よく思うのだ。高槻と佐々倉はまとう雰囲気が違いすぎてぱっと見では友達同士には見えないし、尚哉は一人だけあからさまに年齢が離れている。親戚《しんせき》にも見えないだろうし、はたして周囲の人々はどう思っているのだろう。

高槻が彼らに尋ねた。

「君達は、友達同士？　学生じゃなくて社会人かな」

「あ、はい、そうです。俺ら大学時代のサークル仲間で。ていうかセンセイも、あの宿には『幸運の猫』目当てで来たんですか？」

「うん、まあね。じゃあ、君達も？　予約、よく取れたね」

「あー、それは実は、ちょこっと裏技使って」

「裏技？」

「いや俺、実は学生時代にあの旅館で一時期バイトしてたことがあるんですよ。まだ『幸運の猫』の噂が出回る前ですけどね。それでスタッフとは顔馴染《かおなじ》みなもんだから、急なキャンセルが入ったところに無理に予約ねじ込んでもらったんです。……あの、これ内緒ですよ、本当はキャンセル待ちしてるお客さんに予約回さないといけないんで」

「あはは。まあ僕達も、予約したけど行けなくなっちゃった人から譲ってもらった形だから、実は似たような感じかもしれない」

高槻が笑って言うと、彼は「マジすか」とまた目を丸くした。

「俺ら昨日から泊まってて明日《あした》帰る予定なんで、今夜から明日の朝が勝負かなって。でも全然、本当全っ然、あの三毛猫だけ懐いてくれないんですよねー」

彼らはちゅ〜るやらおもちゃやらをたくさん持ち込んで、昨夜頑張って猫の気を引こうとしたのだという。だが、他の猫は寄ってきても、件《くだん》の三毛猫には触らせてもらえなかったらしい。

「今のところ、あの三毛猫をなでられたのは、こいつだけです。なあ、野中《のなか》」

そう声をかけられて、ひっそりとテーブルの端に座っていた男性がこっちを向いた。

眼鏡をかけた、大人しそうな雰囲気の男性だった。先程宿で案内をしてくれた志乃と同じくらい色が白い。

「……俺は、前にもこの宿に来たことがあるから。俺のこと覚えてたんじゃない？」

小さな声で、野中と呼ばれた男性がそう言う。

と、女性陣の一人が笑って言った。

「野中くんたら、そんなの二十年も前のことなんでしょ？　同じ猫のわけないし」

「ていうか野中の場合、無欲の勝利って感じじゃない？　私らは欲まみれだから」

別の女性がおどけた感じで言う。

高槻が興味を惹《ひ》かれたように彼女を見た。

「無欲の勝利っていうのは、どういう意味ですか？」

「この人だけ、お金目当てじゃないんですよ。昔会った雪女を捜しに来たんです」

その女性の言葉に、高槻が目を瞠《みは》った。

「野中さん、雪女に会ったことがあるんですか？　ちょっと詳しくお話を聞かせてもらってもいいですか、僕は大学で怪談の研究をしているんです！」

「いや、そんな大した話じゃないですよ。夢だったかもしれないってくらいの話で」

野中は遠慮がちにそう言いつつも、目を輝かせて大きく身を乗り出してきた高槻のために話してくれた。

――それは、野中がまだ小学校低学年の頃の話だという。

「家族や親戚と一緒にこのスキー場に来て、ゆきのや旅館に泊まったんです。でも、大人達が目を離した隙に、俺、一人で宿の裏にある雪山に迷い込んじゃって。――それで、雪女に助けられたんです」

斜面を転げ落ち、雪まみれになってうずくまっていた野中の前に突然現れた雪女は、野中の手を引いて、旅館の裏庭まで連れ帰ってくれた。

別れ際に雪女は「自分に会ったことは誰にも言ってはいけない」と言い残したという。

「……なぜその女性を、雪女だと思ったんです？　普通の人間だったかもしれないのに」

「彼女が現れたとき、急に風が吹いて雪が舞ったんですよ。そんな雪風の中から、長い黒髪の綺麗《きれい》な女性が現れたら、子供心に雪女だって思いますよ。それに俺、たぶんそのちょっと前に、子供向けの本で雪女の話を読んでたんです」

「ああ、小泉八雲《こいずみやくも》の『雪女』ですか？」

「はい、それです」

小泉八雲の『雪女』は、たぶん日本で一番有名な雪女の話だろう。

二人の木こりが吹雪に襲われ、やむなく番小屋に泊まる。すると深夜に雪女がやってきて、冷たい息を吹きかけて年寄りの木こりを殺してしまうのだ。だが、若い方の巳之《みの》吉《きち》という木こりは見逃してもらえる。雪女は去り際に、「自分に会ったことは決して人に話してはいけない」と巳之吉に言い含めた。その一年後、巳之吉はお雪《ゆき》という名の美しい娘と出会い、結婚する。二人の間にはたくさん子供も生まれ、幸せに暮らすのだが、あるとき巳之吉は、お雪にかつて見た雪女の話をしてしまうのだ。その途端、お雪は雪女としての正体を現して、巳之吉を恨みながら姿を消す。

高槻が言った。

「雪女は、雪深い土地には必ずと言っていいほど語られている妖怪《ようかい》の一つです。地域によって、雪女郎《ゆきじょろう》や雪バンバ、雪姉サなど様々に呼ばれます。出会うと精を抜かれるとか凍死させられるという話も多いですが、青森県津軽《つがる》地方では子供を抱いてくれと言って赤ん坊を渡してくるそうですよ。——雪女といえば死者と同じく白い着物というのがスタンダードですが、野中さんが見たその女性は、どんな格好をしていたんですか？」

高槻が尋ねると、野中は答えた。

「普通の格好でしたよ。コートにセーターにジーンズ、みたいな。手は、柔らかかったけど冷たかったですね。確か彼女、手袋をつけてなくて」

「……やっぱり、地元に住む普通の女性だったのでは？」

「でも、宿に帰ったとき、俺のこと捜してくれてたっていう地元の人達の顔を全部見たんですけど、あの女性はいなかったんですよね。『自分に会ったことを話すな』っていうのも、雪女の話と同じだし。——俺、自分でもずっとこのこと忘れてたんですけど、太田《おおた》に『ゆきのや旅館に泊まりに行こう』って誘われたときに、ふいに思い出して」

「——おい、それ、『話すな』って言われてた話なんだろ？　話しちまっていいのか」

佐々倉が眉《まゆ》をひそめながら言った。

すると野中は暗い笑みを浮かべて、

「ああ……別に、もうどうでもいいんですよ、俺」

そう言った。

それから急に席を立ち、もう一人の男性に「太田、俺ちょっとトイレ」と言い残して、向こうの方へ歩いて行ってしまう。

なんとなく気まずい空気になったのを取り繕うように、太田と呼ばれた男性が言った。

「……い、いやー、すいませんねー、なんかあいつ暗くてー！　悪い奴じゃないんですけどね、本当。今ちょっと……その、仕方なくて」

「仕方ない？　何かあったんですか」

高槻が首をかしげると、太田は声を潜めて少しこちらに顔を寄せた。

「あいつ、ツイてないんですよ。何て言うか、その……ちょっとね、上司のパワハラに遭って。会社も辞めちゃって、今は休養中なんです」

「それは大変ですね」

「そうなんですよー……」

太田はトイレの方角を気にしながら、困ったようにため息を吐く。

「俺が勤めてる会社、野中の会社と取引があって、それで仕事でたまに顔合わせてたんですけど、野中の奴、会う度になんかどんどん顔色悪くなってっちゃって。放っておいたらそのうち自殺するんじゃないかってくらい、一時はだいぶ追い詰められてる感じだったんですよ。……俺、本当に心配で」

「今回のスキーも、最初は別の子が来るはずだったんだけど、急遽《きゅうきょ》、野中のために譲ってもらったんだよね」

女性陣の一人が口を挟んだ。

「太田くんが、野中のことあんまり心配してるから。『幸運の猫』のいる旅館で、せめて幸せを分けてもらえたらってね。太田くん優しいよねー」

「いや、だって、当たり前だろ」

太田がまたトイレの方角に目を向けながら、言う。

「野中には元気になってほしいしさ、俺」

その声が突然滅茶苦茶《めちゃくちゃ》なエフェクトをかけたかのように歪《ゆが》み、尚哉はびくりとした。

高槻と佐々倉が尚哉の方を見る。尚哉は二人を見返して、小さく首を振る。

「あれ、どうかしたの、君」

怪訝《けげん》な顔でこっちを見た太田に、尚哉は「ちょっと耳鳴りがして」とごまかしつつ、今のは一体どういうことだろうと思う。

野中のことを心配だと言った声には、何の歪みもなかったのに。

元気になってほしい、という部分だけ歪む理由が、どうしてもわからなかったのだ。

「——あんまり気にすることねえんじゃねえのか」

ばしゃりと顔に湯をかけながら、佐々倉がそう言った。

尚哉は「そうかもしれませんけど」と呟《つぶや》きつつ、同じように自分の顔に湯をかける。

宿の風呂《ふろ》の中である。

ゆきのや旅館の風呂は、時間毎に貸切にできるものだった。風呂場は完全な内湯で、外の景色が見えるわけでもないし、あまり広くもない。ただ、直接温泉を引いているのだそうで、熱めのお湯が疲れた体に気持ちよかった。

結局あの後、野中がトイレから戻ってくる前に尚哉達は席を立ち、ゲレンデに戻った。最終的に尚哉が中級者向けコースまで滑れるようになったのは、ひとえに高槻と佐々倉の教え方が上手《うま》かったからだと思う。二人とも、普通にスキーのコーチとしてやっていけるのではないだろうか。

とはいえ、尚哉にとってはほぼ初めての本格的なスキー体験だ。旅館に帰る頃にはくたくたで、ちょうど風呂が空いていたのをいいことに、夕飯前に風呂に入ってしまうことにしたのだ。

佐々倉と尚哉の二人だけで、だが。

この旅館の客室には、部屋風呂というものは存在しない。高槻はどうするのだろうと思っていたのだが、どうも事前に宿に連絡して、事情を話したうえで遅い時刻に一人で貸切風呂の予約を入れていたらしい。「僕は後で入るから、先に健ちゃんと二人で入っておいで」と高槻に微笑まれてしまうと、それ以上はもう何も言えず、尚哉は佐々倉と一緒に風呂場へ向かったのだった。

風呂での話題が先程の太田の声の歪みの件になってしまったのは、風呂に入ろうと部屋を出たときに、太田達と廊下ですれ違ったからだ。「どうもー」と笑う太田の表情には何の陰りもなく、その反対に野中はやはり暗い面持ちで、どうにも気になってしまった。

が、そんなものは気にするなと佐々倉は言う。

「お前の耳は、人が発した言葉の中のどの部分が嘘かってのがわかるだけなんだろ。何でそんな嘘ついたのかまで、わかるわけじゃねえんだよな」

でかい図体《ずうたい》をお湯の中でのびのびとのばし、佐々倉はそう言った。

「なら、いちいち気にするな。人ってのは、色んな理由で嘘をつくもんだ。すれ違っただけの相手の事情にまで首突っ込んでたら、お前が苦しくなるぞ」

「……遠山さんにも、前に同じこと言われました」

佐々倉の真似をしてお湯の中で体をのばしてみながら、尚哉はそう返す。

尚哉と同じ耳を持つ遠山の言葉は、尚哉にとっては人生における先輩の言葉だ。

誰かの嘘を聞き分けることに罪悪感を持つな。聞いてしまった嘘についてあまり気にするな。——たぶんそれは、遠山自身、完璧《かんぺき》に守れていることではないのだと思う。一緒に歩いているときに、遠山もたまに辛《つら》そうな顔をすることがあるからわかる。でも、自分達はそうするべきなのだ。でなければ、嘘を聞き分ける力を持つ自分達に、この世はあまりに生きづらい。

けれども、気にするなと言われても、気になってしまうことは多いのだ。

……今この風呂場に高槻の姿がないことだって、尚哉は十分気にしてしまっている。

尚哉はぐるりと視線を巡らせ、顎《あご》までお湯につけて小さくため息を吐いた。

貸切だから、ここには佐々倉と尚哉しかいないのに。

他の人なんていないのだから、今更気にかける必要などないのに。

今でも高槻は尚哉に自分の背中を見せたくないのだと思うと、複雑な気分になる。

高槻の背中の傷を、尚哉はこれまで二度見たことがある。

一度目は山梨で、滝から落ちた高槻の体を拭《ふ》いたときに。

二度目はあの黄泉比良坂《よもつひらさか》で。走馬灯によってよみがえった肉まで抉《えぐ》れた傷が、生々しく血をあふれさせる様を見た。

あの傷が、高槻の人生を壊したようなものだ。

あの傷さえなければ、少なくとももう少しくらいは、高槻は生きやすかっただろう。

そう思うと、自分のことでもないのに胸が苦しくなる。

「――おい」

「ぶぶっ」

いきなりでかい手に頭から湯の中に沈められ、尚哉はびっくりしてもがいた。

「……なっ、ななな何すんですか、殺す気ですか暴力刑事っ！」

どうにかこうにか佐々倉の手から逃れて浮上し、慌てて安全な距離をとりながら抗議すると、暴力刑事はふんと鼻で笑った。

「お前は色々考えすぎだっつってんだろ。だから彰良はここにいねえんだ」

「……どういう意味ですか、それ」

「あいつはな、今更どうしようもねえことでぐだぐだ心配されるのが嫌なんだよ」

濡《ぬ》れた前髪を乱暴に後ろに搔《か》きやり、佐々倉が言う。

「あいつの背中の傷は、いつか消えるようなもんじゃない。だったらもう、こっちが慣れるしかねえだろが。いちいち気にして辛そうな顔すんな、がしがし背中流してやれるくらいになれ」

「いや、がしがしって」

「よし、手本を見せてやろう。背中流してやる。出ろ」

「え。嫌です、怖いです。痛そうで」

「そう言うな」

嫌がる尚哉を佐々倉が無理矢理洗い場に引っ張り出す。つくづく容赦がない。

それこそ皮が剝《は》げそうな勢いで背中をこすられて悲鳴を上げながら、尚哉は、高槻は佐々倉になら背中を見せても平気なんだろうなと思った。その境地にいつか自分も至れるのかどうかはわからないけれど。

でも、なんとなく——どっちのことも、羨《うらや》ましいなと思ってしまったのは、なぜなのだろうか。

眼鏡をかけていないことに気づいたのは、部屋に戻る途中のことだった。

「——あ。佐々倉さん、すみません。ちょっと俺、忘れ物したんで取ってきます」

「おう。先戻ってるぞ」

慌てて風呂場に取って返し、脱衣所の棚に眼鏡を見つけてほっとした。別にかけなくても視力的にはそんなに不自由しないのだが、ないと落ち着かない。

眼鏡をかけ、荷物を抱えて、再び風呂場を出る。風呂上がりの浴衣《ゆかた》に丹前《たんぜん》という格好でも寒くないくらい、旅館の中は暖房がよく効いていた。スリッパをぺたぺた鳴らしながら、板張りの廊下を歩いていく。

と、ロビーに置かれたソファに、見覚えのある色白の男性が座っているのが見えた。

野中だ。何をうつむいているんだろうと思ったら、その膝《ひざ》の上には例の三毛猫が寝そべっている。足元には白黒ハチワレの猫もいて、野中の脚にさかんにじゃれついていた。

思わず足を止めて見入ってしまったからだろう。野中がこっちの視線に気づいた。

「あ……さっきはどうも」

ぺこ、と小さく野中が頭を下げてくる。

尚哉も小さく会釈を返した。

フロントにはもう誰もいなかった。ロビーには野中と猫の姿しかない。

尚哉が歩み寄っても、三毛猫は野中の膝から下りようとしなかった。

「本当に懐いてるんですね」

「何でだろうね、なんか好かれちゃって」

野中がちらと笑って、三毛猫を覗《のぞ》き込む。三毛猫はぐにぐにと仰向《あおむ》けになり、前足をのばして野中の前髪にじゃれついた。野中がますます笑うと、三毛猫は目を細めて笑みのような表情を見せる。その様は、まるで野中を元気づけているようにも見えた。

「それだけ懐いてたら、明日《あした》の朝には野中さんの布団の中にいるんじゃないですか？」

「ああ、そしたら俺にも、何かいいこと起きるかな」

野中が言う。その口調はどこか投げやりで、やっぱり『幸運の猫』のご利益には興味がないんだなということが窺《うかが》えた。

「せっかくだから、一回抱っこしてみる？」

野中が三毛猫を抱き上げて、尚哉の方に差し出してきた。

え、と尚哉は一瞬ためらう。猫は飼ったことがないのだ。その辺の野良猫をなでたことはあるが、抱っこまではしたことがない。

とりあえず、まずはなでるところからだろうかと、恐る恐る手を差し出してみる。

すると三毛猫は、一度尚哉の指先を嗅《か》ぎ——びくりとして、全身の毛を逆立てた。

野中の腕の中で、三毛猫が暴れる。そのままぼすんと床に飛び下り、三毛猫は廊下の向こうへと一目散に走り去っていってしまった。

「こら、どこ行くんだ！……何なんだろうな、大丈夫だった？　引っ掻かれてない？」

「大丈夫……です」

尚哉は、三毛猫に差し出した手を下ろしながら、小さな声で答える。

まるで、とんでもなく嫌な臭いでも嗅いだかのような反応だった。

そう思った途端、耳の底でよみがえる声がある。

『やっぱりまだお前からは、黄泉《よみ》のにおいがする』

……まさかな、と思う。

でも、心臓が胸の奥でばくばくいうのを止められない。

と、尚哉の足首に何か柔らかなものが触れた。

「！」

悲鳴をこらえつつ慌てて足元を見ると、ハチワレ猫が身を擦りつけていた。

拍子抜けすると共にとてつもない安堵《あんど》が込み上げて、尚哉はその場にへたり込む。

野中がびっくりした声を出した。

「えっ、大丈夫⁉」

「大丈夫です……ちょっと、その、猫が可愛すぎて……」

そう呟《つぶや》いて色々ごまかしながら、尚哉はハチワレ猫をなでた。まだ年若いように見えるその猫は、何の警戒心もなく床に寝転がって腹を見せ、ごろごろと喉《のど》を鳴らしながら、もっとなでろとねだってくる。その体は尚哉の知る犬に比べるとはるかに小さく、つかみどころがないほど柔らかくて、どの程度の力加減で触っていいものかわからない。

座ったら、と言われて野中の隣に腰を下ろすと、猫は尚哉の膝に乗ってきた。とてつもなく可愛い。猫を飼っているという遠山の気持ちが少しわかった気がする。

「……あの、野中さん。雪女を捜してるって、もう一度会いたいってことですか？」

「うん、そう」

「でも、もう一回会ったら殺されちゃうかもしれませんよ」

「別にそれならそれで」

「……野中さん」

「ああ、違うよ。殺されたいってわけじゃない。死にたいから捜してるわけじゃなくて」

野中はそこで一度言葉を切った。

しばらく言い淀《よど》み、

「……こういうこと言うとマザコンとか思われるかもしれないけど。なんか、似てたんだよ。俺の母親に」

「え？」

「失踪《しっそう》したんだ、俺の母親。俺が幼稚園のときに」

野中は言った。

「それまで普通にしてたと思うんだけど、ある日突然いなくなって。父親もばあちゃんも全然心当たりないみたいだったし、何でいなくなったのか不明でさ。この宿に泊まりに来たのが、それから二年後くらいだったかな。あんまり似てたから、『お母さん』って呼びかけたのを覚えてる。返事はなかったけど」

「そう、だったんですか」

野中は、尚哉の膝の上でくつろぐハチワレ猫の背中をなでながら、あまり感情の入らない声で続けた。

「俺の母親、出て行くときに、なぜか自分が写ってる写真を残らず処分していったらしいんだ。結婚前のものから俺が生まれた後のやつまで、紙の写真もデジタルも全部。だから俺、あんまり母親の顔を覚えてなくてさ。……でも、もう一回雪女に会ったら、思い出すかもしれないだろ。自分の母親はこんな顔の人だったなあって」

だから野中は——雪女に、会いたいのだ。

そのときだった。

「深町くん」

廊下の向こうで、高槻が尚哉を呼んだ。後ろに佐々倉も立っている。

「なかなか戻ってこないから、心配したよ。そろそろ晩ごはんだから、行こう」

「あ、はい、すみません。……野中さん、それじゃ俺、行きます」

「うん。話ができて、ちょっと楽しかった。じゃあね」

ひらりと、野中が手を振る。

尚哉はハチワレ猫を床に下ろし、二人の方に歩み寄った。

食堂の方へと歩き出しながら、高槻が尚哉に尋ねる。

「随分話し込んでたみたいだけど、深町くん、野中さんと仲良くなったの？」

「仲良くなったわけじゃないですけど。面白い話は聞けました」

「面白い？」

「ええと、あの」

勝手に話してもいいのかなと思いつつ、尚哉は今聞いた話をした。

高槻は興味深そうに目を輝かせながらそれを聞き、

「へえ。それじゃあ、もしかしたら野中さんは、雪女の子供なのかもしれないよ！」

「いや、似てたってだけですよ。決して母親本人だったわけでは」

「それはわからないよ。子供の記憶は曖昧《あいまい》だし、雪女が変装していた可能性もある」

「変装って」

「小泉八雲の『雪女』を思い出してごらんよ。巳之吉を見逃した雪女は、その後でお雪という娘に身を変えて、再び巳之吉と出会ってる。つまり、雪女は姿を変えることができるんだよ。それに、人間との間に子供を作る雪女の伝承はとても多い。異類婚姻譚《たん》の一つの類型ではあるんだけど――稲村《いなむら》ガ崎《さき》で出会った陸《りく》くんのことを考えると、人ではないものと人との間に子供が生まれることが現実にないとは言いきれない。……異捜の林原さんに、一度質問してみたい内容なんだけどね」

言いながら、ちらと高槻が佐々倉に目をやる。佐々倉は目をそらす。

どうやら異捜をめぐる二人の冷戦は、一応の解決を見たとはいえ、まだ若干の問題を残しているようだ。佐々倉にも譲れないところがあるのだろう。

「でも、それなら会えるといいね、雪女に」

高槻が言った。

「殺されてしまうのはまずいけど、でも、それしか彼が母親の顔を思い出す術《すべ》がないのなら——僕は、彼と雪女の再会を祈るな。この宿が本当に幸運の宿であるなら、野中さんの願いが叶《かな》うといいね」

「そうですね」

高槻の言葉に、尚哉はうなずく。

そのとき、どこかで低く猫が鳴くのが聞こえた。

振り返ると、廊下の先に、あの三毛猫が佇《たたず》んでいた。

三毛猫は、赤みがかった茶色の目でこちらを見据えると、また低い声で鳴き——長い尻尾《しっぽ》を翻して、堂々たる足取りでどこかへ去っていった。

ゆきのや旅館で幸運に恵まれるかどうかは、『幸運の猫』と呼ばれる三毛猫が、夜の間に布団の中に入ってきてくれるかどうかで決まる。

猫は気まぐれな生き物だ。必ず入ってくるとは限らない。あくまで猫は猫のしたいようにする。だからこその『幸運』なのだ。運とはもたらされるものなのである。

ゆえに泊まり客は、貴重品を金庫にしまい込み、部屋の戸を猫が入れるだけの隙間を開けた状態にして、眠りにつく。音もなく忍び寄ってくる柔らかな足を期待して。

——翌朝。

尚哉は、何か低い唸《うな》り声のようなものを聞いて目を覚ました。

枕元に置いてあったスマホで時刻を確認すると、まだ六時前だ。随分早く起きてしまったな、と思うが、寝覚め自体は悪くない。

確か昨夜は、高槻が十一時半頃に一人で風呂《ふろ》に入りに行き、その帰りを待つ間に眠くなってしまった覚えがある。慣れないスキーで疲れていたのかもしれない。すとんと穴に落ちるような勢いで眠りに落ち、そのままぐっすり寝たようだ。若干の筋肉痛はあるものの、自分の家にいるときよりもよく眠れた気がする。

と、また唸り声が聞こえた。

尚哉はそちら側に首を巡らせた。

旅館の部屋は畳敷きの和室だ。机をどかして、布団を三つ川の字に並べて寝ている。窓側が尚哉、真ん中が高槻、入口側が佐々倉という順番だ。

高槻もすでに起きているようだった。うつぶせから半分身を起こしたような姿勢で、向こうを向いている。どうも隣に寝ている佐々倉の顔を覗《のぞ》き込んでいるようだ。

「……先生？」

声をかけると、高槻がこちらを振り返り、しーっという感じに人差し指を己の唇に当ててみせた。それから、その指でちょいちょいと佐々倉の方を指す。

尚哉は布団の上で身を起こし、高槻越しに佐々倉を見た。

そして、あやうく吹き出しそうになった。

佐々倉の上に、三毛猫が乗っていた。

仰向《あおむ》けに寝た佐々倉は、胸の辺りまで布団がめくれた状態だった。その、ちょうど胸の上だ。くるんと綺麗《きれい》に丸くなって、三毛猫が寝ている。それはあまりに綺麗な円を描いており、これが世に言うアンモニャイトかと尚哉は思う。

が、何しろでかい猫なのだ。一体何キロあるのかは知らないが、胸部を圧迫された佐々倉の顔には苦悶《くもん》にも似た表情が浮かんでいる。眉間《みけん》には深々と皺《しわ》が刻まれ、時折唇から低くうめき声が漏れる。そう、これは唸っているのではなく、うめいているのだ。

「……起こしてあげた方がよくないですか？」

小さい声で尚哉が高槻に呼びかけると、高槻はくすりと笑って、

「せっかく幼馴染《おさななじみ》が幸運に恵まれてるところだから、見守ってるんだけど」

「『猫が布団の中に入ってきたら』が条件じゃなかったですか？　これ、布団の中っていうより人間の上ですよね。ていうか、なんかすごく苦しそうですよ？」

「健ちゃんは鍛えてるから大丈夫だよ」

「いや、そういう問題では……ああほら、これ絶対うなされてますって」

「そうだねえ、そろそろ起こしてあげないと可哀想かな」

高槻が、三毛猫の背に手をのばした。

その瞬間、三毛猫がかっと目を開き、高槻の手を避けるようにして佐々倉の体から飛び下りる。太い脚がだんっと佐々倉の胸を踏みつけ、「うぐっ」というやばい感じの声が佐々倉の口から漏れた。

さすがに目を覚ました佐々倉が、己の胸を押さえて横向きに身を丸める。

「き、胸骨が痛《いて》え……っ？」

「健ちゃん、おはよう。おめでとう、本日のラッキーパーソンは健ちゃんだよ」

寝そべったまま高槻がそう呼びかけると、佐々倉はよろよろと起き上がった。浴衣《ゆかた》の胸をはだけてみると、くっきりと肉球の跡が赤く刻まれている。

「おい、猫は……」

「もう逃げちゃったねえ」

高槻が部屋の戸の方を指差す。長い尻尾がするりと外に出ていくのが見えた。

佐々倉は、はあと大きく息を吐き出し、

「胸の上に仏像が載ってる夢見た……やたら重かったぞ、おい……」

「へえ、仏様の夢を見たんだ。それはやっぱり、ご利益があるんじゃない？」

「知るか。俺としては安眠の方が大事だ。……くそ、まだ六時前じゃねえか……」

「もう一回寝る？　朝ごはんは七時からだよ」

「——いい。確かここ、朝は貸切とかなくて六時から風呂入れるって話だったよな。朝風呂浴びてくる。深町、お前も来い」

「え、何で俺まで」

「猫の肉球の跡つけて一人で風呂入るの恥ずかしいだろうが！」

「……いや俺、フォローとかしませんよ？」

佐々倉の恥ずかしいの基準がわからないなあと思いつつ、また首根っこをつかまれてしまったので、仕方なく朝風呂に付き合うことにする。高槻はもう少し寝るつもりなのか、まだ寝そべったまま「いってらっしゃーい」と手を振った。

幸いなことに風呂場には他に人もおらず、佐々倉の胸に刻まれた肉球の跡も、ひとっ風呂浴びた後にはなんとか消えてくれた。

そして風呂の後、『幸運の猫』のご利益は、早くも証明されることとなった。

風呂場を出たところに、飲み物の自販機があったのだ。佐々倉はそこで、お茶のペットボトルを買った。

と、ぴろぴろと音が鳴り響いた。

何事かと思ったら、自販機のくじが当たったらしい。「当たりが出たらもう一本！」と表示されている。佐々倉に好きなのを選べと言われ、尚哉はコーヒーを選んだ。

すると、またぴろぴろと音が鳴り、「もう一本！」の文字が点灯した。

さすがに佐々倉も尚哉も顔を見合わせ、

「おい、俺こういうの当たるの初めてだぞ。まさかこれか、『幸運』って」

「え、ちょっと佐々倉さん、後で宝くじ買った方がいいんじゃないですか？」

「つーか、これで運使い果たしてたらショボいな」

言いながら、佐々倉がココアの缶のボタンを押す。高槻の分らしい。

それ以上はさすがにくじも当たらず、部屋に戻って高槻に報告すると、尚哉達が風呂に行っている間にすっかり身仕度を済ませた高槻は大笑いしてココアを受け取った。

「よかったじゃない、健ちゃん！　ちゃんと幸運に恵まれたねえ、来てよかったね」

「おう。予約譲ってくれた奴に、礼言っといてくれ」

ささやかな幸運ではあるが、一応噂の検証はできたようだ。高槻にとっては実り多き旅行になっただろう。

だが、そのときだった。

なんだか廊下が騒がしいことに気づいた。ばたばたと誰かが走り回っているようだ。マジか、という声まで聞こえる。何かあったのだろうか。

佐々倉が廊下に顔を出し、今まさに目の前を通り過ぎようとした者に呼びかけた。

「おい。何かあったのか」

「わっ、あっ、昨日の公務員さん!?」

昨日、太田や野中と一緒にいた女性だった。

女性は慌てた様子でこちらに向き直り、

「あのすみません、野中くん見てませんか!?」

「野中？　昨日の、あのちょっと暗い感じの奴か。いなくなったのか？」

「そうなんです！　太田くんと同じ部屋だったんですけど、朝になったら姿が消えてて……コートと靴はなくなってるんですけど、荷物はそのままなんです。スマホも部屋に置いたままだし……どこ行っちゃったんだろうって、今捜してて」

「宿の人間には知らせたのか？」

「はい。でも、誰も見てないみたいで……私達、心配で」

「――ねえ。野中さんは、昨夜はずっと太田さんと同じ部屋にいたの？」

高槻が、佐々倉の横から彼女に尋ねた。

「い、いたはずですけど。昨夜は十一時過ぎまで私達の部屋で皆でお酒飲んでて、でもスキーして疲れたからもう寝ようって話になって……太田くんと野中くんは、部屋に戻っていって。でも太田くんの話だと、朝起きたら、もういなかったって」

「太田さんの話が聞きたいな。彼は？」

「たぶん今、外を捜しに行ってます。靴がないってことは、外に出たんじゃないかって」

「そう……」

高槻が顔を曇らせる。

「彰良、どうかしたか？」

「いや……昨夜、僕は十一時半にお風呂《ふろ》に入りに行ったでしょう？　それで、十二時頃に上がって、部屋に戻ろうとしたときに、廊下の窓の外に人影を見たんだ」

「人影？」

「暗かったし、あまりよく確認はしなかったんだけど。懐中電灯持ってるみたいだったから、旅館のスタッフかなって思ったし。でも……あれが野中さんだったとしたら」

高槻が人影を見たのが深夜十二時頃。今はもう朝七時だ。

佐々倉が言った。

「俺達も捜すのを手伝おう。……この雪深い中、もし七時間も外に出たままだとしたら、さすがにまずいぞ」

昨夜高槻が見た人影が野中だとして、歩いていった方角を考えると、旅館の裏庭に向かったと判断するのが妥当らしい。

はたして裏庭に行ってみると、積もった雪の上には、くっきりと足跡が刻まれていた。ゆきのや旅館の裏手は、山になっていた。おそらくスキー場を構成する山の一つだろう。旅館の敷地と山とは木製の柵で隔てられているが、こんもりと雪をかぶって小山のようになった植え込みの陰に小さな木戸が設けられていて、そこから山の中へと道が続いているようだった。

足跡は、半開きになったその木戸を通り抜けて、真っ直ぐ山へと向かっている。

「この足跡、やっぱり野中さんのでしょうか？」

尚哉が言うと、高槻は首を横に振った。

「いや、これは太田さんのものじゃないかな。昨夜遅くにまた雪が降っていたから、野中さんの足跡はもう消えてるはずだ」

「じゃあ太田さんは、野中さんが山にいると思って、捜しに行ったってことですか」

「そうだと思う。——昨日の野中さんの話を覚えてる？　子どもの頃に雪女に遭遇したとき、『宿の裏にある雪山に迷い込んじゃって』って言ってたよね。もし野中さんが再び雪女に会うことを願っているなら、当時と同じ場所に向かうはずだ」

当時と同じ場所——つまりこの雪山の奥深く、迷うほどの場所ということだ。

佐々倉がただでさえ凶悪な顔をさらに険しくしながら、雪山を見上げた。

「とはいえ、真夜中に一人で外に出たりするか？　しかも、こんな雪の中を」

「普通はしないね。でも、彼の精神状態に危ういところがあったなら、『普通』は通用しないよ。日中に出れば誰かに気づかれて、止められると思ったのかもしれない」

高槻が言った。

……でも、と尚哉は思う。

昨日の太田の話だと、野中は一時は自殺するんじゃないかとさえ思われていたという。

昨夜、風呂の後で二人で話したときには、野中は死にたいから雪女を捜してるわけではないと言っていたのだ。あのとき、三毛猫を抱っこするかと微笑みながら勧めてくれた野中は、今にも自殺しそうな様子には見えなかった。

そのとき背後から、お客様、と呼びかける声が聞こえた。

志乃だった。建物の中から出てきて、こっちに駆け寄ってくる。

「お客様！　何なさってるんです、こんなところで！」

「野中さんがいなくなったと聞いたもので、僕達も捜しに行こうかと」

高槻が答えると、志乃はとんでもないという顔で首を振り、

「先程、地元の青年会に連絡しました。あと一時間くらいで捜索を開始できるという話です。私共も手伝う予定です。とりあえずお客様方は、お部屋にお戻りください」

「いえ、野中さんが外に出た時刻を考えると、今は一分一秒も惜しいところです」

「でも……」

「大丈夫ですよ。僕達まで遭難したりしないように、重々気をつけます」

「——じゃあせめて、その格好で行くのはやめてください。スキーウェアを貸します」

志乃が言う。確かに、私服のコートよりはスキーウェアの方が暖かい。

ウェアとブーツとグローブを借り、裏庭から山に入る。志乃も後からすぐに行くと言っていた。雪が深く積もった山には、やはり太田のものらしき新しい足跡しか見えない。

道が左右に分かれたところで、尚哉達も分かれることにした。佐々倉が太田の足跡を追う形で左へ、高槻と尚哉は右へ。

「いいか、くれぐれも無茶はするなよ！　何かあったらすぐに連絡しろ。いいな」

佐々倉がそう言って、雪道を遠ざかっていく。

スキー場が近いからか、この辺りは電話が通じるようだ。ただ、若干電波が悪いのか、先程の女性に聞いた太田のスマホにかけてみても、「電源が入っていないか、電波の通じない場所にいる」とのアナウンスが流れるばかりで、つながらない。

「佐々倉さんの幸運パワーで、すぐに見つかりませんかね……」

「どうだろうね。自販機のくじでパワーを使い果たしてないといいけど」

そんなことを話しながら、尚哉と高槻も山の奥へと進んでいく。積もった雪のせいで、道の状態がわからないのが怖い。前に出した足が思わぬ深さまでずぼんとはまり込んだりする。スノーブーツを借りてきてよかったと心底思った。

そして、そのマークに気づいたのは、やはり高槻だった。

「これ、何かな？」

高槻が、傍らの木の幹を指差して言った。

最初は何のことかわからなかったのだが、よく見ると、蛍光塗料のようなもので矢印が書かれていることがわかった。少し先の木にも、同じような矢印がある。振り返ってみると、今まで通り過ぎてきた道沿いにも、同じものが書かれているようだった。

「地元の人が、山で迷わないように道案内として書いたものじゃないですか？」

「ああ、そうかもしれないね。でも……」

高槻は、ずっと続いていく矢印を、眉《まゆ》をひそめながら目で追う。

「先生、どうかしましたか？」

「……いや、とりあえず、この矢印をたどってみよう。深町くん、足元気をつけて」

高槻がそう言って、矢印の示す方角へと歩き出した。

雪に埋もれた山道は細く、二人並んで歩くだけの道幅はなかった。左手側はまばらな木立の間に雪をかぶった笹が生い茂り、右手側は急な斜面になっている。転げ落ちたらそれこそ二次災害だなと思いながら、尚哉は前を行く高槻の背中を追う。時折ばさっと頭上から雪の塊が降ってくるのは、木立の枝から落ちてきたものだろう。

「――あ」

高槻が小さく声を上げて、足を止めた。

「先生、どうしました？」

「マークが変わった」

高槻が、少し先の木を指差す。

今まで矢印だったはずなのに、大きなバッテン印になっていた。

「どういうことでしょうか？」

「わからないけど、とりあえずマークのところまで行ってみよう」

高槻がそう言って、件《くだん》の木に近寄る。

そのときだった。

「――うわ」

高槻が変な声を上げた――と思ったら、次の瞬間、その姿が消えた。

「先生!?」

慌ててそちらに駆け寄りかけた尚哉の足元で、雪をかぶった地面が脆《もろ》く崩れた。悲鳴を呑《の》み込み、尚哉は反射的に後退《あとずさ》る。大きな雪の塊を踏み抜いた瞬間、その下に何もないことにやっと気づいた。後ろにひっくり返るように尻《しり》もちをつく。どしんという衝撃に、そこがかろうじて硬い地面であることがわかる。が、膝《ひざ》から先が完全に空中に出ていることに心臓が慄《おのの》く。自分は今、崖《がけ》の縁に腰掛けているようなものだ。

崩落した雪塊の下から、笹の茂みが顔を出していた。崖の下から生えた笹の茂みに大量の雪が積もりかぶさり、どこまでが崖かわからなくなっていたらしい。

――ということは、高槻は。

「せ、先生っ！」

崖の縁に腰掛けたまま、尚哉は傍らの木に手をつくようにして下を見た。

尚哉の前を進んでいた高槻は、もろに笹の茂みを踏み抜いて、下に落ちたようだ。幸いなことに、崖と思った場所は見下ろしてみれば急な斜面といった感じだった。だが、高低差はかなりのものだ。はるか下の方に高槻が着ていたウェアのブルーが見えて、尚哉は声を張り上げた。

「先生！　先生大丈夫ですかっ⁉」

高槻が何か言っている。気を失ったりはしていないようだ。だが、遠すぎてよく聞こえない。高槻は何と言っているのだろう。

「先生、よく聞こえません、大丈夫ですか――」

そう呼びかけながら、つい身を乗り出しすぎたのがいけなかった。

ずるっと体が前に滑った。

あ、と思ったときにはもう、尚哉の体は斜面を滑り落ちていた。つんのめるように前に放り出されそうになった体を、無理矢理後ろに引き戻す。背中を斜面にぴったりくっつけるようにすると、恐ろしく急な滑り台を滑り落ちているような感じになった。悲鳴も出ない。雪の中から突き出た笹に頬を叩《たた》かれ、慌てて両手を顔の前に掲げる。

最後は斜面から放り出されるような形で、尚哉は雪の積もった地面をごろごろと転がった。痛いが、死ぬような痛みではない。雪とぶ厚いウェアがクッションになった。

「深町くん！」

高槻が駆け寄ってきた。

「深町くん、大丈夫⁉　怪我してない⁉　どこかすごく痛いところは⁉」

「だ、大丈夫です……つっ」

高槻の指が頬骨の辺りをこすり、ぴりっとした痛みに尚哉は思わず声を上げる。

自分の指で触ってみると、わずかだが血がついた。さっき、滑り落ちる途中で笹の葉で切ったのだろう。他にもあちこち擦り傷はできているが、大きな怪我はないと思う。

そう自己申告したのに、高槻はまるで信用していない様子で尚哉の脚やら腕やら首やらを勝手に動かし、骨折や捻挫《ねんざ》の有無を確認すると、

「うん、大丈夫そうだね。……でも、何で深町くんまで落ちてきちゃうかな⁉　言っておくけど、僕はこんなことにまで君を道連れにするつもりはないからね！」

いきなり頭から叱《しか》り飛ばされて、尚哉はばつの悪い気分で高槻を見た。

「だって、先生の声がよく聞こえなかったもんだから、つい身を乗り出して……」

「ああいうときはね、上に残った人はすぐに救助を呼びに行くのが正しいんだ。間違っ

ても一緒に転げ落ちるものじゃない」

「すみません、以後気をつけます……って、先生こそ怪我してるじゃないですか！」

高槻の左手からぽたぽた血が落ちているのに気づいて、尚哉はぎょっとした。手のひらに長い切り傷ができている。尚哉の頬に比べて、随分深そうだ。

「ああ、落ちる途中で笹とか木の根とかつかんでみたんだけど、グローブ脱げちゃって。ちょっと切っただけだから平気だよ。——それより、野中さんを見つけたんだ」

「え？」

言われて振り返ると、斜面に背中を預ける形で、野中が座り込んでいるのが見えた。どうやら野中もあの斜面から落ちたようだ。

「生きてますよね？」

「うん。でも、あんまり良い状態じゃない」

がっくりと頭を前にうつむかせた野中は、意識を失っているようだった。片脚がちょっとおかしな向きに曲がっている気がする。色白の顔はもはや白いというより青く、唇の色も悪くなっていた。野中が着ているのはスキーウェアではなく普通のコートだ。そんな格好で何時間も外にいて、むしろよく今まで生きていたものだ。

尚哉達が今いるこの場所は、山の途中にある林の中のようだ。背後には山の斜面、前方には木立が広がるばかりで、建物や道らしきものは見渡す限り目に入らない。スキー場のコースからも遠そうだ。

高槻がスマホを取り出し、佐々倉に電話をかけた。

「もしもし、健ちゃん？　良い知らせと悪い知らせ、どっちを先に聞きたい？」

『ふざけてる場合か。何があった？』

「野中さんを見つけた。それが良い知らせ。さっきの分かれ道を進んだ先の、崖っていうか斜面を転げ落ちたみたい。片脚たぶん折れてて、意識もないけど、生きてるよ」

『で、悪い知らせは』

「僕と深町くんも同じところから落ちた」

『馬鹿かお前ら！』

電話越しに目一杯怒鳴りつけられ、高槻が己の耳からスマホを遠ざける。

「先に僕が落ちたのが悪いんだけど、深町くんも後から落ちてきちゃったんだよ」

『だから、どうしてお前らはそう似た者同士なんだよ！……わかった、とりあえず迎えに行くまで、そこ動くな。いいな？』

「うん。よろしくね」

そう言って、高槻が通話を切る。

それから高槻は、自分のスキーウェアを脱いで、野中の体にかぶせた。

「先生が風邪ひきますよ」

「救助が来るまでだから、大丈夫だよ」

高槻が言う。だが、やはり寒そうだ。とりあえず、野中を真ん中に挟む形で三人寄り添い合って座り、少しでも体温を保つことにする。

程なく、頭上から佐々倉の声が聞こえた。

おい大丈夫か、という声に振り仰ぐと、佐々倉の顔は驚くほど高い位置にあった。あの距離を滑り落ちたのかと思うと、あらためてぞっとする。よく無事だったものだ。

高槻がまた佐々倉に電話をかけた。

「健ちゃん。とりあえず、地元の青年会の人達と合流してくれる？　上から引っ張り上げるのは無理だと思う。たぶん今僕達がいる場所に通じる道がどこかにあると思うから、そっちから迎えに来てくれないかな。ＧＰＳで場所わかるでしょ？」

『わかった』

「ところで、太田さんとは合流できた？」

『いや、見当たらない。足跡をたどってたんだが、途中で急に消えた。あいつも遭難してるかもな』

「そう。じゃあ、彼も見つけないといけないね。とりあえず僕達は、動かず待ってる。なるべく早く来てほしいな」

高槻がそう言って通話を切り、己の体を抱きしめるようにして身を縮めた。吐く息が震えている。スキーウェアの下には、普通のセーターしか着ていなかったのだ。この気温でその格好はだいぶ危険だ。

「先生。……俺のウェア、着てください」

「駄目だ。それは深町くんが着てなさい」

「五分交代制で順番に着ましょう。そしたら、ある程度は」

「駄目だよ」

「何でですか」

「だって、君用のウェアだと、僕には小さい」

「……いや、多少ちんちくりんでもないよりましでしょ!?」

そんな青い顔をして震えているくせに、何を言ってるんだろうかこの人は。

思わず睨《にら》みつけたら、あは、と高槻が笑った。その横っ面を力一杯張り飛ばしたい衝動をこらえて、尚哉は両手を握りしめる。高槻はいつもそうだ。自分を大切にしない。

ふいに鼻先を白いものがかすめた気がして、尚哉は顔を上げた。

雪だ。また雪が降り始めている。真っ白な雪がゆっくりと音もなく舞い落ちてくる様はとても綺麗《きれい》だが、凍った結晶が触れた肌にはじんと痺《しび》れるような冷たさが走る。佐々倉はまだ来ない。これ以上高槻や野中の体が冷える前に、どうか早く来てほしい。

そのとき、視界の端で、高槻がゆっくりと片手を持ち上げるのが見えた。

その動きにどこか不自然さを覚えて、尚哉は高槻に目を向ける。

高槻は、ざっくりと傷が走った己の手のひらを見つめているようだった。血はもう止まっているようだが、まだその傷は生々しい。高槻はその傷に己の顔を近づける。まるでにおいでも嗅ぐかのように。

「……先生？」

尚哉が声をかけると、高槻がこちらに顔を向けた。

その双眸《そうぼう》は夜空の色に染まっている。

ああやっぱりと、尚哉は思う。

『もう一人』が手のひらの傷に舌を這《は》わせる。唇は色を失いかけているのに、固まりかけた血をべろりと舐《な》め取る舌は妙に赤くて、まるでそこだけ別の生き物のようだ。

感情の窺《うかが》えない藍《あい》色の瞳《ひとみ》には普段の高槻とつながるものは何一つ見えず、傷を舐め回すその振る舞いはやけに動物的だった。おいしいのかな、と尚哉は何とも言えない気分でその様を横目で見る。べろべろと血を舐め回すその様子は、動物が己の傷を癒《いや》そうとしているというより、獲物の血を舐めている様に近いものがある。

そもそも、この『もう一人』の味覚はどうなっているのだろう。『もう一人』と高槻本人とでは、おそらく微妙に感覚が違う。少なくとも、嗅覚《きゅうかく》は異なることがわかっている。高槻の肉体を使いつつ、この『もう一人』はやはり高槻自身とは絶対的に別の存在なのだと思う。傷を舐《な》める仕草からは、痛みを感じている様子もあまり窺えない。

そのとき、また別の違和感が尚哉の胸をよぎった。

「……あの」

小さく声をかけると、『もう一人』がまたこちらを向く。

やっぱりだった。さっきまでがたがた震えていたはずのその体が、今は少しも震えていないのだ。表情のないその顔は、寒さ自体を感じている気配がない。

「もしかして——寒いの、わからないんですか？」

『もう一人』は黙ったまま、ゆっくりとまばたきした。下手をしたら質問の意味がわかっていないのかもしれない。

そして尚哉は、大変なことに気づいた。

「……！」

慌てて立ち上がる。自分のスキーウェアを脱いで、『もう一人』の体に押しつける。『もう一人』がわずかに目を瞠《みは》って尚哉を見た。尚哉はその瞳を覗《のぞ》き込まないように視線をそらしながら、低い声で言う。

「引っ込んでください。今すぐ」

尚哉を押しのけようとした『もう一人』の手をつかんだ瞬間、ぞっとした。やはり全く震えていない。まるで死体のように冷えたその手を無理矢理スキーウェアで包み込み、尚哉は泣きそうになりながら重ねて言う。

「今すぐ引っ込んでください！　じゃないと、先生が死ぬかもしれない」

「……彰良が、死ぬ？」

「動物が寒いとき震えるのは、体温維持のためなんです。震えて熱を作り出すんです、冷えすぎると命にかかわるんですよ！　このままだと先生が凍死するかもしれないんです、そんなこともわからないなら今出てくるな馬鹿！」

思わずそう叱《しか》り飛ばしたら、『もう一人』はもう一度目を瞠り——その瞳から、みるみる夜の色彩が抜けていく。

焦げ茶色の瞳に戻った高槻が、目の前にいる尚哉を見てはっとした。

「深町くん……僕、また……？」

震える声で高槻が言う。かち、と歯が鳴る音に、尚哉は心の中で快哉《かいさい》を上げる。せいぜいぶるぶるがたがた震えればいいのだ、それが生きている証拠だ。

高槻の体に自分のスキーウェアをかぶせながら、尚哉は早口に報告した。

「先生。あいつ、意外と聞き分けいいです」

「は……？」

「状況にもよると思いますけど、先生が死ぬから引っ込めって言ったら大人しく引っ込みました。こっちの勝ちです！」

「……いや待って、何勝負してるのあいつと……ていうか、これ」

高槻が顔をしかめて、尚哉のスキーウェアを押しのける。

「何で脱いでるんだ。ちゃんと着なさい」

高槻に睨まれて、しぶしぶまたウェアに袖《そで》を通しながら、尚哉は思う。上手《うま》くすれば、あの『もう一人』を飼い馴《な》らすこともできるのではないか。少なくとも、こと高槻を守るという一点においては、あれはこちらの言うことを聞くようだ。

あれが恐ろしいのは、ひとえに正体がわからないからだ。

でも、今みたいに少しずつ観察と会話を積み重ねていけば、多少なりともあれを理解することができるかもしれない。

そしてそれは、高槻本人には決してできないことだ。

そのときだった。

凍るような風がびゅうっと右手方向から吹き付けてきた。その風にきらきらと光るものが交ざっているように見えて、思わず目を凝らす。急に奇妙な息苦しさを感じて、尚哉は胸を押さえた。心臓に直接霜が張ったような気分だ。身動きができない。

「——来るぞ」

ぼそりと、低い声で高槻が言った。

いや、違う。今のは『もう一人』の声だ。

一瞬だけ藍に変わっていたその瞳は、もう今は焦げ茶色に戻っている。

その視線が向いた先、雪交じりの風の中心に、誰かがいる。

臙脂《えんじ》色の作務衣《さむえ》を着ている。透き通るように白い肌。きっちりと束ねられていたはずの長い髪は、今は無造作に風にかき乱されている。

尚哉はその名を呟《つぶや》く。

「……志乃さん」

輝く雪の結晶を宝石のように全身にまとって近づいてくるそれは、確かに旅館の従業員の志乃の形をしていた。

だが、それはまぎれもなく——かつて野中が出会った、雪女だった。

雪女は、何か大きなものを片手で引きずっていた。たぶん太田だ。むんずと襟首をつかまれ引きずられたその体は、ぴくりとも動かない。

「自分達まで遭難はしないと豪語していたのに、大した体《てい》たらくですこと」

ほほ、と雪女が笑う。

顔の雰囲気が違って見えた。パーツはそのままだが、若返って見える。旅館で会ったときの志乃は三十代にも見えた気がするが、今はもう二十代としか思えなかった。

高槻が尋ねる。

「それ、太田さんですよね。生きてるんですか？」

「まだ生きてますとも。でも——さて、この愚か者をどうしてくれよう」

笑いを含んだ声が、ふいに凍《い》てつく響きに変わる。

雪女が太田をつかんだ手を持ち上げる。大の男一人ぶら下げて、細いその腕は揺るぎもしない。雪のように白い肌の中、その瞳は白銀の輝きを帯びている。笑みの形に吊り上げられた唇からこぼれる呼気は、ドライアイスの煙のように白く空気を凍らせる。

高槻が言った。

「志乃さん。いけません。その人を、殺してはいけない」

「なぜ？」

輝く雪面と同じ色をした瞳は人のものではなく、語る言葉も人の道理とずれている。

「この男は、私の子供を殺そうとしたのに、なぜ殺してはいけない？」

「そうですか。……やっぱり太田さんが、野中さんを上から突き落としたんですね」

その言葉に、え、と尚哉は高槻を振り返る。

野中は太田に突き落とされたのか。だけど、どうして。

「志乃さん。でも、野中さんは生きています。あなたの子供は、ここにいる」

高槻がそう言って、傍らに座り込んでいる野中を手で示した。

雪女は、意識のない野中をじっと見つめ、そして太田を雪の上に放り出した。

滑るような足取りで、こちらに近づいてくる。

尚哉は反射的に、野中の前に出た。雪女からかばうように立つ。

「――邪魔をするな。どけ」

「野中さんをどうする気ですか？」

「連れていく」

尚哉が尋ねると、当然のことのように雪女はそう答えた。

「人の世で生きるのが辛《つら》いことなら、私はその子を連れていく」

「どこへ？」

「私の世界へ」

「駄目です」

尚哉はきっぱりと首を横に振る。

雪女が言う『私の世界』がどこなのかは、尋ねるつもりはなかった。だって尚哉はもう知っている。異界というものは思いのほか近くに存在するということを。山の中にも海の底にも、人ならざるものが支配する世界がある。

雪女の顔に、かすかに苛立《いらだ》ちが走った。

立ち上がった高槻が、尚哉の肩に手をかける。深町くん、と呼びかけてくる。それでも尚哉は、雪女に向かって頑《かたく》なに首を横に振り続ける。

「野中さんは、人の世界で生きてる人間です。それを勝手に連れ去るのは、やったらいけないことです。少なくとも、本人の意志を聞かないでやるのは駄目です。だってそんなのは、ただの神隠しだから。本人も周りも傷つくから」

「でもその子は、人の世界で傷ついた」

「それでも、駄目なんです」

雪女が尚哉を睨《にら》みつける。途端に、雪交じりの風が強くなる。尚哉の体に当たる雪の粒は恐ろしいほど冷たく、今にも尚哉の肌を切り裂いていきそうだ。

尚哉の肩に置かれた高槻の手の震えが、ふっと止まるのがわかる。ちらと見上げれば、高槻の瞳《ひとみ》の中に藍《あい》の光が兆し始めている。駄目だ、出てくるなと尚哉は念じる。

そのとき雪女が、野中の体にかけられたスキーウェアに目を留めた。

セーターしか着ていない高槻に気づいて、何とも言えない表情をする。

「……そう。その子に、優しくしてくれたのね」

ぽつりと、呟くように雪女が言ったときだった。

おーい、という声が、遠くの方から聞こえた。

はっとして振り返ると、こちらに向かって歩いてくる人々の姿が見えた。その中に一人、抜きんでて背の高い男がいる。佐々倉だ。地元の青年会と合流して、ここまで迎えに来てくれたのだ。

焦げ茶色の瞳をした高槻が、雪女に向かって言った。

「そこまでです。これ以上は、人目につきますよ。……野中さんを助けてくれる人達が、来たんです」

そう、と雪女は大人しくうなずいた。

途端に、辺りに渦巻いていた雪交じりの風が収まっていく。

そこに立っているのはもう雪女ではなく、ゆきのや旅館の志乃だった。

野中と太田は、青年会の人達が担架に乗せて運んでいってくれた。

まずはゆきのや旅館に運び、そこから救急車で搬送してもらうという。

尚哉達も、志乃と共にゆきのや旅館に戻った。

旅館では、野中と太田の友人の女性達が、泣きそうな顔で待っていた。

結局救急車が運んでいったのは、野中のみだった。太田は気を失っていただけのようで、旅館に着いた時点で意識を取り戻したのだ。

とはいえ、全員体は冷え切っている。とりあえずこちらへどうぞと志乃に言われ、尚哉達は旅館の食堂に入った。旅館のスタッフが新たに運び込んできたストーブを囲んで座る。渡された毛布にくるまり、志乃が入れてくれた熱いお茶を飲んだら、やっと人心地がついたような気がした。

「——首をどうかしましたか？　太田さん」

しきりに首の後ろに手をやっている太田に、高槻が尋ねた。

「いや、なんか、この辺がじんじん疼《うず》いて……ちょっと見てもらってもいいですか？」

太田がそう言って襟首を広げ、後ろを向いた。

尚哉の位置からでも、太田の首の付け根が赤く腫《は》れあがっているのが見えた。問題はその形だ。それはどう見ても——人の手の形をしていた。

「おい、それ……」

佐々倉がぎょっとした様子で立ち上がり、太田の首を覗き込んだ。それから、もの問いたげな視線を高槻に向ける。高槻は佐々倉の視線に気づいているのだろうが、軽く目を細めただけで何も言わなかった。

「ああ、しもやけを起こしているみたいですねえ。手当てしましょうか」

救急箱片手にやってきた志乃が、しれっとした顔で太田の首に薬を塗り、ガーゼを貼る。そういえば太田を引きずってきたとき、志乃は太田の首根っこをつかんでいた。

佐々倉が椅子に座り直すのを待ち、高槻が口を開いた。

「太田さん。どうして今朝、一人であの山へ入っていったんです？」

「それは、野中は山にいるのかもしれないなって思ったから」

太田の声が歪《ゆが》む。太田は、野中が山にいることをもともと知っていたのだ。

だって、野中を突き落としたのは太田なのだから。

「太田さん。野中さんを山に連れて行ったのは、あなただったのではありませんか？」

「……え？」

太田の顔が強張《こわば》る。その背後に立ったままの志乃の視線がきつくなる。

高槻はにこりと笑って、太田に言う。

「昨夜、女性陣の部屋で飲み会をした後、あなたは野中さんを連れて裏庭から山に入ったのではありませんか？　おそらくは『雪女を捜しに行こう』とでも言って」

「そーんなまさか、俺言ってないですよ」

へらりと笑って答えた太田の声が、ぐにゃりとまた歪む。

反射的に耳を押さえた尚哉を視界の端で確認しつつ、高槻はさらに畳みかける。

「あなた達は今日帰る予定でしたよね。でも、野中さんはまだ雪女に出会えていなかった。だからあなたは、野中さんにこう言ったんじゃないですか？　飲み会後のテンションにまかせて、『昼間だと人目につくから、裏山に入ろうとしても宿の人に止められる可能性が高い。だから、夜のうちに行こう。——大丈夫だ、山の道には目印がついてるし、前にこの旅館で働いていたから、懐中電灯を取ってくることもできる』」

高槻の言葉は、おそらくほぼ事実に即していたのだろう。どきりとした顔で、太田は高槻から目をそらした。

　志乃が口を挟む。

「備品の懐中電灯。さっき確認したら、二つなくなってました。蛍光塗料のスプレーも」

「そ、それが何で俺だってわかるんです？」

　太田が今にもひっくり返りそうな声で言う。

「矢印なんて知りませんよ、旅館の人が書いたんじゃないんですか？　普段何かで山に入るときに、ないと危ないから」

「いえ、あの目印に関して言えば、それはありません」

　高槻が笑顔で太田の反論を切って捨てる。

「あれは明らかに、野中さんが落下した斜面に誘導するためのものでした。それに、暗くなってから山に入る人なんていませんよ。にもかかわらず、あの目印は、蛍光塗料で書かれていた。普通の塗料では、暗いところでは見えないからです。そして、もう一つ」

「もう一つ？」

「僕は『目印』とは言いましたが、『矢印』とは言ってませんよ」

　ひくっと、太田の喉《のど》が引き攣《つ》ったような音を立てる。

　高槻は太田を見つめた。

「太田さん。昨日、野中さんの話をした後に、心配だって言いましたよね」

太田が高槻を見返す。それが何だという目をしている。

高槻は太田のその目を見ながら言う。

「でもその後、野中さんに元気になってほしいって言ったのは——あれは、嘘でしたよね。本心からの言葉じゃなかった」

「う、嘘なんかじゃ」

「心配だけど元気になってほしくない。これはとても矛盾しているように思えます。でも、こう考えれば、矛盾はなくなる。——あなたが心配していたのは、野中さんの心身の健康ではなくて、元気になった野中さんが何かをすることだった。あなたはそれをしてほしくないから、野中さんを殺そうとしたのではありませんか？」

あのとき太田は、「俺、本当に心配で」としか言わなかった。

何を心配しているのかは、言わなかったのだ。

「——おい、どうなんだ！」

ばんっと佐々倉がテーブルを叩《たた》いて怒鳴った。

さすが現役刑事というか、刑事ドラマ顔負けの迫力に、太田がびくりと震える。

すっかり身を強張らせた太田は、今にも泣き出しそうな顔を手で覆い、うつむいた。

震える声が、とうとう真実を話し始める。

「……お、俺……野中の上司の鈴《すず》木《き》さんと組んで、何回か、不正取引をしてて……」

「不正取引？」

「せ、請求書水増しして、その分キックバックしたりとか……よ、良くないことだってわかってたけど、でもキックバックした金で飲みに連れて行ってもらったりとかもして て……バレなきゃ平気って、絶対バレないって、鈴木さんが……っ」

水増しといっても、そこまで高額ではなかったのだという。バレないように、不自然でない程度の金額で行っていた。

だが、それでも数を重ねれば、そこそこの金額になる。太田は徐々に不安になってきた。このまま続ければいずれバレて、会社をクビになるのではないかと。

そんな折、野中が会社を辞めた。

野中には水増し請求のことは言っていないと、鈴木は話していた。だが、太田は覚えていたのだ。鈴木が、野中がいる前で「請求書、いつも通りちょびっと増やしといて」と言ったことを。

「野中の奴、絶対気づいてたはずなんです。あいつ、鈴木さんのパワハラで辞めたから、このこと会社や外部に漏らしてもおかしくなくて……そんなことになったら俺……っ」

「そんなことで、自分の友達を殺そうとしたのか」

「だ、だって、鈴木さんがそうしろって……！」

あの裏山の斜面が危ないことは、以前この旅館でバイトしていたときから知っていたそうだ。隣接するゲレンデに入口を通らずに侵入するルートを探していて、何度も裏山に出入りしていたのだという。

それで、高槻の言う通りに——太田は昨夜、野中をあの斜面から突き落とした。

「でも俺、今朝になってやっぱり怖くなったんです。それで慌てて野中を捜しに行って……あの斜面の下に行ける道を探してて。そしたら急に吹雪《ふぶ》いてきて、意識が遠くなったんです。気づいたら旅館に戻ってて……もう何が何だか、わからなくて」

どうやら雪女に襲われたときの記憶はないらしい。

そのとき、食堂のドアを遠慮がちにノックする音が聞こえた。

振り返ると、太田の友人の女性が二人、入口から覗《のぞ》いていた。

「太田くん。野中くん、大丈夫だって。今、意識も戻ったって！」

「七時間以上雪の中にいたのに、骨折以外は体に問題ないって！　奇跡みたいだってさ」

救急車には、確かもう一人の女性が同乗したはずだ。彼女から連絡がきたらしい。

「私達、これから病院に行って野中くんに会うんだけど。太田くんも一緒に行かない？」

「あ……」

太田が、彼女達からこっちに視線を戻した。

その顔に、後悔と逡巡《しゅんじゅん》の色が濃く浮かぶ。

高槻が言った。

「病院に行って、野中さんとちゃんと話してきた方がいいですよ」

びくりと、太田がまた身を震わせる。

「……俺なんかに、あいつに会う資格ありますか？」

「資格云々《うんぬん》の前に、君は自分のしたことを謝罪するべきでしょう。そして、その後は、しかるべき場所に行って罪を告白し、罪を償うべきです」

太田の目が、また友人達の方に流れた。

彼女達は、心配そうな、どうしたのかなという顔で太田を見ている。

彼女達は、太田が野中を殺そうとしたなんて夢にも思っていないのだ。

「あの……俺」

がたりと、太田が席から立ち上がった。

「俺、病院行って、野中と話してきます。それで、その後……警察、行きます」

そう言い残して、太田が彼女達の方へ走っていく。

今にも泣きそうな様子の太田を見て、彼女達はびっくりした顔をした。太田は何でもないと涙声で伝え、こちらに向かって深々と頭を下げてから、食堂を出ていった。

志乃が、ぼそりと呟《つぶや》いた。

「あの子、逃げませんかね」

「どうでしょうね。でも……どうせあなたは、逃がさないんでしょう？」

高槻が言う。

志乃が、ゆっくりと唇の両端を吊《つ》り上げる。

佐々倉がはっとした顔で、志乃を見た。

そう、太田の件が片付いても、まだこちらの問題が残っているのだ。

──だが、しかし。

「ねえ、健ちゃん」

突然、高槻が場違いなほどに明るい声を出した。

「な、なんだよ」

「温泉入ってくれば？」

「はあ？」

「ほら、僕達のために雪山を走り回って、体も冷えたでしょう。志乃さん、今ってお風《ふ》呂《ろ》場《ば》は使えますか？」

「え？……ああ、はい、もう掃除も終わってるだろうし、大丈夫だと思いますけど」

志乃が時計に目をやって言う。

それなら決まりだとばかりに高槻は佐々倉を見て、

「じゃ、お風呂行ってきなよ。僕と深町くんは、大丈夫だから」

「……俺一人だけ風呂に追いやって、お前ら一体何を話す気だ」

「うーん、健ちゃんには聞かせられない話？」

高槻が、にっこり笑って言う。

佐々倉が何か言いかけ、途中で諦《あきら》めたように、言葉を大きなため息に変える。

がたりと席を立ち、

「……俺がのぼせる前に、呼びに来いよ」

「うん、わかった。──健司」

食堂から出て行こうとする佐々倉に、高槻が声をかける。

佐々倉が振り返った。

高槻はその目を見つめて、あらためてこう言った。

「ごめん、健司。でも、他にやり方が思い浮かばない」

佐々倉は高槻を見つめ返し、そしてすたすたとこっちに戻ってきた。

椅子に座ったままの高槻を見下ろし──一つ舌打ちして、その頭をすぱんと叩く。

「あ痛っ」

頭を押さえてうつむく高槻を放置して、今度こそ佐々倉は食堂から出て行った。

尚哉は高槻を見た。

「……いいんですか？」

「仕方ないじゃない？」

まだ頭を押さえたまま、高槻は苦笑する。

志乃が、やや顔をしかめながらこちらを見た。

「一体どういうやりとりなんです？　今のは」

「あなたの件を、異捜案件にしないためのやりとりですよ」

高槻はそう言って、志乃に向き直った。

志乃がはっとした顔をする。

「理由はどうあれ、あなたは人間を害そうとしました。――健司は、警視庁の人間でしてね。異捜とも近い立場にいるんです。あなたがしたことを健司の耳に入れてしまえば、健司は異捜にあなたのことを報告せざるを得なくなる」

異捜――異質事件捜査係は、人ならざるものが関与した事件を扱う。

雪女が人を殺したり、さらったりしたならば、それは異捜の捜査対象だ。そしてそれは――場合によっては、逮捕や懲罰ということにもなるのだと思う。その辺りのことまでは詳しく聞いていないが。

志乃が少し目を眇《すが》めるようにして、高槻と尚哉を見た。

「少し普通の人間とは違う感じがするなあとは思ってましたけど。あなた達、異捜の関係者だったの？」

「いえ、僕達は異捜という組織とは関係ないんですけどね」

高槻が苦い笑みを浮かべる。

そして高槻は志乃に尋ねた。

「あなたは――それでは、本当に野中さんの母親なんですね？」

「ええ」

志乃は、あっさり認めた。

あなた達も手当てしてしまいましょうね、と言って、志乃はまた救急箱を手に取った。高槻の手のひらの傷を消毒して包帯を巻き、尚哉の擦り傷には絆創膏《ばんそうこう》を貼ってくれる。

その手つきは優しくて、こちらに触れてくる手は、少しばかり冷たいだけで柔らかかった。尚哉はちらとストーブに目をやる。この部屋は随分暖かいが、雪女の体は溶けてしまったりはしないのだろうか。確か無理矢理風呂に入れられて溶けてしまった雪女の話があったはずだ。それともやっぱり、そんなのは昔話の中だけのことなのか。

救急箱を片付けながら、志乃は語った。

「あの子が五歳のときに、ちょっと失敗をしましてね。端的に言えば、人間に正体がばれそうになったんです。私達のようなものは、人間社会で暮らす際、決して人間に正体がばれないようにしなければなりません。ばれたら消える、そういう決まりがある」

だから志乃は、もう二度と野中と会わないつもりで、姿を消した。

その際に自分の写真を全て処分したのは、そういったものが残ると不都合だからだ。

「私達は年を取りませんからね。……姿が変わっていないことを理由に、正体がばれることは多いんですよ」

そういえば、沙絵の正体を高槻が怪しんだきっかけもまた、写真だった。随分と昔の写真に、変わらぬ姿の沙絵が写っていたこと。

「この旅館であの子と再会したのは、たまたまです。私は多少顔を変えてはいましたが、なるべくあの子や夫とは顔を合わせないように気をつけていました。……でも、あの子ったら、よりにもよって雪山で迷子になって。私の血を引いているから、寒さで死ぬことはないのはわかっていましたけど、でもやっぱり心配で」

それでつい、雪女の本性を現した状態で、捜しに行ってしまったのだという。その方が捜しやすいからだ。

雪の化身たる彼女は、山に降り積もった雪の全てから情報を拾うことができる。雪に問いかければ、息子がどこにいるのかなど一瞬でわかった。

「それは……すごく便利ですね！」

「先生、目を輝かせないでください」

思わずぐいと身を乗り出しそうになった高槻を、尚哉は慌てて制止する。

高槻は一つ咳払《せきばら》いをして気持ちを切り替え、あらためて志乃を見た。

「――野中さんに、母親だと名乗りはしないんですか？」

「するわけがないでしょう？」

志乃は微笑んで、そう言った。

先程山で雪女の本性を現していたときには、とても恐ろしいもののように見えたのに――人の理屈なんて通用しない全く別の存在としか思えなかったのに、今目の前にいる志乃はまるで人間みたいだ。

「だってあの子、私の顔を見ても、全然気づきませんでしたもの」

「そうなんですか？」

尚哉は思わずそう訊《き》いてしまう。

だって昨夜、野中は言ったのだ。もう一度雪女に会えば、母親の顔を思い出せるかもしれないと。

　志乃は唇の端にわずかばかり寂しさを漂わせながら、もう一度微笑んだ。

「忘れてしまったんですよ。そう仕向けたのは、私です。それに……私が年を取っていないせいもあるでしょうね」

「え、でも、姿が変わらないなら、記憶の中のお母さんの顔と照合できるんじゃ……」

　言いかけた尚哉に、志乃はきっぱりと首を横に振った。

「記憶は、ぼやけるんですよ。そうして、なんとなくの面影だけが残って、やがて見分けがつかなくなる。——うちの宿の三毛猫と同じですよ」

「え？」

「ロビーの写真を、後でもう一度確認してみたらわかります」

　志乃はそう言って、小さく肩をすくめた。

　そして志乃は、席を立った。

「さて。私はそろそろ仕事に戻らないと。これでもなかなか旅館のスタッフというのは忙しいんですよ。お客様は本日チェックアウトですね、これから手続きなさいます？」

　雪女と怪異を研究する准教授ではなく、旅館のスタッフと客の距離感で、志乃が言う。

　高槻はうなずいた。

「そうですね。でも、まだ帰り支度が整っていません。チェックアウトの時刻をだいぶ過ぎてしまっていますが、部屋を片付けてから手続きしてもらってもいいですか？」

「ええ。今日はあんなことがありましたからね。延長料金はいただきません。――それでは、お支度が済んだら、フロントへお越しくださいませ。お待ちしております」

丁寧なお辞儀をして、志乃が食堂を出て行こうとする。

その背中に向かって、尚哉は思わず声をかけた。

「――あの」

「はい？」

志乃が振り返る。

人にしか見えないその姿を見つめながら、尚哉は尋ねる。

「どうしてあなたは、人の世界で暮らしているんですか？」

沙絵《さえ》も、稲村ガ崎の人魚もそうだった。志乃のように、人のふりをして暮らしていた。

でも、それは何故なのだろう。彼女達は人ではないのに。

正体がばれれば、姿を消さなければならないのに。

「そんなの――決まってるじゃないですか」

まるで花がほころぶように、志乃は笑った。

「人が好きだからですよ。……私は、私の息子を今でも愛しています」

その言葉に嘘偽りは少しもなく、柔らかく温かく尚哉の耳に響いた。

それでは、とまた頭を下げて、志乃が今度こそ食堂を出て行く。

その後ろ姿を見ながら、尚哉は、野中に教えてあげたいなと思う。

あなたのお母さんはここにいて、あなたを愛し続けていますよ、と。

でも、それは……たぶん、してはいけないことなのだ。

「深町くん。そろそろ僕達も、行こうか」

高槻がそう言って立ち上がる。そうですねとうなずいて、尚哉も立ち上がった。借りていた毛布は、このまま椅子に置いておけばいいのだろうか。

高槻が苦笑して言った。

「今日も少し滑ってから帰るつもりだったのに、スキーどころじゃなくなっちゃったね。……まあ、雪山は堪能《たんのう》した気分だけど」

「そうですね、しばらく雪は見たくない気分です。次は、また来年にしましょう」

尚哉がそう答えると、高槻は少し目を瞠《みは》ってこちらを見た。

その顔に、じわじわと笑みが浮かぶ。

「……うん。そうだね、スキーはまた来年しよう」

その顔があまりにも嬉《うれ》しそうなものだから、尚哉は内心で首をかしげてしまう。やっぱりこの人スキーが大好きなのかなと思う。やっぱり本当は上級者コースを滑りまくりたかったのかもしれない。まだ技量的に不安はあるが、来年付き合えたら付き合おう。

食堂を出た高槻は、そのまま部屋に戻るのかと思いきや、ロビーに向かった。志乃が言っていた写真を確認したいのだという。

ロビーの一角に貼り出された何枚もの写真を、高槻は丁寧に確認していく。尚哉も手伝い、三毛猫のいる写真をピックアップする。

ああ、と小さく高槻が声を漏らした。

「そうか。そういうことなんだね」

「どういうことですか？」

「同じなんだよ、全部」

「え？」

高槻は写真の猫を指差し、言った。

「柄が全く同じだ。……この宿にいる『幸運の猫』は、随分と長生きみたいだね」

言われて慌てて尚哉も写真を見比べる。頭の柄。お腹や背中の三毛の入り具合。尻尾《しっぽ》の形。確かにどれもよく似ている——というか、同じに見える。

では、今朝、佐々倉の胸の上に乗っていた猫はどうだっただろう。

尚哉はロビーを見回した。黒猫と、『幸運の猫』とは別の小柄な三毛猫が寝ているだけで、件《くだん》の猫の姿はない。今朝の記憶を探ってみても、いまいちおぼろげだ。すごく大きな猫だったことと、目の色が赤っぽい茶色だったこと。あとはなんとなくこの辺が茶色くてこの辺が黒い、というくらいのぼんやりした記憶しかない。

確かに見たのに、印象だって強かったのに——もう、目の前の写真の猫と同じか違うかもわからない。記憶というのはいい加減だなと思う。

野中もそうして忘れたのだろうか。大好きだったはずのお母さんを。

優しい人だったとか、綺麗《きれい》な人だったとか、色が白かったとか、そんな印象ばかりが残って——肝心の顔は、ぼんやりとした記憶の中に埋もれてしまったのかもしれない。

見方によっては、それは薄情と言えるのかもしれない。

でも、それだけ面影が薄れても、野中が母親を思い出したくて雪女を捜したという事実に変わりはない。

高槻が言った。

「——いけない。そろそろ健ちゃんを迎えに行ってあげないと。ゆでだこになっちゃう」

「あ、忘れてました。そうでしたね」

ちょうどそのとき、入口から六人組の客が入ってきた。フロントから志乃が応対し、荷物の預かりとスキー道具の貸出を受け付けている。

志乃はたぶん、あと数年したら、この宿を一旦《いったん》去るのだろう。同じ顔をした女がいつまでも働き続けたら、正体がばれてしまう。

でも、いずれまた戻ってくるのかもしれない。彼女の面影が人の記憶の中で薄れた頃に。そうやって彼女は、人の世の中で生き続けてきたのだと思う。

時に子供を作って。

そんな風に人の世で生きる人ならざるものというのは、思いのほか多いのかもしれない。……だから、異捜のような組織があるのだろう。

自分達は近頃、そういう『本物』を引き当てる確率が格段に上がっている気がする。

それが何を意味するのか考えると、たまに不安になる。

出会った頃の高槻は、この世に本物の怪異があるのかどうか知りたい、と言っていた。

つまりその頃、高槻は本物の怪異にはほとんど遭遇していなかったということだ。

それなのに、今となってはどうだ。

なぜこんなことになったのだろう。かつてとの違いはどこにあるのだろう。

そう考えたとき、一つの確信が稲妻のように頭を貫いて、尚哉は思わず足を止めた。

出会ってすぐの頃と今との違い。

それは——正確には、尚哉と高槻が出会う以前と以降の違いなのではないのか。

本物の怪異を体験し、黄泉戸喫《よもつへぐい》の末に身の半分が死者と混ざったような——そんな自分が高槻の傍にいるようになったから。

まるで何かのバランスが狂ったかのように、天秤《てんびん》が傾き出したのではないだろうか。

異界に向かって。

「……深町くん？　どうかした？」

尚哉が足を止めたことに気づいて、高槻が振り返る。

こちらを見つめる瞳《ひとみ》の中に、かすかに藍《あい》の色が差す。

——もしもこの先、天秤がますます傾いたなら。

自分達が立っている場所は、真っ逆さまに異界に落ちて行きはしないだろうか。

それはとても危険なことなのではないだろうか。

「……深町くん？」

ぱちり、と高槻がまばたきする。

その瞳の中から藍の色合いが消え、優しい焦げ茶色が戻ってくる。

尚哉は高槻に気づかれないようにそっと息を吐き出し、笑った。

「何でもないです。――早く佐々倉さんを迎えに行きましょう」

「そうだね、のぼせたら可哀想だ」

高槻が屈託ない笑みを返す。

それを見ながら、尚哉は、もう何度目かもわからない言葉を頭の中で繰り返す。

――そう、今更だ。

今更自分達は、相手の手を放せないのだから。

《参考文献》

・『日本現代怪異事典』朝里樹（笠間書院）
・『誰も知らなかった本当はこわい日本の童謡』日本の童謡研究会・浜田望生・山口慎治編（ワニブックス）
・『民謡・猥歌の民俗学』赤松啓介（明石書店）
・「かごめかごめ」尾原昭夫『國文學：解釈と教材の研究』49（3）（通号708）（臨増）（學燈社）
・「童謡・わらべ歌新解釈（中）」若井勲夫『京都産業大学論集第40号』（京都産業大学）
・柳田国男傑作選『小さき者の声』柳田国男（角川ソフィア文庫）
・『夢と睡眠の心理学―認知行動療法からのアプローチ』松田英子（風間書房）
・『夢と表象―眠りとこころの比較文化史』荒木浩編（勉誠出版）
・『日本の夢信仰』河東仁（玉川大学出版部）
・『宇治拾遺物語（上）全訳注』高橋貢著訳　増古和子（講談社学術文庫）
・『妖怪事典』村上健司（毎日新聞社）
・『改訂・携帯版　日本妖怪大事典』水木しげる画　村上健司編著（角川文庫）
・小泉八雲名作選集『怪談・奇談』小泉八雲著　平川祐弘編（講談社学術文庫）

本書は書き下ろしです。
この作品はフィクションです。実在の人物、団体等とは一切関係ありません。

准教授《じゅんきょうじゅ》・高槻彰良《たかつきあきら》の推察《すいさつ》8

呪《のろ》いの向《む》こう側《がわ》

澤村御影《さわむらみかげ》

令和4年 10月25日　初版発行
令和6年 12月10日　4版発行

発行者●山下直久

発行●株式会社KADOKAWA
〒102-8177　東京都千代田区富士見2-13-3
電話　0570-002-301（ナビダイヤル）

角川文庫 23376

印刷所●株式会社KADOKAWA
製本所●株式会社KADOKAWA

表紙画●和田三造

ISBN 978-4-04-112398-0　C0193

JASRAC 出 2206984-404

◆◇◇